KB123995

로크미디어가
유혹하는
재미있는 세상
ROK
MEDIA
로크미디어

신컨의 원 코인 클리어 3

2023년 3월 16일 초판 1쇄 인쇄
2023년 3월 21일 초판 1쇄 발행

지은이 아케레스
발행인 강준규

기획 이기헌 왕소현 박경무 강민구 조익현
책임편집 오영란
마케팅지원 이원선

발행처 (주)로크미디어
출판등록 2003년 3월 24일
주소 서울시 마포구 마포대로 45 일진빌딩 6층
Tel (02)3273-5135 **Fax** (02)3273-5134
홈페이지 rokmedia.com **E-mail** rokmedia@empas.com

값 9,000원

ISBN 979-11-408-0739-0 (3권)
ISBN 979-11-408-0729-1 04810 (세트)

신전의 원코인 클리어

아케레스 퓨전 판타지 장편소설

3

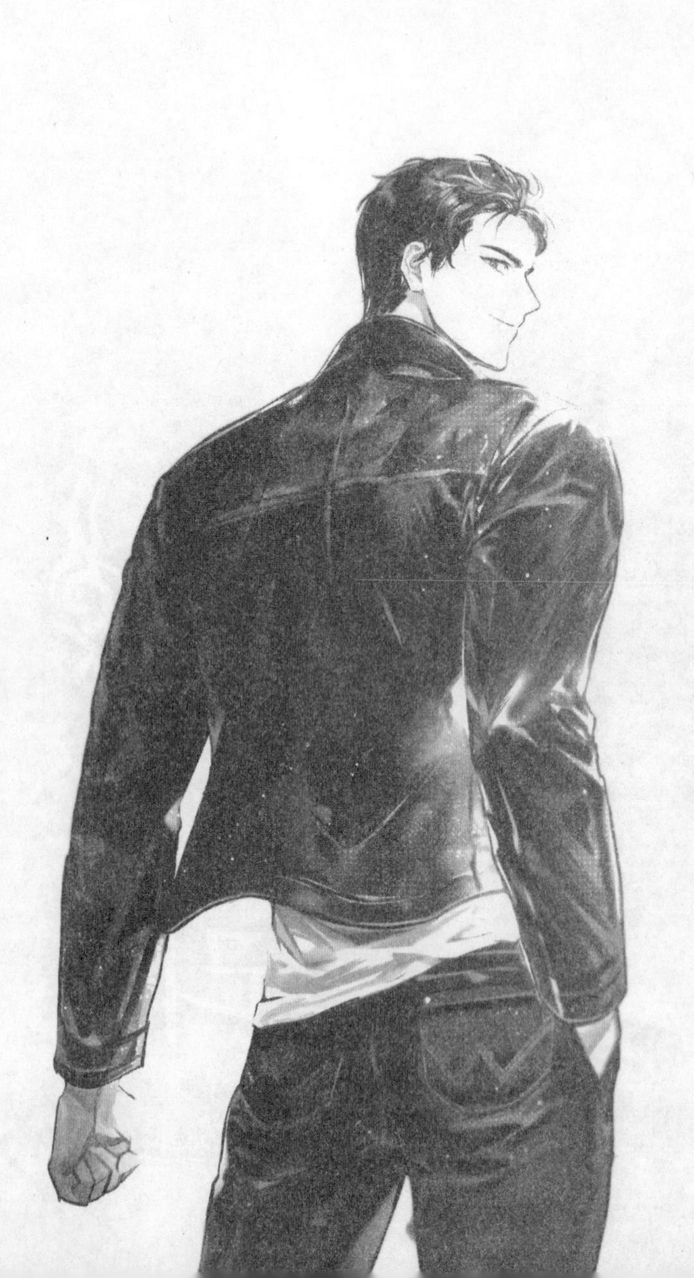

Contents

현상금 (2)

슈바이처 앙헬이 빠득 이를 갈았다.

"도움? 이 뻔뻔한 자식이……."

"어? 곤란한 상황 아니었어? 애초에 이 경매, 이 '물건' 하나 보고 오는 거로 알고 있었는데."

태양의 뻔뻔한 도발에 경매장 안에 있는 사람들이 숨을 죽였다.

일촉즉발의 상황.

어떤 이들은 호기심 어린 눈으로 태양을 바라봤고, 어떤 이들은 앙헬의 대처를 기다렸다.

겁을 집어먹거나 떠는 사람은 없었다.

이 경매장에 들어온 사람 중에 평범한 인간은 단 한 명도 없었으니까.

오히려 그들은 흥미진진하게 이야기를 나눴다.

"앙헬의 금고를 턴 도둑이 저 남자인가 보네요?"

"자신감이 대단하군요."

"앙헬을 일대일로 따돌릴 수 있을 정도의 남자라."

"벌써 점찍을 생각인가?"

"안 될 것도 없잖아?"

"글쎄. 오늘 죽지 않겠어? 난 개인적으로 오늘 나타난 건 멍청한 선택이었다고 봐."

그들이 잠시 앙헬을 무시하는 발언을 하긴 했지만, 앙헬은 명실상부 도시에서 가장 큰 금력을 지닌 이 중 하나였다.

아메리고에서 금력은 곧 권력. 그리고 무력이다.

철컥.

경매장 곳곳에 있던 수많은 경비병이 태양에게 총구를 겨눴다.

물론, 일반적인 경비원이 아닌 앙헬의 직속 병력이다.

"후회할 텐데."

"후회는 네가 하겠지."

앙헬이 말을 짓씹듯이 내뱉고는, 곧이어 소리를 질렀다.

"예상외의 소란. 부디 양해 부탁드리겠습니다. 지금부터 쇼는 부디 여흥으로 즐겨 주십시오! 곧바로 진압한 후 경매 진행하겠습니다."

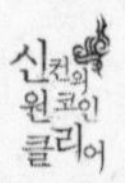

메시아가 잠시 고민했다.
지금 동료들을 부를까?
나쁘지 않은 선택 같았다.
곤경에 빠진 윤태양을 구해 주면, 그가 메시아를 좋게 평가할 게 당연했으니까.
하지만.
메시아가 고개를 저었다.
'아니, 지금은 아니야.'
윤태양은 분명 어떤 대비책을 가지고 있을 게 분명했다.
메시아가 짐작하지 못하는 어떤 것.
여기서 메시아가 동료를 불러서 판을 망쳐 버리면 오히려 마이너스다.
메시아가 특유의 사백안(四白眼)을 치켜뜨고 태양을 바라봤다.
타타타타타탕!
수십 개의 총구가 불을 뿜고, 태양의 몸이 좌측으로 튕겨나갔다.
-대략 26명. 기둥마다 최소한 1명씩 있었어.
"오케이."
급작스러운 신체 가동으로 총알을 피해 낸 태양이 지그재그로 뛰어서 기둥에 도착했다.
"이익!"
태양의 접근을 뒤늦게 확인한 경비병이 뒤늦게 총구를 돌려

봤지만, 늦었다.

총의 문제점.

발포도 하지 않았는데, 총구가 이미 사용자의 의도를 또렷하게 드러내 버린다.

지구에서는 문제점이 아니었지만, 초인들의 세계인 차원 미궁에선 치명적인 문제점이다.

퍼석.

태양의 주먹이 경비병의 미간을 함몰시켰다.

동시에 태양이 반대 방향으로 몸을 튕겼다.

타타타타탕!

0.1초 만에 시체가 되어 버린 경비병의 몸뚱이에 총알이 박혔다.

"네놈!"

어느새 뒤를 점한 앙헬이 권총을 겨눴다.

핸드캐넌은 꺼내지 않은 모양이었다.

하긴, 총만으로도 클럽은 이미 난장판이었다.

핸드캐넌을 꺼내면 난장판이 아니라 폐허가 되겠지.

타앙!

태양은 앙헬의 사격을 가볍게 피해 내며 두 번째 희생양을 향해 다가갔다.

"카아아앗!"

어느새 눈이 새빨갛게 변한 경비병이 달려들었다.

반쪽짜리지만, 흡혈귀화(化)의 증거.

앙헬이 수족으로 삼은 녀석인 모양이었다.

–으. 거의 좀비급이네.

–역겹게 생겼네. ㄷㄷ

–제수스는 이렇게 안 생기지 않았나?

–그니까. 뭐지?

–저건 그냥 권속임, 후계가 아니라. 제수스는 정식 후계로 흡혈귀화한 거였을 걸?

후욱!

빠르긴 하지만, 뻔한 경로로 긁어 오는 손톱.

태양은 그 공격을 피하지 않았다.

오히려 어깨를 끌어 올려 타점을 비껴 냈다.

세계적인 복싱 선수 플로이드 메이웨더의 전매특허, 숄더 롤(Shoulder role)이었다.

툭.

권투의 기본.

슥–빡.

저쪽에서 공격하고 이쪽에서 그것을 성공적으로 대처해 내면 기회가 오기 마련이다.

흠, 지금 상황은 일반적인 슥–빡과는 약간 다르긴 하지만.

콰앙!

태양의 펀치가 정확히 놈의 인중에 꽂혀 들어갔다.

벌어진 입으로 이빨이 우수수 떨어졌다.

—ㄷㄷㄷㄷㄷㄷ 강냉이 털리는 거 봐라.

—와, ㅆㅂ ㅈ간지.

—미쳤다, 미쳤어.

—윗쪽만 싹 다 털린 거 봐.

—주먹질은 ㄹㅇ 거의 예술의 경지네 진짜.

—킹피의 신! 킹피의 신! 킹피의 신! 킹피의 신!

타타타타타탕!

다시 한번 태양에게 총알이 쏟아지고, 이번에 태양은 아예 쓰러진 경비병을 방패로 삼았다.

"빌어먹을 자식!"

"네놈이 그러고도 사람이냐!"

경비병들의 비난에 태양이 헛웃음을 지었다.

"어이없네. 지들은 사람도 아니면서."

순식간에 두 명의 희생자가 나오긴 했지만, 태양은 확실히 이들이 꽤 기량이 있는 이들이라는 사실을 체감했다.

그 짧은 사이에, 경비병들은 태양을 두고 완벽한 포위망을 구축했다.

아, 그렇다고 날 잡을 정도라는 건 아니고.

앙헬이 소리쳤다.

"죽어!"

불을 뿜는 수십 개의 총구.

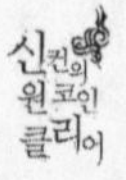

태양이 진각을 밟았다.

스타버스트 하이킥(Starburst High Kick) – 캐논 폼(Canon Form).

화력에 집중하는 대신 구현하는 속도에만 집중한 형식의 캐논 폼.

넘쳐나는 게 마나다 보니, 이렇게 구현해도 최소한의 위력은 나온다.

콰아아앙!

쏘아 낸 광선이 화망(火網)을 뚫고, 태양이 순식간에 경비병들에게 근접했다.

정권에 한 대.

콰앙!

턱주가리.

콰드드득!

이쪽은 복부가 비었네.

"커헉!"

앙헬이 뒤늦게 주술을 걸어 보지만.

절영(絕影).

후욱.

"두 번은 안 통하지."

싸우는 내내 앙헬과의 그림자 거리를 계산하고 있었던 태양이 간단하게 피해 냈다.

쾅!

콰아앙!

콰드드드득!

'말도 안 돼.'

메시아는 등골에 식은땀이 흐르는 것을 느꼈다.

십 수 명에게 둘러싸여서 싸우는데, 놓치는 공격이 없다.

등 뒤에도 눈이 달린 건지, 사각에서 들어가는 공격도 피해내고, 근접 공격에는 카운터를 먹이기까지.

메시아의 채팅 창이 좌르륵 내려갔다.

—ㅅㅂ 이거 뭐임?

—핵인가?

—말이 안 되는데?

—와, 윤태양 1인칭 시점으로 볼 때도 진짜 말이 안 된다고 생각했는데, 3인칭으로 보니까 그냥 영화네;

—아 ㅋㅋ 눈치 없네. 사실 쟤네들 윤태양이랑 짜고 치는 거임. ㅋㅋ.

—ㄹㅇ ㅋㅋ 어저께 윤태양이랑 소주 한잔하면서 합 맞췄잖어.

—술~ 이 한잔 생각 나~ 는 밤~.

—노잼.

—ㅜ.

—이걸 안 받아 주네.

메시아가 예상하기에, 태양이 준비한 카드는 란이었다.

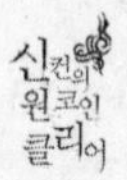

태양과 같이 다니는 부채를 든 여성.

그녀가 바깥에서 수작을 부려 무언가 변수를 만들어 낼 줄 알았다.

그것도 아니라면, V-헤로인의 정보를 뿌려 다른 마피아를 불러 상황을 난장판으로 만들 수도 있었고.

"허."

메시아의 입에서 한숨이 터져 나왔다.

예상은 틀렸다.

수작질은 없었다.

윤태양은, 그저 자신의 피지컬로 깔아뭉갤 생각으로 온 거였다.

-너네한테 맞춰서 움직이다 보면…….

-같이 움직이기에 수준이 안 맞는다?

과거 그와 했던 대화를 떠올리니 얼굴이 붉어질 정도다.

저런 움직임.

저런 전투력.

수준이 안 맞는 게 당연했다.

윤태양의 전투력은 메시아의 상상 이상이었다.

다른 유저들은 물론, 메시아도 그에게 보조를 맞추기 쉽지 않아 보일 정도의 기량.

뻐억.

태양의 프론트 킥(Front Kick)이 마지막 경비병의 복부에 꽂혔다.

경비병의 신체가 2D 폴더 폰처럼 반으로 접혔다.

"커헉."

쿠당탕.

피를 쏟아 내며 나가떨어지는 경비병.

태양이 무심하게 주변을 둘러보고는 툭 말을 뱉었다.

"뭐야. 벌써 끝이야?"

"이, 이게 무슨."

창백하게 질린 슈바이처 앙헬이 뒷걸음질 쳤다.

클럽이 삽시간이 소란스러워졌다.

"이건 상상 이상인데."

"앙헬 녀석의 병력, 수준이 이렇게 낮았나?"

"낮아 보이는 거야. 저것들 하나하나가 도시 마수 방역대 팀장 수준인 거 몰라?"

"전혀 그렇게 안 보이는데."

"이틀 전에도 앙헬 쪽 병력 다섯 명이 지운 신생 마약상만 셋. 우리 쪽 애들이 확인한 사안이야. 실력이 과장은 아니었어."

현상금 6,000,000포인트의 범죄자, 안티고네 플롯이 중얼거렸다.

"앙헬 쪽이 약한 게 아니라면, 결론은 간단하네."

"뭐?"

"뭐긴 뭐야. 저 녀석이 무식하게 강한 거지."

앙헬을 바라보던 태양이 시시하다는 듯 고개를 꺾었다.

그리고 경매 참가자들이 앉아 있는 테이블로 몸을 돌렸다.

쿠당탕!

"뭐야!"

"가까이 오지 마!"

후우우웅.

태양의 작은 움직임.

그 작은 움직임 하나에 순식간에 클럽 안의 공기가 뒤바뀌었다.

앉아 있던 손님들이 순식간에 전투태세로 돌변한 것이다.

거대한 마나 유동으로 클럽 안에 바람이 불 정도.

흑마법이 캐스팅되기라도 한 건지, 삽시간에 검은색 연무가 자욱하게 깔렸다.

콰드득.

어떤 이는 의자 다리를 잡아 뜯어 흉기로 만들기까지.

태양이 피식 웃으며 그들에게 다가갔다.

"거, 너무들 하시네."

앙헬의 부하들과는 다른 강력한 기파가 흉흉하게 태양의 피부를 찔러 댔다.

20명에 가까운 경매 참가자.

그들은 하나하나가 앙헬급에 가까운 기량을 보유한 강자였다.

태양이 더 가까이 다가갈수록, 기파가 강렬해졌다.

태양은 걸음을 멈추지 않았고, 이윽고 참다못한 이들이 뛰쳐나가려고 할 때.

달칵.

태양이 테이블에 앉았다.

"무슨?"

태양이 느긋하게 손을 흔들었다.

"쇼라며? 보여 줄 거 다 보여 줬잖아."

앙헬의 얼굴이 일그러졌다.

"왜. 이 정도면 경매에 참여할 자격 정도는 있는 거 아니야?"

일순간 클럽에 정적이 감돌았다.

이윽고.

"푸핫! 푸하하하하하핫!"

한 여자가 호쾌한 웃음을 터뜨렸다.

6,000,000포인트의 범죄자, 안티고네 플롯이었다.

"크흑! 이렇게 재미있는 녀석은 오랜만인데? 이봐 앙헬. 어때?"

다른 손님들도 입을 열기 시작했다.

"경매? 안 될 것도 없지! 우린 오히려 좋은 거 아니야? 녀석이 '물건'도 경매에 내걸어 주겠다고 했잖아!"

"난 반대야. 경매에 나오는 물건도 훔치려는 수작 아니야?"
"그런 수작이었으면 여기서 모습을 드러낼 게 아니라 창고를 쳤겠지!"
"그것도 그렇군!"
"저 친구, 친해지면 지루할 일은 없겠어."
"앙헬! 자존심은 좀 상하겠지만, 뭐 어때! 이대로 파티를 끝낼 것도 아니잖아!"
"시원하게 가자고! 병력이야 다시 키우면 되고! 어? 돈은 썩어 나잖아!"
압도적인 지지 의견.
슈바이처 앙헬은 머리가 새하얘지는 것을 느꼈다.
경매, 파티의 주최자는 앙헬 자신이었다.
그런데 앙헬의 부하들을 모조리 처죽이고, 뻔뻔하게 테이블에 앉아 경매에 끼워 달라고 청하는 천둥벌거숭이의 말에 모두가 동의했다.
이는 곧 그들이 자신을 대놓고 무시하는 것이었다.
빠드드드득.
앙헬이 이를 갈았다.
"빌어먹을."
그렇지만 그는 태양을 내보낼 수는 없었다.
아메리고의 법칙이다.
강한 자가 모든 것을 가진다.

돈도, 약도, 무기도.

약한 자는 무시당하고, 얕보이고, 후려쳐진다.

태양은 앙헬의 패밀리와 홀로 대적함으로써 그 강함을 증명했고, 앙헬은 태양 하나도 잡아내지 못함으로써 나약함을 드러냈다.

적어도 이 자리에서만큼은, 그가 패배자가 된 것이다.

앙헬이 태양을 노려봤다.

'죽인다. 흩어져 있는 가족을 모조리 불러 모아서라도, 반드시 죽인다.'

하지만 확실한 건, 지금은 불가능하다는 사실.

그는 다음을 기약해야만 했다.

앙헬이 속마음을 짓씹듯이 밀어내며 태양에게 물었다.

"돈은 있나? 네가 생각하는 그런 단위가 아닐 거다."

"돈?"

태양이 피식 웃었다.

명백한 비웃음.

"나 돈 많아. 몰랐어? 저번에 '네 금고'에서 털어 간 거. V-헤로인 말고도 많은데?"

"크핫핫핫핫핫핫!"

"푸하하하핫!"

"그렇지! 도시에서 가장 부자라는 슈바이처 앙헬의 금고를 털었는데! 돈이 없을 리가 없지!"

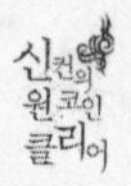

"이 자식 이거 제대로 골 때리는 녀석이구먼!"

앙헬은 아무 말도 하지 못했다.

다만 밀러드는 수치심을 감당하기 위해 그 기다란 몸을 바들바들 떨어 댈 뿐이었다.

"이번 물품은 7년 전 주술사 메킨토시와 디자이너 슈바인. 그리고 아라드 공방의 합작으로 만들어진 재킷입니다. 아그리파 재킷으로 유명하죠. 아시는 분은 아시겠지만, 아그리파는 홀몸으로 정적을 제거하는 데 성공했습니다. 그리고 그 결정적인 이유로 꼽히는 이……."

커다란 의자에 등을 기대 방만한 자세로 앉아 있던 태양이 눈을 빛냈다.

"저거 괜찮아 보이는데?"

"아그리파 재킷! 보는 눈이 있구먼!"

"메킨토시의 주술은 틀린 적이 없긴 하지."

"젠장, 이렇게 될 줄 알았으면 죽이는 게 아니었는데. 괜히 값만 엄청나게 뛰었잖아?"

안티고네 플롯의 푸념 아닌 푸념에 경매장이 한바탕 웃음바다가 되었다.

메킨토시가 그녀에게 치근거리다가 어이없게 목숨을 잃은 일은 아메리고에서 꽤 유명한 일화였다.

태양도 다른 사람들과 섞여 함께 웃었다.

메시아와는 다르게.

—인싸충… 죽어… 용서할 수 없다…

—나쁜 자식!! 우리 메시아한테 말이라도 한번 걸어 주라고!!!

—메시아도 다 죽었다.

—원래 인기는 상대적인 거임. 킹피 슈퍼스타 아이작도 윤태양 앞에선 이 신세였음.

—아무도 말 안 걸어 주니까 식은땀 나네. 학창시절 ptsd 온다 하…

메시아에게는 충분히 모욕적인 상황.

하지만 메시아는 평정심을 유지했다.

난장판을 피울 계획이긴 했지만, 경매에도 참여할 생각이었다.

앙헬이 주최한 경매는 메시아나 태양 같은 최상위 플레이어에게도 즉시 전력이 될 만한 아이템이 올라올 정도로 수준이 높았다.

"50만 포인트."

"50만! 오십만 포인트 나왔습니다!"

경매 진행자가 호들갑을 떨었다.

굉장히 높은 가격이라는 감탄과 고작 이 가격에 물건을 가져간다는 놀라움이 동시에 담긴 호들갑.

어떤 사람인지는 모르겠지만 경매 진행에 천부적인 자질이 있는 사람인 것 같았다.

메시아를 시작으로 사람들이 손을 들어올렸다,

"75만."

"80만."

"90만."

"90! 90만 나왔습니다!"

가격은 순식간에 올랐다.

메시아가 다시 한번 손을 들었다.

"150만."

순간 경매장의 시선이 메시아에게 집중되었다.

150만.

이 경매에 참여한 이들에게 없는 돈은 아니었지만, 충분히 큰돈이었다.

—이제야 좀 봐주네.

—이게 더 슬퍼. 찐따가 돈 많다고 하니까 주시하는 것 같잖아…

그때 태양이 손을 들었다.

"200만."

"200만! 200만 나왔습니다!"

메시아가 다시 손을 들었다.

"220."

태양이 곧바로 가격을 올렸다.

"250만."

"크흠."

메시아가 태양의 안색을 살폈다.

값을 더 올릴 순 있었지만, 굳이 플레이어 둘이서 이렇게 싸우는 그림은 이상적이지 않았다.

―ㅜㅜㅜㅜㅜㅜ.

―아니, 왜 잰 돈까지 많은 거야. ㅜㅜ.

―메시아가 가진 건 돈뿐이라고…

―이것까지 빼앗아 가다니.

―윤태양… 너란 남자…

"250만. 더 없으십니까? ……세 번 호명할 동안 추가로 호명하는 분이 없다면, 이대로 낙찰됩니다."

손님들은 입을 열 생각이 없어 보였다.

전체적으로 태양에게 호의적인 분위기 탓인지, 후에 있을 V―헤로인 경매를 위해 돈을 아끼는 건지는 알 수 없었다.

"250만. 250만. 250만! 낙찰입니다!"

"돈은 지금 주면 되나?"

"아, 경매가 끝난 후에 주셔도 됩니다. 그때 물건을 받으시면……."

툭.

말이 끝나기도 전에 태양이 보석을 하나 던졌다.

1천만 포인트짜리 보석이었다.

"감정서는 없는데, 감정은 필요 없을 거야. 그쪽에서 아는 물건이거든."

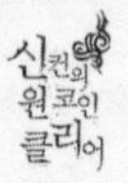

태양이 히죽 웃었다.

보석 역시 앙헬의 창고에서 가지고 나온 것이었다.

심지어 감정서도 앙헬의 창고에 고스란히 남아 있다.

"거스름돈은 필요 없어. 나머지는 이후 경매에 쓸 돈을 미리 준 걸로 치자고. 이렇게 되면 물건은 바로 가져가도 되지?"

빠드드득.

뒷자리에 앉아 있던 앙헬만이 이를 갈고, 모두가 수긍했다.

태양이 재킷을 받아서 바로 입었다.

"크, 좋네."

'현상금' 스테이지의 장점 중 하나.

이곳에서 나오는 물품들은 현대인, 즉 유저들에게 아주 익숙한 복식이라는 것.

이제까지의 다른 대부분 스테이지보다 기술적으로 발달해있는 탓에 착용감이 탁월할 뿐더러 성능도 떨어지지 않았다.

"이번 물품은 심미안이 탁월하신 고객님들의 구매욕을 아주 자극시킬 물품입니다! 혈루석! 흡혈귀는 생에 딱 한 번 눈물을 흘립니다. 이 혈루석은 7년 전……."

설명을 듣던 경매 참가자들이 낄낄거렸다.

"혈루석, 이거 오늘 하나 더 생기는 거 아니야?"

"그러게 말이야. 뒤에 잘 살펴보라고. 남몰래 짜고 있을지도 모르니까."

"혈루석보다는 혈루석을 만드는 광경이 더 희귀하긴 하겠어.

라이브 쇼로 말이야."

"킥킥, 그거 재미있겠네. 난 혈루석 값의 세 배를 지불할 용의도 있어."

결국 앙헬이 참지 못하고 탁자를 내리쳤다.

콰앙!

"모욕이 과하군."

"아, 미안. 듣고 있는지 몰랐어. 말이 하도 없기에 화장실에라도 간 줄 알았지."

"아차차, 조심해야지."

사과는 사과지만, 여전한 비웃음.

아주 오랜 시간 동안 아메리고에서 강자의 자리를 차지하고 있었던 앙헬인 만큼, 사람들은 한 번 문 그를 쉽게 놓으려 들지 않았다.

'승냥이 같은 자식들.'

그렇다고 경매를 여기서 끝내 버릴 수도 없었다.

지금도 충분히 자존심 상하는 상황이지만, 기분 나쁘다고 일을 그르쳐 버리면 이들은 이번 한 번뿐만이 아니라 앞으로도 이 일을 가지고 앙헬을 조롱할 게 분명했다.

'윤태양, 반드시 죽인다.'

앙헬이 다시 한번 태양에 대한 증오를 되새기는 동안에도 경매는 계속됐다.

"300만. 300만. 300만! 혈루석, 낙찰입니다!"

혈루석의 낙찰자는 메시아였다.

–혈루석. 써먹을 자신 있나 보네.

“당장 이번 스테이지가 아니어도 쓸 만한 구석은 많으니까.”

“뭐?”

“아, 아니. 혈루석 저거 좋은 겁니까?”

3,500,000포인트의 범죄자, 비말 스트레이트가 대답했다.

“일단 가치는 충분히 있는 보석이지. 흡혈귀의 눈물이잖아? 아메리고의 최상위 계층의 눈물.”

“예술적 가치 말고. 흡혈귀잖아. 뭔가 마법적이라든가……. 그런 측면의 쓸모는 없어요?”

“아아. 그런 측면으로도 가치도 충분하지. 흡혈귀. 태생부터 비현실적인 존재잖아. 마법의 시료로도 큰 가치가 있고, 주술. 주술은 잘 모르지만 제물로서의 가치도 천문학적이라고 하더군. 게다가 가장 중요한 것이 있지.”

비말 스트레이트가 목소리를 낮췄다.

“혈루석으로 흡혈귀가 될 수 있다더군.”

“흡혈귀가 될 수 있다고?”

그때 6,000,000포인트의 범죄자, 안티고네 플롯이 끼어들었다.

“확실한 건 아니고. 소문이지. 소문.”

“말은 바로 하지? 소문이 아니라 기록이야.”

“수십 년 전 기록? 난 두 눈으로 보지 못한 건 안 믿어. 여기서 혈루석으로 뱀파이어가 되는 데 성공하는 거 목격한 사람 있어? 한 명도 없지 않나?"

비말 스트레이트가 인상을 찌푸렸다.

"괜히 끼어들어서 김새게 하지 마."

"미안. 내 성격이 이런데 어쩌겠어."

"쳇. 오랜만에 봐도 재수 없는 건 여전하군."

급기야 서로 으르렁거리는 둘.

태양이 어깨를 으쓱였다.

결론적으로 말하자면, 혈루석으로 흡혈귀가 될 수 있는 것은 맞았다.

다만 한 가지 조건이 필요했다.

V-헤로인 제작 주술 원본.

흡혈귀 사이에서도 실전된 그 책.

그 책에는 다른 흡혈귀에게 물리지 않고도 흡혈귀가 되는 방법이 쓰여 있었다.

그러니까, V-헤로인이 사실은 흡혈귀화(化)의 비술을 연구하다가 튀어나온 실패작이었다는 이야기다.

근데 그 실패작이 또 나름의 성과는 있어서 일정 시간 동안은 흡혈귀의 특징을 가질 수 있게 해 주고, 또 극한의 쾌락을 제공하기까지 하다 보니 상업성이 생겨 버린 거다.

-본토에서도 모르는 걸 플레이어들이 알고 있다는 게 아이러니하기는 하네.

더 정확히 말하자면 15층 위의 플레이어들이다.

쉼터에서 V-헤로인 제작 주술 원본의 사본이 한 번 풀린 적이 있기 때문이다.

-그나저나 메시아는 흡혈귀가 될 생각인 건가?

"글쎄."

-하긴. 꼭 흡혈귀화(化)하는 게 아니더라도, 위층으로 올라가면 쓰임새는 무궁무진하니까.

메시아도 태양과 마찬가지로 현장에서 금액을 지불하고 물건을 수령했다.

경매는 계속 이어졌다.

원래보다도 훨씬 길게.

앙헬이 V-헤로인을 잃었기 때문에 되는대로 물건 개수를 더 채워 넣었기 때문이다.

이는 태양에게 호재로 작용했다.

V-헤로인이 나온다는 생각에 사람들이 돈을 아꼈기 때문이다. 덕분에 경매품들이 상대적으로 싼값에 낙찰되는 경향이 생겼다.

태양은 경매를 통해서 꽤 여러 물건을 샀다.

더 정확히는, 현재 착용하고 있는 것과 성능이 비슷한 정도의 장비만 나와도 바로 질렀다.

'딱딱한 각반, 까슬까슬한 천. 지겨워 죽겠어. 적응도 안 되고.'

모양새도 모양새이지만, 착용감과 익숙함은 그 자체만으로도 기량을 끌어올리기에 적합한 요소였다.

아, 물론 란의 물건도 몇 개 샀다.

그녀가 마음에 들어 할지는 모르겠지만.

—빼애애애액!

—란 것도 더 사 줘라!

—이왕이면 예쁜 걸로!

—얇은 거로!

—경매장에 같이 부르던가!

—그러고 보니까 왜 안 부름?

—따로 일 시키지 않았었나?

이윽고 경매에 준비된 마지막 물건까지 나오고.

사람들이 슬금슬금 태양을 바라보기 시작했다.

V—헤로인을 내놓으라는 무언의 압박이었다.

태양이 안주머니에서 V—헤로인을 꺼냈다.

"오오!"

"꽤 많은데?"

"저 정도면 몇 회분이야?"

"적어도 한 달은 절어서 살 수 있겠군."

달라지는 분위기.

V—헤로인을 하지 않은 사람도 있었지만, 이들 중 대부분은 한 사람들이었다. 일부는 지금 당장 태양을 덮치고 싶은 욕구를

느끼는 이들도 있을 정도였다.

하지만 이들이 그렇게 하지 않는 이유는, 첫째로 태양의 능력을 보았기 때문이고, 둘째로는 육체의 본능을 이겨 낼 수 있을 정도의 능력자이기 때문이었다.

태양이 경매 진행자에게 V-헤로인이 든 봉지를 던졌다.

"저 귀한걸!"

"으아아악!"

일순간 클럽에 정적이 흘렀다.

다행히도 경매 진행자는 봉지를 성공적으로 받아 냈다.

그가 식은땀을 흘려 대며 유들유들하게 웃었다.

"하, 하하하. 생각보다 조금. 아니, 많이 대범하신 분이시네요."

주변 사람들이 태양을 노려봤다.

물론 태양은 그런 시선 따위에 조금도 아랑곳하지 않았다.

태양이 의자에 등을 파묻으며 중얼거렸다.

"현혜야, 슬슬 시작할까."

-오케이.

메시아는 고민에 빠져 있었다.

원래 계획대로라면, 지금쯤 동료들에게 신호를 보내서 클럽 판테온을 습격했어야 했다.

하지만, 변수가 생겨 버렸다.

윤태양이라는 이름의 커다란 변수가.

단지 윤태양의 심기에 거스르지 않기 위해 움츠러드는 게 아니었다.

그의 무력이 문제였다.

앙헬의 부하들을 순식간에 쓸어 버릴 수준의 가공할 무력.

최악의 경우, 그가 마음먹고 대처해 버린다면 메시아는 아무것도 못 하고 잡힐 가능성도 있었다.

강력한 집단은 전략과 전술로 분해할 수 있지만, 강력한 개인에게는 그런 것이 통하지 않는 법이니까.

"젠장."

그때, 메시아의 채팅 창이 좌르륵 내려갔다.

–달하!

–달하!

–달님이 왜 여기 옴? ㅋㅋㅋㅋ.

–너 윤태양 버려? 너 윤태양 버려? 너 윤태양 버려?

메시아의 동공이 확장됐다.

스트리머 달님?

그녀가 왜?

['달님' 님이 100,000원을 후원하셨습니다!]

[계획대로 하세요. 지금. ㄱㄱㄱㄱㄱㄱ]

메시아의 얼굴이 괴상해졌다.
"계획대로?"
['달님' 님이 100,000원을 후원하셨습니다!]
[이쯤에 경매장 습격하려고 하셨잖아요. 방송 다 봄. ㅋ]
현혜가 모니터를 보면서 중얼거렸다.
"같이 움직이는 게 싫다고는 했는데, 이렇게 써먹지 않을 이유는 또 없단 말이지."
써먹을 수 있는 패는 모두 써먹는 게 효율적이다.
현혜는, 그리고 태양은 감정에 휘말려서 실리를 챙기지 못하는 사람이 아니었다.
심지어 단탈리안은 목숨이 달린 게임이니, 더더욱 그렇다.
"하!"
메시아가 사납게 웃었다.
생각 이상으로 모욕적인 그림이다.
하지만 그 역시.
감정에 휘둘려서 실리를 잃어버리는 사람이 아니었다.
"이용. 기꺼이 당해 줄 수 있지. 올라갈 수만 있다면 말이야."
메시아가 신호했다.
그리고.
콰아아아아아아앙!
클럽 판테온의 한쪽 벽이 통째로 터져 나갔다.
메시아의 계획은 굉장히 체계적이었다.

그는 건물의 구조부터 인선의 배분, 위치까지 모두 알아내 효율적으로 '해체'할 수 있는 전략을 세웠다. 그리고 벽을 폭파하는 것에서부터 경비병들을 모두 처리하고, 더불어 범죄자들의 진형을 찢어 놓는 것까지 미리 시뮬레이션했었다.

그렇기에 부하들은 당황할 수밖에 없었다.

"왜 안 나와?"

경비병들이 없었으니까.

메시아가 신호를 보내긴 했지만, 나머지 유저들 사이에는 방송이 켜져 있지 않은 이상, 전해지는 정보에는 한계가 있었다.

'윤태양이 갑자기 들어와서 경비병을 다 죽여 없앴다.' 정도의 디테일한 수준의 의사소통은 불가능했으니 놀랄 수밖에.

"이게 무슨……."

"나쁠 건 없지 않습니까? 바로 다음 시나리오로 넘어가죠!"

"윤태양이 한 짓인가?"

"그렇지 않을까요?"

"모르죠, 그건."

복면을 쓴 플레이어들이 중얼거리며 스킬을 캐스팅했다.

십자 화염 포화.

심판의 창.

화구(火球) 사출.

범죄자들이 기민하게 반응했다.

"막아!"

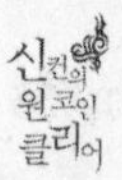

“아니, 피해! 계획적인 놈들이다!”

“젠장! 앙헬! 똑바로 하는 일이 없어!”

하지만 범죄자들의 시선이 반대편으로 쏠린 틈은 태양의 주먹이 비집고 들어가기에 충분히 넓었다.

초월 진각 - 염라각(閻羅脚).

콰아앙!

[범죄자, 비말 스트레이트를 사살했습니다. 3,500,000/20,000,000]

주변의 사람들이 뒤늦게 반응했다.

“이게 무슨!”

“피해!”

하지만 너무 늦었다.

초월 진각 - 선풍권(旋風拳).

옆자리에 앉아 있던 여성.

안티고네 플롯의 턱에 태양의 주먹이 그대로 꽂혔다.

콰드득.

“어라, 바로 안 죽네.”

태양이 다시 달려들자 주변의 범죄자들이 비둘기처럼 파드드득 물러났다.

중단 무릎치기.

차기보다는 찍기에 가까운 태양의 발길질이 안티고네 플롯의 목을 꺾었다.

콰앙!

[범죄자, 안티고네 플롯을 사살했습니다. 9,500,000/20,000,000]

동시에 태양이 자세를 낮췄다.

어디선가 나타난 백색 칼날이 공간을 통째로 헤집었다.

백색 절단.

스르르릉.

소름 끼치는 쇳소리와 함께 비명이 터져 나왔다.

"크아아아악!"

"누구야! 배신자가 또 있다!"

"뒤! 뒤야!"

메시아였다.

태양은 망설이지 않고 팔이 절단된 채 비명을 질러대는 범죄자를 향해 달려들었다.

"양념 감사."

현상금 시스템은 막타를 먼저 치는 사람이 모든 것을 가져가게 되어 있었다. 굉장히 부조리하지만, 언제 단탈리안 제작진이 그런 것을 따지는 사람이던가.

콰앙!

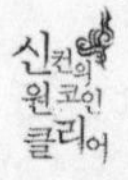

[범죄자, 안드레 슈만을 사살했습니다. 12,000,000/20,000,000]

"죽어!"

"염병할! 딱 봐도 이럴 것 같더라니!"

어느새 정신을 차린 범죄자들이 태양을 향해 적의를 뿜어냈다.

태양이 얼굴을 찡그렸다.

"아, 꿀 별로 못 빨았는데."

—1천만 넘겼잖아. 일확천금 업적 먹었으면 됐지.

"그래도."

콰드드득!

태양이 몸을 날리자, 태양이 서 있던 공간이 꽈배기처럼 일그러졌다.

—ㄷㄷㄷ 공격 수준이 다르네.

—총알은 맞아도 아프고 말 것 같았는데. 이건 좀 ㄷㄷ.

—사실 총알도 맞으면 죽기는 함.

—씁. 또 반박충 기어 나온다.

—뭔가 스케일이 다르잖아.

그때, 클럽 바깥에서 커다란 마나 유동이 퍼져 나왔다.

태양이 반사적으로 메시아를 바라봤다.

계획에 있던 일이라는 듯, 자리를 피하는 메시아.

'저쪽에서 준비한 일이라는 거네.'

태양이 메시아의 계획을 가늠하려 눈을 찌푸렸다.

현혜가 메시아의 방송을 통해 클럽 판테온을 습격할 계획이라는 사실을 알아낸 건 좋았지만 그렇다고 그녀가 메시아의 모든 계획을 알고 있는 건 아니었다.

태양은 짧은 고민 끝에 메시아처럼 클럽을 벗어났다.

'이럴 때는 따라가는 게 현명하지.'

판이 어떻게 돌아가는지 모르겠다면, 판을 짠 사람을 따라가는 것이 가장 안정적인 선택지다.

유성 낙하.

콰아아아아아아아앙!

태양이 빠져나오기가 무섭게 거대한 돌무더기가 클럽 판테온에 떨어져 내렸다.

―ㄷㄷㄷㄷ.

―뭔데?

―미쳤다.

―그 메시아네 유저 중에 한 명 스킬임.

―누구더라?

―테오.

태양이 초거대 규모 마법의 위력을 보면서 감탄했다.

"와, 이런 스킬도 있구나. 어떻게 구했대?"

―이런 규모의 기술은 리턴만큼이나 제약도 많아. 모르긴 몰라도, 쓰고 나면 혼절 수준의 디메리트가 있을걸? 아니면 엄청나게

어려운 조건을 맞췄든가. 이런 공격 기술이면 아마 전자일 거야.

"윽, 나는 절대 못 쓰겠네."

–너도 그런 기술 있잖아.

"뭐?"

–재생의 힘.

아.

태양이 저도 모르게 고개를 끄덕였다.

사용만 할 수 있다면 사기급의 성능을 발휘하지만, 애초에 사용할 조건을 만드는 것 자체가 말도 안 되게 어려운 기술.

저 유성 낙하라는 기술도 재생의 뱀 수준의 조건을 갖춰야 사용할 수 있는 기술이라면 납득이 될 것 같았다.

한편, 앙헬은 무너져 내린 클럽에서 조용히 곱씹었다.

어디서부터 잘못된 걸까?

윤태양이 경매에 참여하겠다는 제안을 했을 때, 자존심이 상하더라도 경매를 엎어야 했을까?

클럽이 무너지고, 경매가 엉망진창이 되더라도 윤태양과의 결전을 끝까지 이어 갔어야 했을까?

아니면, 빌딩의 계단실에서 그를 보내 주지 말고, 결판을 냈어야 했을까?

'빌어먹을.'

앙헬은 곧 이것들이 쓸데없는 고민임을 깨달았다.

과거는 바꿀 수 없다.

다만 그가 관여할 수 있는 것은 지금. 그리고 미래였다.

앙헬이 해야 할 것은 과거를 후회하며 곱씹는 게 아니라, 미래를 바꾸기 위해 행동해야 했다.

앙헬이 엄지손가락을 제 입으로 가져갔다.

으드득.

피가 흘러나왔다.

보통 생명체와는 다른, 훨씬 진득진득하고 끈적끈적한 피.

흡혈귀에게 혈액은 다른 생명체의 것보다 더 큰 의미가 있었다.

일반적인 생명체는 육신에서 피가 빠져나가면 죽는다.

피가 육신의 필수 구성품 중 하나이기 때문이다.

그렇기에 자신과 같은 성질의 피를 가진 사람이 수혈(輸血)해주면 살아나는 경우도 있었다.

정리하자면 그들에게 혈액이란 중요하지만, 대체할 수 있는 것이다.

하지만 흡혈귀는 그렇지 않았다.

그들에겐 피가 존재의 기반.

흡혈귀에게 피란, 인간의 영혼에 대치되는 개념이었다.

그렇기에 흡혈귀에게 피를 이용한 마법이란, 무인이 선천진기를 꺼내 사용하는 것과 같다.

피가 마법진을 이루고, 이내 빛이 번뜩였다.

안개화.

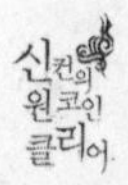

후우우웅.

마법진에서 안개가 퍼져 나오기 시작했다.

안개는 짙었다. 햇볕도 들어오지 못할 만큼.

으드득.

다시 한번 손가락을 물어 피를 낸 앙헬이 또다시 마법진을 그렸다.

혈류무장(血流武裝).

후두둑.

앙헬의 새빨간 양손에 핸드캐넌이 잡혔다.

어깨 위로는 피가 흐르는 새빨간 망토가 휘감겼다.

번뜩.

앙헬이 눈을 치켜떴다.

그의 눈동자가 새빨갛게 빛났다.

"안개화! 안개화다!"

"도망쳐!"

"꺄아아아아아아악!"

"흡혈귀! 흡혈귀가 나타날 거야! 나타나서 모두를 죽일 거라고!"

그렇지 않아도 혼란의 도가니였던 도시는 이제 거의 재난 상태에 도달했다.

안개화는 흡혈귀들이 도시에서 날뛸 때 대표적으로 나타나는 증상이었다.

문제는 한번 안개화가 진행되면 적어도 하루 밤낮은 진행된다는 것.

안개화를 일으킨 흡혈귀의 권속이 아니더라도, 도시 곳곳에 숨어 있던 흡혈귀형 마물들이 나타나서 날뛰기 시작했다.

물론.

스타버스트 하이킥(Starburst High Kick).

빼억.

[범죄자, 윌리스 단테를 사살했습니다. 23,000,000/20,000,000]

태양은 혼란을 틈타 열심히 범죄자의 머리를 깼다.

"란은 잘하고 있으려나."

ㅡ상황도 맞아떨어지고. 그쪽만 잘 해주면 되는 건데 말이지.

그때, 태양이 본능으로 뒤를 돌아봤다.

콰아아아앙!

폭음과 함께 태양의 신체가 튕겨 나갔다.

"쿨럭. 끄으……."

"빌어먹을 자식. 살아 있어서 다행이군."

철컥.

피의 무기와 방어구로 무장한 앙헬이 차갑게 웃었다.
“잘근잘근 씹어서 죽여 주마.”
“이…….”
혈기충천(血氣充天).
통증을 간신히 완화시킨 태양이 소리를 질렀다.
“깜빡이는 켜고 들어와야 할 것 아니야! 이 상도덕도 없는 자식아!”
그리고 동시에 라이트 세이버를 꺼내들었다.
박쥐화(化)할 시간도 주지 않고 일격에 목을 베려는 의도였다.
후웅.
앙헬이 태양의 공격을 비웃으며 피했다.
태양의 눈이 이채를 띠었다.
몇 시간 전, 클럽에서 상대할 때와는 차원이 다른 움직임이었기 때문이다.
-혈류무장이야. 흡혈귀 종족 스킬이라고 보면 돼. 코스트가 엄청나니까 오래 버티진 못할 거야.
“참나, 그거 대단하네.”
태양이 이죽거렸다.
두 벌의 핸드캐논과 몸을 휘감은 핏빛 망토.
달라진 것은 두 가지뿐이었는데 이리도 전투력이 다르다.
“왜 아메리고의 인간들이 안개와 핏빛 무구를 두려워하는지 알려 주지. 네 몸으로 말이다.”

혈류무장뿐만 아니라 안개화 역시 그저 안개만 일으키는 마법이 아니었다.

흡혈귀의 존재 기반인 피를 소모해 가며 일으킨 마법 중에 특별하지 않은 마법은 없었다.

애초에 안개화의 안개는 흡혈귀의 움직임, 감각 등 모든 전투에 도움이 되는 행동을 보정했다.

심지어 안개 안에서의 흡혈귀는 특유의 육감까지 생겨나 짧은 미래 예지를 할 수 있을 정도였다.

—제수스가 가장 많이 사용하던 기술 조합이야. 조심…….

"오케이!"

투웅.

태양이 앙헬에게 튀어 나가자 앙헬이 그 움직임에 맞춰서 뒤로 뛰었다.

태양의 행동을 미리 알고 움직인 수준의 반사 속도.

동시에 앙헬의 핸드캐넌이 다시 한번 태양을 겨눴다.

콰아아아앙!

총신을 보고 궤도를 예측한 태양이 몸을 웅크려서 대포알과 같은 총탄을 피했다.

하지만 앙헬이 의도한 바는 총격이 아니었다.

그것보다는, 발포되면서 생기는 커다란 빛.

그리고 그림자.

절영(切影).

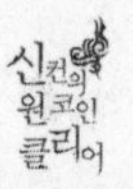

꽈드드득.

"크윽."

태양이 침음을 흘렸다.

짧은 사이에 행동이 묶였다.

사영(死影).

앙헬과 연결된 태양의 그림자가, 제 목을 부여잡았다.

"커헉."

이번만큼은 태양도 대항하지 못했다.

—태양아!

현혜가 놀라서 소리를 질렀다.

—뭐야.

—윤태양이 밀리네?

—이거 뭐가 어떻게 되는 거?

화면을 바라보는 현혜가 손톱을 깨물었다.

그녀가 항상 걱정해 오던 시나리오 중 하나였다.

태양은 육체적인 전투에선 정말 완벽에 가깝지만, 어쩔 수 없는 약점이 한 가지 있었다.

마법에 대해 대처하지 못한다는 것.

당연하다면 당연한 일일지도 몰랐다.

킹 오브 피스트에는 마법이 없었으니까.

태양은 평생 대전 격투 가상현실 게임을 해 온 사람이었고, 그러다 보니 마법사와의 전투 경험에서 약점을 드러낼 수밖에 없었다.

그동안은 '아크샤론의 허물'을 운 좋게 얻어서 그것으로 꽤 많은 것들을 커버했었다.

하지만 앙헬의, 그림자를 이용한 주술은 '아크샤론의 허물'로도 어떻게 할 수 없는 것이었다.

"끄으으윽."

태양의 이마에 핏발이 섰다.

앙헬이 제 새하얀 손에 핏대를 세워 가며 그림자를 제어해 댔다.

태양이 순간적으로 마나를 방출해 앙헬의 그림자를 밀어냈다.

파앙!

순간적으로 자유로워진 태양이 앙헬에게 달려들었다.

콰득.

앙헬의 목을 붙잡는 순간, 그가 피식 웃었다.

사영(死影).

"멍청하기는."

신체가 닿았다는 것은, 그림자도 닿아 있다는 것.

태양의 손아귀에 힘이 빠졌다.

그의 그림자가 다시금 그의 목을 조르기 시작했다.

"네 죄를 곱씹으며 고통스럽게 죽어라. 인간."

"X……까."

태양이 간신히 대답하며 그를 붙잡고 늘어졌다.

하지만 그게 끝.

혈마력(血魔力)을 사용하는 흡혈귀의 전력은 평소의 세 배 이상 강력했다.

'젠장. 빨리…….'

태양이 뒤집히기 직전인 눈동자에 간신히 힘을 주어 주변을 살폈다.

도로 한복판.

주변엔 건물이 복잡하게 늘어서 있었지만, 유성 낙하의 여파로 거의 풍비박산이 나 있었다.

즉, 안개만 걷히면, 그대로 태양이 내리쬐는 위치라는 뜻이었다.

"끄윽. 란. 빨리……!"

그리고.

후우우우웅!

커다란 바람이 불어왔다.

앙헬이 눈썹을 들썩였다.

"뭐지?"

뭐긴 뭐야. 이 자식아.

눈을 반쯤 까뒤집은 태양이 앙헬의 옷깃을 단단히 붙잡았다.

괴력난신(怪力亂神) – 태풍(颱風).

후우우우우우우우웅!

청량한 마력을 머금은, 창천 출신의 바람이.

콰아아아아아아아아!

아메리고의 안개를 걷어 내기 시작했다.

앙헬 빌딩의 옥상.

란은 그곳에 있었다.

향초와 부채와 상으로 작은 의식을 펼치면서.

이유는 간단했다.

태양이 지시했기 때문이었다.

안개화는 태양, 현혜의 예상 범위 안이었다.

그녀는 처음부터 도시에 안개가 내려앉는 순간, 그 안개를 날려 보내기 위해서 준비하고 있었다.

곧 태양의 말 대로 안개가 깔리자, 란이 향초에 붙어 있던 불을 껐다.

훅.

이내, 부채를 휘두르기 시작하자 평소와 다른 거대한 덩치의 바람이 그녀의 인도에 따라 움직였다.

괴력난신(怪力亂神) - 태풍(颱風).

"이런 대규모 풍술(風術)은 정말 오랜만이네."

란이 저 몸의 세 배는 될 것 같은 부채를 휘두르며 상쾌한 얼굴로 중얼거렸다.

본래 태풍의 술을 제대로 펼치면 수십 배 위력이지만, 개인이 펼치려면 적어도 한 달은 제(祭)를 올려야 했다.

그러나 이 정도 제(祭)만으로도 안개를 떨쳐 내는 데에는 충분했다.

후우우우웅!

부채질 한 번에 도시 외곽의 안개가 그대로 쓸려 나갔다.

후우우우우웅!

두 번에는 도시를 관통하는 큰길의 안개가 통째로 걷히고,

후와아아아아아앙!

세 번에는 앙헬 빌딩을 둘러싼 안개가 그대로 하늘로 말려 올라갔다.

"크아아아아아악!"

"끼에에에엑!"

안개가 걷혀 나간 곳에서, 햇빛에 노출된 흡혈귀의 권속들이 비명을 질러 댔다. 안전한 줄 알고 나왔다가 햇빛 세례에 그대로 목숨을 잃은 것이다.

[범죄자, 라벨 에릭을 사살하셨습니다. 1,500,000/20,000,000]

[범죄자, 카터 플로이드를 사살하셨습니다. 4,950,000/20,000,000]

[범죄자……]

•

후우우우우우웅!

도시의 안개가 걷힐수록, 란의 포인트가 기하급수적으로 쌓였다.

괴력난신(怪力亂神) – 태풍(颱風)의 술이 제 궤도에 오르고, 아메리고의 안개가 다시 걷혔을 때.

[범죄자, 레베카 헨드레이크를 사살하셨습니다. 31,500,000/20,000,000]

란이 빙긋 웃었다.

"쉽네."

"크아아아아악!"

안개가 걷힘과 동시에 햇볕이 앙헬의 피부를 녹였다.

단단히 붙잡고 있던 태양의 그립을 초인적인 힘으로 떨쳐 낸 앙헬은, 녹아내리는 얼굴을 부여잡고 하수구로 도망쳤다.

태양이 그를 보며 입맛을 쩍 다셨다.

"와. 그놈 힘이 무슨……."

–휴우.

현혜가 한숨을 내쉬었다.

–확실히 단탈리안은 단탈리안이야.

당연히 찍어 누를 수 있을 거라고 생각했는데.

앙헬의 기지와 변수에 태양이 역으로 잡힐 뻔했다.

후욱.

태양 뒤로 란이 떨어져 내렸다.

"흡혈귀는, 잡았어?"

"아니, 놓쳤어."

"아깝네. 천만짜리."

"걱정하지 않아도 돼. 이미 목표는 달성했거든."

태양이 제 손을 내려다봤다.

작정하고 붙잡았는데도 놓쳤다.

태양이 손을 쥐었다 폈다 하면서 중얼거렸다.

"흡혈귀화(化). 고민 좀 해 봐야 할 것 같은데?"

앙헬과 전투하면서 급격하게 끌리기 시작했다.

—흠. 난 추천 안 해. 신경 써야 할 부분이 너무 많아.

태양이 어깨를 으쓱였다.

현혜의 반대도 일리는 있었다.

기본적으로 태양 아래에 서지 못한다는 단점은 치명적이었기 때문이다.

흡혈귀화(化)를 하면 전체적인 난이도가 쉬워지겠지만, 몇몇 스테이지의 난이도는 극단적으로 높아졌다.

—근데 그거 감안 할 만한 거 같음. ㅋㅋ 초반에 봤을 땐 진짜 손도 못 대는 기량이었는데.

—일단 잡기가 너무 빡셈. 박쥐화가 너무 좋아 보이는데.

—실제로 제수스가 성과 냈던 거 생각하면 할 만하지.

현혜가 말을 보탰다.

—마냥 그렇게 좋은 점만 있는 건 아니야. 혈마법 그거, 당하는 입장에서는 짜증나 미치겠는데 쓰는 입장에서 보면 마냥 좋은 기술은 아니거든.

흡혈귀로 48층까지 올라간 제수스가 남긴 말이 있다.

—흡혈귀가 좋냐고? 좋지. 스포츠카로 치자면 페라리야. 성능이 엄청나지. 다만 한 가지 단점이 있어. 연비. 연비도 페라리급이야.

흡혈귀로 각성한다고 모든 혈마법(血魔法)을 자동으로 사용할 수 있는 것도 아닐뿐더러, 코스트를 맞추려면 상상 이상으로 피를 빨아 대야 했기 때문이다.

—게다가 알지?

"아아. 단점이 하나 더 있지."

태양도 익히 알고 있는 문제점.

누구에게 물려서 흡혈귀가 될 것인가?

애초에 흡혈귀는 다른 흡혈귀에게 흡혈 당해야만 될 수 있는 존재였다. 심지어 죽을 때까지 피를 빨면 그냥 죽는 거고, 생명을 유지할 정도로 남겨 줘야 한다는 조건까지 붙었다.

문제는 그게 끝이 아니었다.

그렇게 물려서 흡혈귀가 된다고 해도, 해당 흡혈귀가 권속으로 삼을지, 후계로 삼을지의 기로에 놓인다.

후계로 삼으면?

그래도 해당 흡혈귀의 명령에는 거절하지 못한다. 자식 흡혈귀의 피는 아버지 흡혈귀의 지배하에 놓여 있기 때문이다.

-이렇게 보니까 갑자기 기분이 팍 식네.

-그런데도 고민을 해 보겠다고?

-너무 안 좋아 보이는데.

-ㄹㅇ. 종속은 너무 큰 디메리트 아님?

-ㄴㄴ 그렇게 치면 제수스도 흡혈귀 못 해 먹었지.

사실, 코스트는 몰라도, 종속은 해결할 방법이 한 가지 있긴 했다.

그게 바로 V-헤로인 제작 주술 원본이다.

혈루석을 재료로 '제대로' 만든 V-헤로인은 마시면 흡혈귀화(化)가 가능했다.

고민하던 태양이 인상을 찌푸리며 머리를 긁었다.

"크흠. 모르겠다. 여하간 생각을 좀 해 봐야겠어."

란이 물었다.

"그럼, 이번 스테이지는 이대로 끝?"

란과 태양 모두 포인트를 모았으니, 처음 모였던 장소로 가서 철통을 터치하기만 하면 이번 스테이지는 클리어하는 것이었다.

하나 태양은 고개를 저었다.

"V-헤로인 제작 주술 원본. 그건 흡혈귀화(化)랑 상관없이 얻어 가야 해."

버리고 넘어가기에는 너무 가치 있는 물건이었다.

게다가 아직 얻지 못한 업적 작업도 해야 했다.

—이제부터는 다른 플레이어들도 조심해야 할 거야. 알지?

“맞다. 란. 지금부터는 다른 플레이어도 조심해야 해.”

“왜?”

“지금쯤이면 철통에 우리 이름이 적혀 있을 거야.”

포인트를 얻은 모든 플레이어는 철통에 이름이 적힌다.

플레이어의 현상금은 당연히 그가 모은 포인트.

란과 태양은 지금 각각 20,000,000포인트짜리 목표물이었다.

“그럼 빨리 움직여야겠네.”

“그렇지.”

“어디로?”

란의 물음에 태양이 고개를 꺾었다.

“그게 문제야.”

V—헤로인 제작 주술 원본.

존재는 아는데, 어디에 있는지 아는 사람이 없거든.

아메리고 지하도.

“허억, 허억.”

햇빛에 노출된 피부가 녹아서 눌어붙은 슈바이처 앙헬이 정처 없이 하수구를 거닐었다.

역겨운 냄새와 진득거리는 이물질이 몸에 잔뜩 붙었지만, 그는 신경 쓰지 않았다.

조금만 더 가면, 그의 거주지인 '앙헬 빌딩'과 연결된 하수도 블록으로 넘어갈 수 있었다.

'도착만 하면.'

그의 권속들이 그를 도우러 오리라.

비록 최정예들은 모두 당했지만, 빌딩에 남아 있는 전력도 충분히 강한 이들이었다.

그들로 시간을 벌고, 가족들을 불러야 한다.

최악의 경우엔…… '그분'을 깨우는 것도 고려해야 했다.

콰아아아앙!

뒤편의 하수구 벽이 무너져 내렸다.

"크윽."

추적자였다.

윤태양을 따돌리는 데에는 성공했지만, 추락한 앙헬을 노리는 이는 많았다.

평소에 쌓은 원한도 적지 않고, 그를 죽였다는 명성을 원하는 사람도 이 도시에는 넘쳐 나니까.

아니면 온갖 마수를 사냥하고 다니는 퇴마사일 수도 있겠지.

확실한 건, 그게 누구든 앙헬의 목을 노리고 있음은 분명했다.

"어딜 가시나!"

"그 잘난 가족들을 불러 보라고! 앙헬!"

콰드드득.

자신을 감싼 공간이 일그러지는 것을 느낀 앙헬이 재빨리 박쥐화했다.

"어딜!"

화르르르르르륵!

좁은 하수도의 파이프에 통째로 익히는 거대한 불꽃이 밀어닥쳤다.

"크아아아아악!"

강제로 실체화된 앙헬이 비명을 질렀다.

혈마법만 사용하지 않았더라도 이렇게 처참하게 당하지는 않았을 텐데.

현재 그는 평소에 비하면 절반의 전력도 내지 못하는 상태였다.

옷에 붙은 불을 끄기 위해 오물에 대고 구르는 앙헬을 보면서 추적자가 비웃었다.

"크하하하. 앙헬! 평소에 고고한 척은 혼자 다 하더니 꼴좋구나!"

"고귀한 핏줄이니 어쩌고 하더니만. 돼지처럼 등을 비비는구먼. 역겹구나, 역겨워."

앙헬은 비웃음에 신경 쓰지 않고 다시 반대로 달렸다.

"집념이 굉장한데? 굉장히 살고 싶으신가 봐?"

"그러게 말이야. 당신이 피를 빨아 죽인 이들도 그랬던 것처럼 말이야?"

추적자 한 명이 앙헬의 등에 대고 샷건을 갈겼다.

콰앙!

"크아아아아아아아악!"

앙헬이 비명을 질렀다.

영혼이 찢어지는 듯한 고통이었다.

"총알 맛이 어때? 널 위해서 특별히 은으로 도금했는데."

"좋아 죽는군. 한 발 더 박아 줘."

콰앙!

"끄아아아아악!"

비명을 내지르던 앙헬은 이들의 정체를 깨달았다.

마물보다 더 깊은 어둠 속에서 날카로운 칼을 들고 그들을 기다리는 존재.

퇴마사였다.

은으로 도금된 총알을 가지고 다니는 이들은 퇴마사밖에 없었다.

철컥.

다시 한번 장전을 마친 퇴마사가 앙헬의 오른팔에 총구를 대고 물었다.

"네 가족은 어디 있나? 왜 활동하지 않지?"

"죽……여……."

"슈바이처 다이애나는 어디 있지?"

"……."

"대답 여하에 따라, 널 살려 줄 수도 있어."

앙헬이 까득, 이를 갈았다.

퇴마사가 마물을 살려 준다?

웃기지도 않는 소리다.

저들은 온 정신이 마물에 대한 증오에 쏠려 있는 이들이었다.

앙헬이 죄 없는 인간을 죽인 적이 없다 한들, 흡혈귀라는 이유만으로 저들은 앙헬을 잔인하게 고문한 뒤 죽일 게 뻔했다.

"누이가 어디 있는지는……. 모른다."

"그렇지. 모르시겠지."

퇴마사가 방아쇠를 당겼다.

콰아아앙!

"크아아아아악!"

스르릉.

옆에 서 있던 또 다른 퇴마사가 이번엔 칼을 꺼냈다.

검신(劍身)에 알아볼 수 없는 온갖 언어가 적힌 곡도(曲刀)였다.

앙헬의 동공이 확장됐다.

"제령도(濟寧刀)!"

그 몸뚱어리에 영혼을 거두는 검.

제령도에 베여 죽은 마물은 그 영혼이 칼에 갇혀 억겁의 세월을 고통스럽게 살아야 했다.

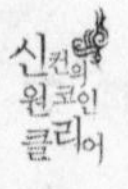

"어디서 이딴 흉악한 물건을! 이건 100년 전에……."
"흉악? 그건 네놈들 기준에서 하는 이야기고."
콰득.
제령도의 굽은 코가 앙헬의 손등에 박혔다.
"크아아아악!"
"다이애나의 행방은 말해 줄 필요 없어. 확실한 건 네놈이 V-헤로인의 제작 주술 원본을 가지고 있다는 거지. 안 그래?"
"그게 무슨……."
샷건을 든 퇴마사가 낄낄거렸다.
"이 바닥에 아는 놈들은 다 안다고. 제작 주술 원본 상(上)권이 네놈 수중에 있다는 거 말이야."
그때였다.
백색 절단.
콰드드드드드득!
백색의 칼날이 두 퇴마사에게 짓쳐 들었다.
"그거 재미있는 이야기네."
대각선으로 무너진 벽면에서 플레이어들이 걸어 나왔다.
메시아를 비롯한 유저 무리였다.
"앙헬, 제작 주술에 대해 전혀 모르는 척하지 않았어?"
"메시아."
"네놈들! 뭐냐!"
퇴마사가 샷건을 격발했다.

콰아아앙!

하나 총알은 닿지 않았다.

한정적 중력 제어.

후두두둑.

앙헬이 가벼운 손짓으로 총알을 막아 낸 메시아를 올려다보았다.

"날 구하러 온 거냐?"

앙헬은 메시아가 두 번째 습격 사건의 주체라는 사실을 몰랐다.

당시 유저들은 복면을 쓰고 있었을 뿐더러, 복장도 완전히 달랐기 때문이다.

당시 메시아가 뒤에서 다른 범죄자를 습격하기는 했지만, 당시 상황에서 그 정도 일은 서로를 믿지 못했기 때문에 벌어진 일 정도로 치부할 수 있었다.

"뭐."

메시아가 작게 웃었다.

사실은 10,000,000포인트를 챙기러 왔었다.

하지만.

"구하러 왔다고 볼 수 있지."

퇴마사들이 지껄이던 말이 앙헬의 목숨을 연장했다.

주술 원본이라니, 이런 금덩어리를 어떻게 안 먹고 넘어가?

"어이. 제정신이야? 너흰 그 흡혈귀가 얼마나 위험한 존재인

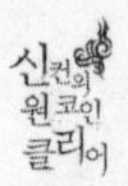

지 모르나 본데……."

"아니, 알아."

메시아가 퇴마사를 향해 작게 손짓했다.

퇴마사들이 파뜩, 그 손짓을 경계했다.

'한정적 중력 제어'를 통해 총알을 막아 내는 광경을 보았기 때문이다.

"대장. 죽일까?"

유저, 셀타비고가 물었다.

"저 친구들이 우리를 그냥 보내 준다면, 그럴 필요까지는 없어 보이는데."

"앙헬은 놓고 가라. 그럼 목숨은 살려 주마."

타협점이 없어 보이는 태도.

메시아가 삐딱하게 고개를 꺾었다.

"뭐, 싸움을 원한다면 어쩔 수 없지."

"그러니까. 앙헬 빌딩으로 가 보자고?"

"그쪽이 그나마 가장 가능성 있는 곳이잖아. 아니야?"

V-헤로인을 가장 잘 아는 건 결국 흡혈귀.

란의 말에 틀린 점은 없어 보였다.

-란의 말도 나쁘지 않은 거 같은데? 어차피 이건 정말 아무 조

건도 없이 우리가 처음부터 뒤져 봐야 하는 경우라서.

"메시아 쪽은 어떤데?"

-그쪽은 지금 방송 껐어.

"마지막에 발견된 곳은?"

-여기. 란이 안개를 걷어 낼 때쯤에 꺼서 의미 없는 정보지만.

"흐음."

정보를 순순히 넘기지는 않겠다는 건가.

이해하지 못할 것도 아니었다.

태양의 의도대로 움직여 주긴 했지만, 메시아 입장에서 유쾌한 일은 아니었을 테니까.

"앙헬 빌딩. 일단 가 보자고."

"그나저나 건물에 자기 이름을 붙이다니. 악취미야."

"돈이 많으면 해괴한 짓도 하고 싶어지나 보지."

난 아니었지만.

태양이 앙헬 빌딩 쪽으로 터덜터덜 걸음을 옮겼다.

그때.

장광포격(掌光砲擊).

손바닥 모양의 기운이 태양과 란을 향해 짓쳐 들었다.

"피해!"

콰아아아앙!

피하기가 무섭게 태양에게 달려드는 한 인형(人形).

"2천만 포인트!"

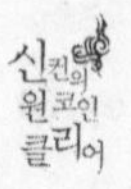

"뭐야, 이건."

하이퍼 드래곤 블로(Hyper dragon Blow).

뻐억.

덤벼든 남자가 그대로 허리를 접으며 꼬꾸라졌다.

반대편에 란에게 덤벼든 사람도 마찬가지였다.

현혜가 쯧, 혀를 찼다.

-이렇게 될 것 같더라니. 조금 더 빠릿빠릿하게 움직였어야 했어.

벌써 정보가 퍼진 것일까.

수많은 플레이어가 어느새 태양과 란을 포위했다.

태양이 입맛을 다셨다.

"거, 귀찮게 됐네."

앙헬 빌딩까지 거리가 꽤 될 텐데 말이야.

"보스!"

앙헬의 부하들이 만신창이가 된 앙헬을 보고 대경해서 달려왔다.

"보스! 이게 어떻게 된 일입니까!"

"세상에, 안개화(化)를 펼친 것이 보스였습니까?"

"경매장에서 습격을 당했다."

옆에 있던 메시아가 대신 대답했다.

앙헬을 부축하던 부하가 메시아를 보고 잠시 머뭇거렸다.

"성함이 어떻게 되시는지……."

"메시아."

"메시아, 메시아. 아는 이름이냐?"

"저는 못 들어 봤습니다."

"저도 잘……."

부하들은 메시아를 모르는 눈치였다.

시간으로 따져 보면 메시아를 비롯한 플레이어들은 도시에 들어온 지 만 이틀이 채 되지 않았으니, 이상한 일은 아니다.

하지만.

메시아가 그들의 반응을 보며 고개를 주억거렸다.

'제대로 된 정보와는 거리가 있는 이들이군.'

이는 곧, 저들이 앙헬의 정예는 아니라는 뜻이기도 했다.

앙헬의 세력도 중심부에 있는 이들이었다면 메시아를 몰라볼 리가 없었다.

이러니저러니 해도 메시아는 앙헬의 경매에 참여한 사람이었으니까.

메시아가 주변을 살폈다.

건물을 지키고 있는 이들은 일반 병력이다.

경매에서 경비를 맡았던 이들이 앙헬의 정예 병력이라고는 하지만, 제대로 키운 병력이 그들만 있는 것은 아닐 터였다.

메시아가 궁금한 것은 그것이었다.

앙헬의 제대로 된 전력은 지금 어디에 있는가.

그 사실만 파악할 수 있다면 선택지가 명확해진다.

"일단 들어오시죠."
"그러지."
메시아와 일행이 앙헬과 함께 건물 안으로 들어갔다.
앙헬은 도착과 동시에 실신했다가 곧 의식을 되찾았다.
"못난 꼴을 보였군."
"그럴 때도 있는 법이지. 한참 더 누워 있을 줄 알았는데."
녹아내린 얼굴을 붕대로 칭칭 감은 앙헬이 정중하게 대답했다.
"'손님'이 기다리고 있는데 그럴 수는 없지."
곧 앙헬의 얼굴이 흉신악살(凶神惡殺)처럼 일그러졌다.
"당했다. 처음부터 끝까지, 정교하게 계획하고 들어왔어."
처음 경매장에 발을 들였을 때 앙헬의 반응.
경비병을 순차적으로 죽이고 다른 손님들의 호의를 얻은 것.
경매품을 현물로 현장에서 직접 수령한 후 경매가 끝나자마자 다른 인원을 불러 집중 포화를 가한 것.
심지어 마지막 순간에 앙헬을 붙잡아 놓고 안개를 걷어 낸 것까지.
소름이 돋을 정도로 치밀하고 철저한 계산이었다.
'반쯤은 착각이긴 한데, 아니라고 부정하기도 그렇군.'
메시아가 쓰게 웃었다.
앙헬이 말한 정교한 계획 안에 제 일행의 습격 역시 들어 있음을 알기 때문이다. 그렇다고 능력을 증명했다고 좋아하기도 어려운 것이, 말 그대로 태양에게 '이용만' 당한 모양새였다.

메시아가 태양을 감탄시키려 했는데, 오히려 태양이 메시아를 감탄하게 만들고 있었다.

치솟은 화를 간신히 다스린 앙헬이 메시아에게 물었다.

"원하는 건, V-헤로인인가?"

"V-헤로인. 좋지."

"만들어 줄 수 있다. 기한만 조금 주면……."

"그런데 내가 관심 있는 쪽은 그것보단 제작 주술 원본이야."

앙헬이 말을 멈추고 메시아를 바라봤다.

"V-헤로인 제작 주술 원본 하(下)권의 행방을 아는 거냐?"

"안다고 단정 짓기는 좀 그렇고, 몇 가지 단서를 알고 있기는 해."

척이다.

몇 가지 단서? V-헤로인 제작 주술 원본이 상하권으로 나누어져 있다는 사실도 메시아는 방금 알았다.

하지만 알게 뭔가?

대화를 이어 나가는 데에는 이 정도 척만으로도 충분했다.

"V-헤로인 제작 주술 원본. 나에게 넘겨."

"넘기라고?"

"값은 제대로 쳐 주지."

"값? 제작 주술 원본이 우리 흡혈귀에게 얼마나 중요한 물건인지 알기는 하는 거냐?"

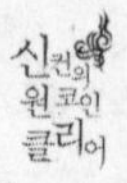

메시아가 태연하게 고개를 끄덕였다.

"흡혈귀의 천형(天刑)을 덜어 줄 수 있는 약이지."

천형(天刑).

다른 말로는 태생적으로 가지고 있는 문제점.

가장 잘 알려진 흡혈귀의 천형은 태양 아래 서지 못하는 속성이다. 하지만 그것 말고도 흡혈귀가 태생적으로 가지고 있는 문제점은 또 있었다.

탄생부터 누군가에게 종속되어야 한다는 점.

태양이 고민했던 문제와 그 결이 같다.

아주 오랜 시간을 살아왔지만, 앙헬 역시 누군가에게 전염된 흡혈귀인 것이다.

모든 흡혈귀는 윗세대의 지배에서 벗어나길 원했다.

그래서 개발하기 시작한 것이 V-헤로인이었다.

인간이 약을 섭취했을 때 흡혈귀가 되는 것?

약을 개발하는 과정에서 우연히 발생한 현상일 뿐이었다.

"V-헤로인이 어떤 약인 줄 알면서 나와 거래하자는 건가?"

"너에게 중요하다는 것 정도는 알아. 하지만 생각해 봐야 하지 않겠어?"

메시아가 어깨를 으쓱였다.

"아무리 귀한 보물이라도, 지킬 힘이 있어야 시장에 내다 팔 수 있는 거야."

콰앙!

앙헬이 탁자를 내리쳤다.

메시아는 미동도 하지 않았다.

"내가 빼앗지 않더라도, 곧 빼앗기게 될 거야. 네 상태를 보라고."

나머지 병력이 어디에 있는지는 모른다.

하지만 한 가지 확실한 건, 현재 앙헬의 상태가 굉장히 불안정하다는 것.

메시아는 이 점을 파고들었다.

"윤태양이 빌딩에 오면, 막을 수 있겠어? 다른 마피아 세력이 들이닥치면? 아니면, 네 상태를 알아본 밑의 녀석들이 배신할 수도 있지."

실제로 비일비재하게 일어나는 일이었다.

유저들이 '현상금' 스테이지에서 가장 많이 써먹는 패턴 중 하나가 만만한 조직 하나 잡고, 행동대장급 인물을 충동질해서 공중분해 시키는 것이었다.

"적어도 나는 가격을 제대로 쳐줄 생각이야."

"……웃기는군. 빼앗을 자신이 있다면 날 구하지 않고 빌딩을 공격했으면 그만 아닌가?"

"효율의 문제지. 경제적으로 보자고. 싸우고 죽여서 빼앗을 수도 있지만, 솔직히 이 넓은 빌딩을 뒤지는 선택은 과하게 비효율적이거든."

그때, 부하 하나가 문을 박차고 들어왔다.

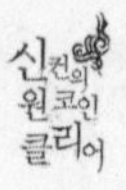

"보스!"
"무슨 일이냐?"
"에이미 파벌의 병력이 지부 세 곳을 동시에 습격했답니다!"
메시아가 어깨를 으쓱였다.
"합당한 대가는 지불하겠어. 당장 전투에 도움을 줄 용의도 있고. 어때?"
"나를 너무 무시하는군."
콰아아아앙!
앙헬의 말과 동시에 앙헬 빌딩의 벽면이 터져 나가는 소리가 다이내믹하게 메시아의 고막을 자극했다.
"보스! 지원이 필요합니다. 보스!"
"……에샤스는 어디 있지? 하라리는?"
"둘 다 연락이 안 됩니다!"
메시아가 고소를 머금었다.
"괜찮겠어?"
"젠장."
앙헬이 신경질적으로 제 머리를 부여잡았다.

앙헬이 메시아 일행을 데려간 곳은 빌딩의 중앙이었다.
1층도 아니고, 꼭대기 층도 아닌 중앙.

더 정확히 묘사하자면 26층과 27층 사이에 만들어 놓은 비밀 공간이었다.

"금고는 옥상 바로 밑에 만들어 놓고, 이건 여기에 뒀네?"

"……가장 중요한 물건은 두 번째 금고에 두는 법이다."

금고를 2개 만들어라.

치안 최악의 도시 아메리고의 주민이라면 쉽게 공감하는 이야기였다.

도둑이 들어서 1개의 금고를 털더라도, 숨어 있는 두 번째 금고의 재산을 지킬 수 있기 때문이다.

누군가는 차라리 금고 하나에 방비를 더 하는 게 낫지 않느냐고 이야기할 수도 있지만, 글쎄.

아무리 방비가 완벽해도 결국 누군가는 뚫는 법이었다.

앙헬이 커다란 검은색 벽을 매만지며 말했다.

"너희들 중 몇 명의 피가 필요하다."

"피?"

"잠금장치를 여는 데 필요하다. 본래는 내 혈액으로 하는데, 윤태양과의…… 으득. 전투에서 피를 너무 많이 소모했다."

메시아가 되물었다.

"……네가 피를 빨겠다는 말은 아니지?"

"아니. 대충 팔을 그어서 흘려만 주면 된다."

"얼마나 필요한데?"

"모른다. 열어 보지 않은 지 아주 오랜 시간이 지났거든."

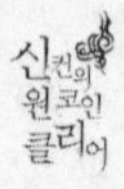

유저들끼리의 짧은 상의가 끝나고, 곧 셀타비고가 나섰다.

"젠장, 이런 일은 꼭 내가 걸린다니까."

"셀타비고 씨가 책임감 하나는 끝내주지."

"멋있어."

"나 하나로 충분한 거야?"

앙헬이 고개를 흔들었다.

"모른다고 하지 않았나."

셀타비고는 내키지 않는 얼굴로 정글도를 꺼내서 손바닥을 그었다.

기본적으로 통각 제어가 되어 있어서 동작에 망설임은 없었다.

"피를 먹여야 들어갈 수 있는 금고라니. 끔찍하군."

셀타비고가 투덜거리는 사이, 메시아가 물었다.

"몇 명은 내려보낼까? 밑에 전투가 격화되는 모양인데."

"그래 주면 고맙겠군. 시간만 끌어주면 된다."

"할당량 아직 못 채운 사람?"

"저희 둘이 못 채웠습니다."

"둘이면 뭐. 충분하겠군. 갔다 와라."

"옙!"

수혈 작업은 생각보다 많이 걸려서, 먼저 내려간 둘과 메시아를 제외하고 모든 이가 피를 내야 할 정도였다.

"너무 오래 걸리는데."

"이제 다 됐다. 너무 오래 주무셔서 갈증이 많이 나셨나 보군."

"뭐?"

두근.

금고 건너편에서 커다란 고동이 들려왔다.

"이게 무슨."

메시아와 여섯 명의 유저가 동시에 깜짝 놀라서 건너편을 경계했다.

유저 특유의 떨어지는 일체감으로도 느껴질 만큼 뚜렷한 감각이 그들을 휩쓸었다.

두근.

앙헬이 제 얼굴에 감았던 붕대를 풀며 말했다.

"곧 문이 열릴 거다. 준비해."

백색 절단.

우우웅.

'일반적인 금고가 아니다.'

메시아의 손에 기다란 백색 칼날이 잡혔다.

날카로운 백색 칼날이 앙헬 목 부위의 동맥을 지그시 눌렀다.

"무슨 짓을 한 거냐."

"무슨 말인지 모르겠군. V-헤로인 제작 주술 원본을 넘겨 달라고 한 건 그쪽 아니었나?"

앙헬이 팔을 쳐들며 소리를 질렀다.
"소개하지! 나의 아버지. 흡혈귀의 기원! 동시에 자식들을 자신의 피로부터 독립시키길 원하는 해방자! 고귀한 백작!"
파스스스!
"끄, 끄아아아아아악!"
구멍에 피를 흘려보내고 있던 유저가 비명을 질렀다.
"니, 닉!"
"파, 팔이! 팔이 안 빠져!"
"젠장! 닉을 놔줘!"
"개자식!"
메시아의 백색 검날이 앙헬의 목을 누르기 시작했다.
피가 배어 나왔다.
하지만 앙헬의 표정은 여유로웠다.
"베어도 상관없다. 너희 덕분에 그분을 깨웠다. 이제는……."
파스스.
피를 흘려보내고 있던 유저, 닉이 미라와 같은 형체가 되어 자리에 쓰러졌다.
메시아가 검을 내리쳤다.
동시에 검은색의 석문이 터져 나왔다.
"오랜만이구나. 앙헬."
커다란 망토를 두른 거대한 남자가 메시아의 백색 검날을 잡은 채 중얼거렸다.

"오랜만에 뵙습니다, 아버지. 아니, 드라큘라 트란실바니아 백작님."

<*>

콰앙!

"이!"

중단 무릎치기.

"자식!"

초월 진각 - 염라각(閻羅脚).

"들은!"

세 명의 플레이어를 떨쳐 낸 태양이 고함을 질렀다.

"학습 능력이라는 게 없냐!"

옆에서 란이 강풍(强風)으로 플레이어들을 밀어내며 중얼거렸다.

"한 명만 잡으면 스테이지를 그대로 통과하는데, 그럴 만도 하지."

"휴우, 그래도 도착했다."

태양이 앙헬 빌딩을 바라보면서 한숨을 내쉬었다.

"생각보다 시간을 너무 많이 잡아먹었어."

"그냥 죽이라니까. 왜 갑자기 스님 행세야?"

"그런 이유가 있어."

메시아를 만나고 나니, 플레이어에게 함부로 손을 쓰는 게 꺼려졌다.

왜인지 유저일 가능성을 배제할 수 없었기 때문이다.

'아닌 걸 알지만, 찝찝하단 말이지.'

앙헬이 태양에게 당한 사실이 소문이라도 났는지, 앙헬 빌딩의 1층은 완전히 풍비박산이 나 있었다.

"그럼 들어갈까."

"잠깐."

란이 태양의 어깨를 붙잡았다.

"뭐야? 왜?"

태양이 돌아보자, 란이 특유의 눈빛으로 허공을 바라보고 있었다.

"바람 점이야?"

"……귀기(鬼氣)."

후우우웅.

빌딩 안쪽에서 바람이 불어왔다.

태양이 저도 모르게 몸을 떨었다.

"귀기가 역할 정도로 심해."

"흠."

"꼭 들어가야겠어?"

태양이 란을 바라봤다.

바람 점으로 미래를 점치는 그녀는 꽤나 많이 봐 왔는데, 작금의 그녀는 그 어느 때보다 불안해 보였다.

—ㄷㄷㄷㄷ

—나 이런 분위기 앎. 여기서 꼭 말리는데 억지로 들어가는 ㅅㄲ 나옴. 그리고 제일 먼저 죽음.

—공포 영화 클리셰. ㅋㅋ.

—한 번쯤은 돌아가자.

—굳이 들어간다고? 굳이?

그때.

터어어엉!

태양의 옆에 서 있던 차 천장에 시체가 떨어졌다.

마치 미라처럼, 말라비틀어진 시체였다.

—?? 시체가 하늘에서?

—어?

—뭔가 익숙한데?

['바나' 님이 10,000원을 후원하셨습니다!]

[얘 메시아 파티 유저 아님? 복장이 비슷한데.]

태양이 시체에 다가갔다.

정확히 기억은 안 나지만, 듣고 보니 메시아 파티의 유저들 복장과 비슷한 것 같기도 했다.

그때.

"윤태양?"

"윤태양 씨?"

두 명의 플레이어가 나타났다.

앙헬 빌딩 1층에서 만난 두 플레이어는 메시아의 파티원이었다.

"오. 이렇게 만나네."

태양이 태연자약하게 그들에게 악수를 청했다.

초반, 유저에게 부정적이었던 태양을 기억하는 이들은 약간 얼떨떨한 기색이었다.

그들은 모르겠지만 스테이지 미션을 손쉽게 클리어한 터라 작금 태양의 감정은 그리 나쁘지만은 않았다.

"그런데 왜 이곳에?"

"아, 그게……."

유저들이 상황을 설명했다.

메시아 일행이 퇴마사 둘에게 붙잡혀 있는 앙헬을 발견하고, 얻어먹을 것이 있을까 구해 줬다는 것부터.

앙헬과 함께 빌딩에 도착했을 때 다른 마피아 무리가 습격, 도와주겠다고 내려왔다가 무언가 이변을 느꼈다는 것까지.

"'무언가'가 깨어났다고?"

"네. 뭔진 모르겠습니다. 확실한 건, 느낌이 좋지 않습니다."

"유저인 우리도 확연히 느낄 정도입니다."

태양이 의미심장하게 란을 바라봤다.

그녀도 빌딩에서 '불길한' 무언가가 느껴진다고 말했었다.

"곧 하라리라는 흡혈귀가 앙헬의 병력들과 함께 나타나서 습격한 마피아를 쓸어 담고 올라갔는데, 저희는 따라가지 않았습니다."

"그건 그렇고."

태양이 뚱한 얼굴로 물었다.

"얻어먹을 게 뭔데?"

"네?"

"앙헬을 구해 줬다며. 1천만 포인트짜리 목표물을. 그냥 맨입으로 구했을 리가 없지."

"그건……."

한 명은 입을 열기 곤란한 모습.

반대편을 돌아보니, 나머지 한 명의 유저 역시 고개를 설레설레 젓는다.

태양이 물었다.

"돌아가 그냥? 위에 메시아가 있다면서. 알아봐 줬으면 하는 거 아니야?"

"그건 맞습니다만……."

옆에서 지켜보던 란이 코웃음을 쳤다.

"구해는 줬으면 좋겠는데, 너네한테 켕기는 건 말하기가 싫다?"

—ㅋㅋㅋㅋㅋ 뭐냐 이건?

—개 뻔뻔하네.

—딱 구해 주기 싫게 만드는 전형적인 표정.

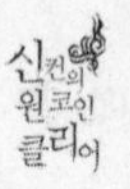

-그래도 구해야지; 메시아도 사람인데.

-ㄹㅇ 저기서 죽으면 끝 아님?

태양이 침묵으로 대답을 강요하자 결국, 유저들이 입을 열었다.

"……V-헤로인 제작 주술 원본에 관한 이야기를 했습니다."

"앙헬이 제작 주술 원본 상권을 가지고 있다더군요."

"아하. 어? 정말로 앙헬이 V-헤로인 제작 주술 원본을 알고 있었다고?"

태양이 놀란 눈으로 란을 돌아봤다.

"흥, 내가 이 정도야. 이제 알겠어?"

"고장 난 시계도 하루 두 번은 맞는다더니."

"뭐?"

"너 똑똑하다고."

태양이 유저들을 돌아봤다.

"그럼, 앞장서요."

"네?"

"제가 한번 구하러 가 볼 테니까, 앞장서시라고. 메시아가 어디 있는지 설명해 주셔야지. 내가 어떻게 알고 그쪽을 찾아가? 이 높은 빌딩에서."

"……."

"설마 그쪽도 몰라?"

유저 둘이 동시에 대답했다.

“모릅니다.”

“알긴 아는데…….”

태양의 눈썹이 꿈틀거렸다.

이게 또 뭐 하는 꼬락서니들이실까.

—쫄았네.

—공포 영화에서 굳이 폐가 들어가는 느낌이랄까.

—안 들어가면 안 되냐…

—ㅇㅈ. 솔직히 분위기 ㅈㄴ 싸함.

—왜들 그리 다운돼 있어?

—??

—뭐가 문제야 ㅅㅇㅆㄸ.

—ㅅㅇㅆㄸ.

—ㅅㅇㅆㄸ~.

—? 갑자기 분위기 지아코;

태양이 작게 한숨을 내쉬었다.

생각해 보면 유저들의 태도를 전혀 이해를 못 하겠는 건 아니었다.

척 봐도 자신들의 기량으로는 감당되지 않을 것 같은 공간에 들어가는 일이 달가울 리가 없었다.

“쫄리면 안 와도 돼요. 제가 나름대로 찾아보면 되니까.”

“네. 그, 올라가 보시면 26층이랑 27층…….”

“휴, 저랑 갑시다.”

“탐슨?”

한 유저의 결정에, 나머지 한 유저가 화들짝 놀란다.

“네가 가면 난 혼자 남아서 어떡하라고!”

“젠장! 그럼 그대로 죽게 두자고? 메시아를? 셀타비고도? 현은 또 어쩌고!”

“메시아고 뭐고 당장 우리 목숨이 날아가게 생겼는데! 윤태양이 빌딩 안에서 널 지켜 줄 것 같아?”

“그건…….”

오, 그건 맞는 말이네.

“……가지가지 한다, 정말.”

란이 두 유저를 보며 한심하다는 듯 중얼거렸다.

“태양, 어쩔 거야? 둘은 갈 생각 없어 보이는데.”

“그러게.”

한 놈이 가겠다고는 했는데, 다른 한 놈이 저렇게 열성적으로 말리니 데리고 가기도 미안하고.

솔직히 저 친구의 목숨을 책임질 수 있는 것도 아니니까 말이다.

태양이 고민하는 사이 현혜가 끼어들었다.

–저 둘, 그냥 놓고 가도 될 것 같아.

“어?”

–메시아가 방송 켰어.

⁂

“빌어먹을! 빌어먹을! 빌어먹을!”

너무 욕심을 부렸어.

숨 막히도록 밀도 높은 안개가 깔린 건물 안에서, 메시아가 이마를 붙잡고 자책했다.

자신을 ‘드라큘라 트란실바니아 백작’이라고 호명한 흡혈귀는 메시아가 상대할 수 있는 수준이 아니었다.

그는 맨손으로 메시아의 스킬 ‘백색 절단’을 잡아내고, 아무렇지도 않게 셀타비고의 오른팔을 붙잡아 터뜨렸으며, 현의 ‘화구 사출’ 스킬을 능숙한 마법으로 디스펠했다.

플레이어의 가장 큰 무기인 ‘스킬’을 아무렇지도 않게 무력화시키는 상대라니.

“안 따라오죠? 따돌린 것 맞죠?”

유저, 현이 공포에 젖은 얼굴로 물어 왔다.

현재 그들의 위치는 20층 언저리였다.

셀타비고를 비롯한 다른 유저들은 보이지 않았다.

드라큘라에게서 도망치는 과정에서 산산이 흩어졌기 때문이다.

“일단은 그래 보여, 10층 정도만 더 내려가서, 그냥 창밖으로 뛰어내리자.”

“10층!”

현이 반쯤 실성한 목소리로 '10층'이라는 단어를 반복했다.

"너무 멀어요. 어떻게 내려가죠? 밑에 앙헬의 병력이……."

"그걸 지금부터 생각해 봐야지."

메시아가 히스테릭한 현을 달래는 사이 그들의 위에서 파열음이 터져 나왔다.

콰아아아앙!

"으아…… 으읍!"

현이 소리를 지르려는 것을 메시아가 손바닥으로 저지했다.

콰아앙! 콰아아앙!

두 번이나 폭음이 추가로 터져 나온 후, 이내 찢어지는 비명이 그들의 귀에 울렸다.

"끄아아아아아악!"

"세, 셀타비고? 메시아. 이 목소리, 셀타비고 맞죠?"

메시아가 작게 고개를 끄덕이며 계단실 방향을 살폈다.

앙헬의 정예 병력은 계단실을 지키고 있었다.

그리고 움직이지 않았다.

메시아는 그 모습이 마치 중세 귀족의 사냥을 보조하는 몰이꾼 같다고 생각했다.

"빌어먹을."

이 순간 메시아의 뇌리에 감도는 건 태양이었다.

그였다면, 파티인 란의 풍술을 통해 탈출할 수 있었겠지.

아니, 란이 없더라도 무력으로 계단실의 무리를 뚫고 탈출할 수도 있을 터였다.

"현. 움직이자. 방송도 켰다. 태양에게 구조 요청도 해 놓았으니 잘하면 그가……. 현?"

현이 얼어붙은 시선으로 창밖을 바라보고 있었다.

"왜 그래?"

"방금, 창밖으로 셀타비고가……."

콰아아아아아앙!

현이 말을 채 모두 끝마치기도 전에 천장이 터져 나갔다.

"두 마리. 찾았다."

반사적으로 메시아가 소리를 질렀다.

"계단으로 내려간다! 움직여!"

메시아의 외침에도 현이 망설였다.

"후욱."

계단실을 바라보는 메시아의 눈에 힘이 들어갔다.

저 괴물을 뒤에 떨쳐 내고, 앙헬의 병력을 뚫으면서 살아 나간다.

불가능해 보이는 선택지다.

하지만 해야 했다. 그것밖에, 선택지가 없으니까.

백색 절단.

칼날을 붙잡은 메시아가 먼저 계단실을 박차고 들어갔다.

"쏴라!"

"죽이지는 마!"

"팔다리 위주로 쏴!"

기다리고 있다는 듯이 포화를 갈겨 대는 마피아들.

메시아가 손을 휘둘렀다.

한정적 중력 제어.

후두두두둑.

총알의 세례를 비집고 들어간 메시아가, 계단실의 정중앙으로 뛰어들었다.

계단실 특유의 빈 공간으로.

뒤에서 현이 소리를 질렀다.

"대, 대장!"

"현!"

메시아가 힘껏 손을 내뻗어 보지만, 안타깝게도 닿지 않았다.

망설임.

그 잠깐의 망설임이 중요한 순간 커다란 차이가 되고 만 것이다.

그의 목 뒤를 붙잡는 창백한 손이 보인다.

떨어져 내리는 메시아의 얼굴이 일그러졌다.

후웅!

그때, 한 인형(人形)이 메시아를 스쳐 지나갔다.

"동료를 버리면 쓰나."

드라큘라가 현을 붙잡은 채 물었다.
"제작 주술 원본의 행방, 알고 있나?"
"모, 몰라요. 정말입니다! 전 정말로 모른다고요!"
"아마 방금 빠져나간 녀석이 정보를 독점한 모양입니다."
앙헬의 말에 드라큘라가 작게 고개를 끄덕였다.
서두를 건 없었다.
아메리고는 수백 년 전부터 그의 영역.
그가 쫓고자 하면 잡지 못할 사냥감은 없었으니까.
스윽.
드라큘라가 손을 뻗자 현이 발버둥 쳤다.
"사, 살려……."
"영광으로 생각해라. 고귀한 이와 한 몸이 되는 것이니."
쾅!
"염병하네."
계단실의 문이 다시 열렸다.
동시에 유백색 검광(劍光)이 드라큘라 백작을 향해 쏘아졌다.
후웅!
드라큘라가 현을 놓고, 본능적으로 칼날을 손으로 잡아챘다.
메시아의 백색 칼날을 상대할 때처럼.
그리고.

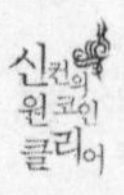

퍼억.
"아버지!"
팔이 잘려 나갔다.
—아버지 ㄷㄷㄷㄷㄷ.
—아들 앞에서 아버지 팔 자르기.
—윤태양 선 넘네. ㄷㄷㄷ.
앙헬이 무시무시한 눈길로 태양을 쏘아봤다.
후웅.
태양이 라이트 세이버를 휘두르며 이죽거렸다.
"어우 야. 못생긴 게 노려보니까 두 배로 무섭다. 야."
—조심해. '현상금' 스테이지에서 본 적 없는 적이야.
"조심은 언제든지 하고 있지. 이봐! 이쪽으로!"
태양이 손짓해 현을 불러들였다.
라이트 세이버의 견제 덕분인지, 앙헬과 드라큘라 모두 별다른 움직임을 보이진 않았다.
"혼자 내려갈 수 있겠어?"
"마피아 병력들이 대기하고 있지 않습니까?"
"어. 좀 많긴 해. 한 열댓 명 정도?"
"제가 공격 마법 전문 세팅이라……."
쯧, 까다롭게 됐네.
태양이 가볍게 혀를 차며 내부를 살폈다.
안개가 깔린 빌딩 내부.

어지간히 강력해 보이는 흡혈귀 하나 더.

현혜가 메시아의 화면을 보고 전해 준 상황 그대로였다.

—제일 좋은 상황은 이대로 빼는 건데.

"호락호락하게 당해 주진 않겠지."

혼자서 도망치라면 가능은 하겠지만, 문제는 현이다.

저 짐 덩어리까지 짊어진 채 도망칠 자신은 없었다.

"결국은 한번 또 붙어야 한다는 건데."

—안 되면 도망치겠지만, 그래도 사람 하나 죽는 걸 보기만 할 수는 없잖아. 계획대로 가 보자. 일단은.

"계획대로. 휴. 좋지. 되기만 한다면 말이야."

—믿어. 언제 내 계획이 틀리는 거 봤어?

후두둑.

드라큘라가 떨어진 팔을 집어 들었다.

절단면에서 진득한 피가 흘러내렸다.

이내 그가 팔을 절단면에 붙였다.

……그게 붙인다고 또 붙는다.

"참나, 어이가 없어서."

태양이 드라큘라에게 달려들었다.

고금을 막론하고 회복하는 시간에 무방비 상태가 되는 건 거의 대부분 통용되는 진리다.

아넬카식(式) 인간 절단.

절영(絕影).

우뚝.

앙헬의 주술이 잠시간 태양의 몸이 붙잡았다.

곧 마나를 몸에 휘둘러 속박을 풀어낸 태양이 인상을 찌푸렸다.

"저 기술, 진짜 까다롭네."

앙헬이 원수를 보는 눈으로 태양을 노려보며 짓씹듯이 중얼거렸다.

"백작님, 저 녀석은 제가 처리하겠습니다."

"네 적수더냐."

"제가, 처리해야만 하는 상대입니다."

"그럼 그렇게 하여라."

으득.

앙헬이 엄지를 물어뜯었다.

혈류무장(血流武將).

후우우웅!

핏빛 망토와 핸드캐넌으로 무장하는 앙헬.

"주제를 모르고 또 나타났구나. 햇빛 없이는 상대도……."

"뭐야. 또 너야?"

앙헬이 사납게 으르렁거렸다.

거, 화가 많이 나신 모양이네.

태양이 라이트 세이버를 집어넣었다.

몇 번 더 휘두를 정도는 될 것 같았지만, 익숙하지 않은 검술로 상대하기에는 벅찬 상대였기 때문이다.

"후우."

가볍게 숨을 뿜어낸 태양이 두 팔을 늘어뜨린 채 앙헬 앞에 섰다.

그래도 상황이 현혜의 예상보다는 양호했다.

적어도 뒤에 있는 저 드라큘라라는 녀석이 앙헬과 같이 덤벼들 것 같진 않으니까.

"혈류무장. 크게 한 번 데이긴 했지."

"이번에는 숨통을 끊어 주지."

"근데 그거 알아둬라."

철컥.

"나도, 100%는 아니었거든."

스톰브링어(Storm Bringer): 폭풍 소환(暴風 召喚).

[폭풍의 정령 군주 아라실이 플레이어 윤태양의 신체에 임합니다.
(지속 시간 60초)]

후우우우웅!

사방이 막혀 있는 빌딩 내부에서 바람이 피어오르고, 동시에 공기 중에 퍼져 있던 마나가 태양의 행동을 보조하기 위해 몰려들었다.

"후우."

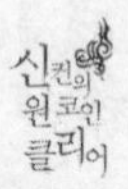

짜릿한 전능감(全能感)이 태양의 말초신경을 타고 흘러내렸다.

태양은 마나를 다루는 데에 익숙해질수록 스톰브링어가 얼마나 대단한 스킬인지 새삼 느끼고 놀랐다.

하지만, 이렇게 취해 있을 수만은 없지.

태양이 짧은 고양감을 억지로 일깨우며 발을 내 뻗었다.

아라실이 태양의 신체에 강신하는 시간은 60초였다.

고작 60초.

컵라면을 채 3분의 1 정도 익히는 그 짧은 시간 안에 결판을 내야 하는 것이다.

-혈기충천은 안 써?

"어."

통증을 없애 주는 건 편리하긴 하지만, 조금이나마 감각이 둔해지는 것이 마음에 들지 않았다.

정신 건강에는 좋지 않겠지만, 공격을 당하고 나서 뒤늦게 켜는 것이 전투에는 효율적이라는 판단이었다.

애초에, 앙헬과의 결전에서는 아예 맞을 생각이 없기도 하고.

쿠웅.

첫발부터 강력한 진각.

태양의 반경 5m에 깔린 대리석 타일이 모조리 튀어 올랐다.

"무슨……."

앙헬의 동공이 확장된다.

비단 눈에 보이는 것 때문이 아니었다.

태양의 마나가, 일순간 공간을 잡아먹었다는 것을 느꼈기 때문이다.

“놀라긴 이른데.”

초월 진각 – 승룡권(乘龍拳).

공간을 접듯 대각으로 치고 올라가는 어퍼컷이 그대로 앙헬의 턱에 꽂혔다.

주술이고 뭐고 반응하기도 전에 들어간 클린히트.

콰아앙!

앙헬의 머리가 그대로 천장에 박혔다.

곧 특유의 기다란 신체가 한 템포 느리게 꿈틀거리기 시작했다.

“이 정도로 안 죽을 줄 알았어.”

우득.

태양이 앙헬의 발목을 잡고, 이내 뽑아서 던졌다.

콰드드드드드득!

박혀 있는 머리가 밭고랑을 갈 듯 천장을 갈다가 이내 뽑힌다.

“크으윽!”

간신히 정신을 차린 걸까.

앙헬의 어깨에 메여 있던 붉은 망토가 펄럭였다.

커다란 유리창에 처박힐 뻔했던 앙헬의 신체가 가까스로 정

지했다.
"네놈……."
앙헬이 태양에게 핸드캐넌을 겨눴지만, 태양은 이미 다음 기술의 시동을 끝마친 상태였다.
스타버스트 하이킥(Starburst High Kick) — 캐논 폼(Canon Form).
카드드드득.
드래곤 하트로 인해 급격히 늘어난 마나가 태양의 혈도를 찢을 듯이 긁어 대며 내달렸다.
바람 속성의 마나가 좋다고 뒤꽁무니에 제 몸을 실었다.
태양의 의지가 그것들을 제어했다.
거대한 용적의 마나를 제 몸이 버틸 수 있는 한계까지 집어넣고, 버티는 데 성공하면 다시 한 푼 더 집어넣는다.
또한, 제멋대로 날뛰려는 마나의 방향을 감각적으로 건드렸다.
"후욱."
짧은 사이에 모여든 바람의 마나는 순식간에 불어나고, 강력하기 그지없는 용의 마나는 자꾸만 제 존재감을 뽐내려 들었다.
새빨개진 태양의 얼굴이 일의 난도를 짐작케 했다.
"호오, 저건……."
그를 바라보는 드라큘라의 고개가 꺾였다.
드라큘라의 반응을 아는지 모르는지, 태양은 마나의 제어에 온전히 정신을 몰입했다.

굳건한 디딤 발이 대리석 바닥을 짚어 태양의 몸을 지지하고.

투웅.

미증유의 거력(巨力)이 담긴 오른발이 이루 말할 수 없을 만큼 담백하게 차올려졌다.

파앙!

태양의 발을 중심으로 원형의 파문이 생김과 동시에, 그 중심에서 광선이 쏘아졌다.

"크아아아!"

반대편에서 앙헬이 핸드캐넌을 쏘아 댔다.

혈류폭발(血流爆發).

콰아아아앙!

어린아이의 주먹만 한 대포알이 혈마법(血魔法)의 보정을 받아 과학적으로 증명할 수 없는 위력을 담은 채 터져 나갔다.

이윽고 두 에너지가 충돌하고.

쨍그랑!

앙헬 빌딩 20층의 서향(西向) 창문이 깨져 나갔다.

마치 작열하는 태양 빛에 맞은 것처럼 한순간에 나가떨어지는 앙헬을 보면서도, 드라큘라는 별다른 감정을 느끼지 못했다.

오히려 그가 신경 쓰는 건 앙헬의 반대편에 서 있는 젊은 청

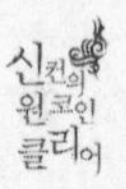

년이었다.

"이름이 태양이라, 참으로 공교롭구나."

마치 태생부터 흡혈귀를 처단하는 사명을 타고난 것 같은 이름 아닌가.

드라큘라는 오랜 잠에서 깨어난 이후 처음으로 심장이 맥동하는 감각을 느꼈다.

오랜만에 이 창백한 신체를 휘감는 감각이 퍽 어색하면서도 즐겁게 느껴져서, 드라큘라는 웃었다.

"이런 감정을, 소유욕이라고 불렀었지."

한편, 깨져 나가는 유리창에 잠시 시선을 준 태양은 앙헬이 나가떨어진 것을 확인한 후 곧바로 드라큘라에게 달려들었다.

"개소리하지 말고 덤벼! 시간 없어!"

"이해한다. 필멸자는 항상 쫓기는 기분이 들기 마련이지."

드라큘라가 가볍게 손을 뻗었다.

동시에 그를 휘감은 검은 망토가 그림자가 되어 태양에게 쏘아졌다.

사영(射影).

파앗!

태양이 기민한 몸놀림으로 그림자를 피해 냈다.

동시에 정권을 내질렀다.

파앙!

기교보다는 막대한 마나를 그저 밀어 넣기만 한 일격.

순간 안개가 짙어졌다.

태양은 공격이 드라큘라에게 닿지 않았음을 직감했다.

하지만 상관없었다.

쨍그랑!

빌딩의 동향(東向) 창문이 깨져 나갔다.

—남은 시간 40초!

40초.

태양이 현혜의 짧은 목소리를 작게 되뇌며 앞으로 다시 달려들었다.

"이쪽일세."

콰득!

언제 뒤로 이동한 걸까.

드라큘라의 창백한 손아귀가 태양의 어깨를 잡아챘다.

태양은 놀람과 동시에 몸을 뒤틀었다.

그리고 왼손으로 드라큘라의 손목을 붙잡고, 그대로 몸을 띄워 양발을 그의 어깨에 역으로 걸었다.

—플라잉 암바?

—센스 미쳤다;

현역 격투기 선수들도 놀랄 정도로 완성도 높은, 그래플링의 측면에서 이루어진 이상(理想)적인 대처.

태양은 망설이지 않고 허리를 젖혔다.

우두둑.

창백한 흡혈귀의 팔이 기형적으로 꺾였다.

'깔끔하고.'

태양이 드라큘라의 손을 놓았다. 그리고 그대로 바닥에 착지한 다음, 초월 진각의 파생 기술로 밀어붙일 생각이었다.

하지만 그가 고려하지 못한 것이 있었다.

덥석.

"미친!"

기형적으로 꺾인 드라큘라의 팔이 태양의 발목을 붙잡았다.

"고통. 오랜만에 겪으니 짜릿하군. 뇌를 바늘로 마사지하는 기분이야."

우드득.

악력만으로 태양의 발목뼈가 으스러졌다.

"크으으윽!"

두 눈에 핏발이 선 태양이 재빨리 기술을 사용했다.

혈기충천(血氣充天).

태양이 입술을 짓씹었다.

'좋지 않은데.'

생각과 동시에 드라큘라가 태양의 신체를 마구 휘두르기 시작했다.

쾅, 콰앙!

두 번의 휘두름에 건물 바닥의 대리석이 모조리 튀어 올라서, 흉한 시멘트 재질의 바닥이 그 모습을 드러냈다.

드라큘라는 그것으로 만족하지 않았다.

쾅! 쾅!

쾅쾅쾅!

콰앙!

"커헉."

아프지도 않은데 기침이 절로 나왔다.

아픈 것과 폐가 압박되는 것은 별개다.

태양이 필사적으로 정신을 부여잡으며 라이트 세이버를 빼들어 드라큘라의 팔을 향해 휘둘렀다.

한 번 베인 것에 대한 경각심이 남아 있었는지, 순순히 발목을 놓는 드라큘라.

"퉤엣, 젠장."

우드득.

빠져나온 태양이 으스러진 발목을 대충 만져 형태를 잡았다.

반면 기형적으로 어그러졌던 드라큘라의 팔은 어느새 정상적으로 복구되어 있었다.

"불공평하네."

"세상은 한순간도 공평했던 적이 없지. 모든 것이 한쪽으로 기울어져 있기 마련이다."

드라큘라가 빙긋 웃었다.

태양은 그 미소를 보면서 오히려 괴기스러움을 느꼈다.

불쾌한 골짜기랄까.

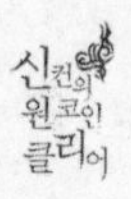

사람도 아닌 것이 사람을 따라 하는 느낌이다.
쿠웅.
태양이 다시금 달려들다가 우뚝 정지했다.
그의 표정이 사정없이 일그러졌다.
"언제……."
태양의 그림자가 드라큘라의 그림자에 붙잡혀 있었다.
드라큘라가 태양에게 다가왔다.
태양이 반사적으로 마나를 휘돌려 보았지만, 드라큘라의 주술은 앙헬의 것과 다르게 꿈쩍도 하지 않았다.
드라큘라가 태양의 턱을 매만지며 물었다.
"윤태양이라고 했나."
"……."
마치 붙잡은 맹수를 대하는 듯한, 더 없이 굴욕적인 손길.
태양의 얼굴이 사정없이 일그러졌다.
"제안을 하나 하지."
–5초.
"제안?"
태양이 눈썹을 들썩였다.
동시에 그를 중심으로 마나가 휘몰아치기 시작했다.
후우우웅.
태양의 몸이 덜덜 떨렸다.
몸이 감당하지 못할 수준의 용적을 몇 번이나 짜낸 탓에 부하가 온 것이다.

"내 권속이 되어라."

막대한 마나의 유동을 느끼지 못했을 리도 없는데, 드라큘라는 전혀 신경 쓰지 않는 표정이었다.

속박에 대한 절대적인 자신감이라도 있는 것일까.

"권속?"

"그래, 권속. 자유가 되는 거다. 너에게 쏟아지는 시간으로부터 말이다."

3초.

2초.

"맥락 없이 개소리를 하시네. 질문을 그렇게 하면 당연히 X까라는 대답밖에 더 하겠냐!"

행동은 없었다.

하지만 마나의 운용은 행동이 아니라 의지로 하는 것.

파아아앙!

태양이 이제까지 운용한 것 중 가장 거대한 용적의 마나가 바람이 되어 빌딩을 가로질렀다.

"거절해도 상관없다. 이미 나는 결정하였다."

드라큘라가 태양의 턱을 붙잡아 올렸다.

곧 그의 의도를 깨달은 태양의 동공이 확장되었다.

"뭐, 뭐 하냐?"

"의도가 뻔하구나. 하지만 속아 주마."

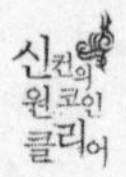

—어머나.

"미, 미친!"

콰득!

드라큘라의 송곳니가 태양의 동맥을 파고들었다.

아메리고의 상공.

파아아앙!

앙헬 빌딩에서 거대한 기류의 바람이 쏟아져 나왔다.

빌딩 주변을 유영하던 란이 부채를 붙잡았다.

괴력난신(怪力亂神) — 도깨비 바람.

후와아아아앙!

정신을 교란하고, 동시에 신비를 잡아먹는 도깨비들의 바람이 안개를 헤집었다.

란이 가늘게 눈을 떴다.

"안쪽에 사람 셋. 한 명은 현인가 뭔가 하는 놈일 거고. 그리고……. 전투 중인가? 뭐 저리 딱 붙어 있어?"

시야로 확인하는 것이 아니라 바람을 통해 더듬는 감각이라 란은 정확한 상황을 예측하지 못했다.

그녀가 확인한 확실한 사실은, 방해 공작이 없다는 것이었다.

"뭐, 일은 잘하고 있네."

란의 도깨비 바람이 안개의 신비를 잡아먹자, 태양이 일으킨 거대한 바람이 밀도 높은 안개를 점점 밀어내기 시작했다.

후우웅.

그들의 작전은 전의 것과 별다를 것 없었다.

흡혈귀를 사냥하는 가장 손쉬운 방법은 햇볕을 쬐게 하는 것이고, 그에 대한 대처로 안개를 사용하니 안개를 걷어 내자.

간단하다면 간단한 이야기다.

물론 결론이 간단하다고 해서 과정도 간단한 건 아니지만.

란의 눈썹이 들썩였다.

"흐음, 뭐지?"

저 흡혈귀는 햇볕에 쬐어도 죽지 않는 것일까?

태양의 마나가 계속해서 안개를 밀어내고 있는데, 흡혈귀는 아무런 대처도 하지 않고 있었다.

시간이 흐르고, 안개는 밀려났다.

이윽고 둘의 형체가 드러났다.

둘을 발견한 란의 동공이 급격하게 확장됐다.

둘은 입이라도 맞추는 듯이 껴안고 있었다.

란이 경악에 찬 욕설을 내뱉었다.

"미친!"

저게 뭐야!

드라큘라는 정신없이 피를 빨았다.

'최상급 피로군.'

피가 달다.

모든 인간의 피가 다 이렇지는 않았다.

정신적 수양이 잘되어 있거나, 의지가 강하거나, 순수한 열망을 가진 인간의 피만이 이런 맛을 낼 수 있었다.

간헐적으로 꿈틀거리는 남성의 몸부림에서 경악과 수치, 그리고 분노가 느껴졌다.

이미 태양의 혈액은 절반이나 드라큘라에게 종속되어 있어서, 그는 태양의 감정을 여과 없이 느낄 수 있었다.

'더 마시면 죽겠군.'

드라큘라가 아쉬움을 밀어내며 태양의 목에서 입을 떼어 냈다.

"너, 이, 개……."

태양이 말을 잇지 못했다.

단시간에 다량의 피를 빨려 머리가 어지러운 탓도 있었고, 예상하지 못했던 너무 충격적인 일을 당한 탓도 있었다.

아니, 꼭 그런 이유만 있을까.

'아버지를 모욕하는 아들은 없는 법이지.'

빙긋 웃은 드라큘라가 태양에게 명령했다.

"아들아, 바람을 멎게 하여라."

"조……X……."

태양이 말을 끝내지 못했다.

태양은 마나를 일으켜 란의 바람에 간섭했다.

본래라면 불가능한 일이었으나, 란이 태양의 뜻임을 알고 알아서 멈추었다.

"시간의 속박에서 벗어난 것을 축하하마. 태양."

힘을 얻는 대신 드라큘라 트란실바니아 백작이라는 존재에게 종속되었으나, 드라큘라 본인이 보기에 그것은 나쁜 일이 아니었다.

그는 자애로운 아버지였기 때문이다.

―? 뭐임?

―윤태양 흡혈귀 됨?

―이럼 어떻게 되는 거임?

―????

―아니, 잠깐만;;;;

―이거 에반대.

―다음 스테이지로 넘어갈 수 있나?

채팅 창이 좌르륵 떨어져 내렸다.

확실히 흡혈귀가 되는 것은 예상하지 못한 일이다.

하지만.

태양이 눈을 번뜩였다.

'방법은 있어.'

"으, 으아아아……."

처음에는 희망이었다.

구원자, 태양은 단숨에 흡혈귀 드라큘라의 손목을 베어 내고, 슈바이처 앙헬을 때려눕혔다.

이때, 현은 그가 살아남을 수 있을 거라고 확신했다.

하지만 아니었다.

그는 드라큘라를 이기지 못했고, 그에게 피를 빨렸다.

흡혈귀의 종복이 되고 만 것이다.

현의 눈가에 절망이 차올랐다.

'그럼 나는, 나는 어떻게 되는 거지?'

셀타비고처럼 빌딩 바깥으로 떨어질까? 아니면 그랑처럼 머리가 짓이겨지겠지.그게 아니면 닉처럼…….

"저, 저, 동태 눈깔. 세상 무너졌냐?"

창백하게 변해 버린 태양이 현을 향해 쏘아붙이고는, 계단실을 향하는 드라큘라에게 외쳤다.

"아직 안 끝났어. 어딜 도망가!"

드라큘라는 돌아보지 않고, 작게 미소 지었다.

그가 굳이 영향력을 발휘하려 하지 않아도 피의 종속은 절대적인 것이었다.

'시간이 지나면 자연히 알게 되겠지.'

태양은 이미 드라큘라에게 해가 되는 짓을 할 수 없었다.

그것은 드라큘라가 굳이 설명하지 않아도, 시간을 통해 이해하게 될 부분이었다.

"안 믿네. 진짜 안 끝났는데."

그렇기에 그는 태양을 신경 쓰는 대신, 도망친 메시아를 쫓는 선택을 했다.

아니.

하려 했다.

그의 귀에 이질적인 톱니바퀴의 마찰음이 들리기 전까지는.

똑딱, 똑딱, 똑딱, 똑딱.

[위대한 기계장치(The Greatest Machinery)의 태엽이 되감깁니다. (쿨타임 12시간)]

[플레이어 윤태양의 시간이 5시간 15분 전으로 돌아갑니다. (최대한도 12시간)]

태양도 알고 있었다.

흡혈귀는 그 자신에게 두 번째 생을 부여한 '아버지'의 명령을 거역하지 못하게 설계된 존재였다.

'하지만, 그렇다고 흡혈귀에게 자유의지가 없다는 소리는 또 아니거든.'

심적 부담감이 생기긴 하지만, '아버지'에게서 빠져나올 방법을 도모할 수는 있었다.

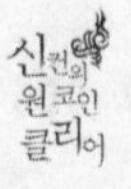

"어떤 이름 모를 흡혈귀가 V-헤로인을 개발한 것처럼 말이지."

"무슨!"

시종일관 여유롭던 드라큘라의 얼굴에 처음으로 경악이라는 감정이 새겨졌다.

그 면전에 대고 태양이 씨익 웃었다.

"왜, 놀랍냐?"

'위대한 기계장치'의 첫 번째 기능, 되감기.

많은 이들이 되감기를 사기적인 회복 스킬이라고 정의했다.

하지만 엄밀히 따지자면, 그것은 틀렸다.

되감기는 신체를 회복시키는 게 아니라, 과거의 상태로 돌려보내는 기능이다.

다친 상처를 낫게 하는 것이 아니라 시간이 역행하여 상처 입기 전의 상태가 되는 것.

이는 곧, 태양의 몸이 흡혈귀가 되기 이전으로 돌릴 수 있음을 뜻했다.

-? 다시 인간으로 돌아옴?

-혈색이 다시 생겼네.

-창백 태양 괜찮았는데.

-ㅜㅜ 치명 태양 돌려조!

-와, 되감기 진짜 ㅆ사기네;;

-ㄹㅇㅋㅋ 그걸 돌아오네.

인간의 몸으로 돌아온 태양이 몸을 떨며 목을 매만졌다.

고통을 느끼지는 않았지만, 동맥에 새끼손가락만 한 두께의 송곳니가 파고 들어오는 감각이 아직도 뇌리에 남아서 잊히지 않았다.

'현혜야, 고맙다. 네 말이 맞았어.'

'위대한 기계장치'는 정말 마지막의 마지막까지 아껴야 하는 물건이었다.

하지만 태양은 그 말을 굳이 입 밖으로 꺼내지 않기로 했다.

이유는 뭐.

쑥스러우니까.

한편, 드라큘라는 마치 못 박힌 듯 자리에 서서 태양을 바라봤다.

어지간히 커다란 충격을 받은 모양이었다.

"너, 어떻게……."

"어떻게는 무슨. 흡혈귀에서 벗어나는 방법이 V-헤로인 말고 없을 것 같아?"

"흡혈귀에서 벗어날 방법이 있단 말이냐!"

드라큘라가 급작스럽게 소리를 질렀다.

-아씨, 놀래라.

-이어폰 귀갱. ㅡㅡ

-아재, 깜빡이 좀 켜고 들어와요;

내막은 알 수 없지만, 무언가 간절해 보이는 모습.

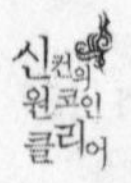

태양은 본능적으로 이 흡혈귀에게도 나름의 사정이 있음을 깨달았다.

근데, 뭐?

그게 나랑 무슨 상관인데.

"마법도 있고 주술도 있고. 이런 세상에서 안 되는 게 어디 있어?"

태양의 무심한 대답에 드라큘라의 얼굴이 일그러졌다.

피부가 녹아내린 앙헬의 얼굴을 흉신악살이라고 생각했었는데, 그와는 비교도 되지 않을 만큼 악귀 같은 표정이었다.

"화가 나면 갑자기 못생겨지는 게 흡혈귀들 특징이냐?"

"네노오오옴!"

드라큘라가 달려들었다.

태양은 당황하지 않았다.

기회를 노리고 있었던 것은 그 역시 마찬가지였다.

스톰브링어(Storm Bringer): 폭풍 소환(暴風 召喚).

[폭풍의 정령 군주 아라실이 플레이어 윤태양의 신체에 임합니다.
(지속 시간 60초)]

72시간의 쿨타임을 가진 스킬이 고작 3분 만에 다시 사용되었다.

태양은 곧바로 마나를 끌어 올렸다.

후우우우우우우웅!

태양을 중심으로 거대한 기류가 형성되기 시작했다.

사영(射影).

그림자가 짓쳐 들지만, 태양은 가볍게 몸을 움직여 피해 냈다.

"확실히 몸에 무리가 가긴 했었나 보네."

되돌아온 육신을 타고 흐르는 마나의 수발이 자유로웠다.

태양은 거대한 마나 용적이 그의 몸을 얼마나 진창 냈는지 뒤늦게 깨달으며, 다시 한번 커다랗게 마나를 내뿜었다.

푸화아아아아아앙!

그에 드라큘라가 미간을 찌푸렸다.

이해가 가지 않았기 때문이다.

태양은 지금 파괴력이라고는 없는 바람을 내뿜고…….

'잠깐.'

드라큘라가 뒤늦게 깨달았다.

작금 빌딩을 감싸고 있는 안개는 바깥에 있는 주술사의 수작으로 인해 마법적인 고정이 해제되어 있었다.

"같잖은 수작을!"

태양을 향해 날아들던 그림자가 마나로 화해 흩어지는 안개를 붙잡았다.

"다른 데 신경 쓸 구석이 있나 봐?"

스르릉.

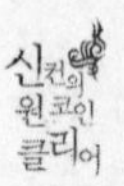

태양이 살벌하게 웃으며 드라큘라를 향해 라이트 세이버를 휘둘렀다.

퍼억.

태양의 칼질 한 번에 드라큘라의 오른팔이 그대로 떨어져 나갔다.

하지만 그는 팔에 신경 쓰기보다 안개를 붙잡는 데에 급급할 뿐이었다.

잘린 신체는 회복할 수 있지만, 태양 빛에 입는 상처는 그렇지 않기 때문이다.

"좋아, 어디까지 버티나 보자!"

태양이 흥에 취해서 라이트 세이버를 휘두르기 시작했다.

검으로 빨려 들어가는 마나가 적지 않았지만 그래도 이 선택지가 나았다.

괜히 붙잡혔다가 한 번 더 흡혈을 당하면 그땐 정말 끝장이었기 때문이다. 주먹을 쥐고 덤비는 것이 부담스러운 것도 마찬가지 이유였다.

사정거리가 짧을수록 조금이라도 더 다가가야만 했고, 그럴수록 그림자의 속박에서 벗어나기 어려웠으니까.

퍼억.

드라큘라의 왼쪽 팔이 떨어져 나갔다.

"크아아아아!"

드라큘라가 소리를 질러 대며 주변을 살폈다.

잠깐. 아주 잠깐의 틈만 보여도 빠져나갈 속셈이었다.

'방심했어.'

문제는 드라큘라 본인 역시 잠깐이라도 틈을 보이면 바람이 안개를 걷어 낼 상황이라는 것.

기사(奇事)에 정신이 팔려 순간 정확한 판단을 제때 내리지 못한 것이 뼈아팠다.

태양이 라이트 세이버를 쥐지 않은 왼손으로 다시 한번 기파(氣波)를 쏘아 냈다.

파앙!

또다시 밀려나는 안개.

드라큘라의 악재는 이게 끝이 아니었다.

낭풍(浪風).

후우우우웅!

어느새 건물 안으로 들어온 란이 부채질을 시작했다.

—오, 전문 분야.

—ㅋㅋㅋㅋ 얘들아 인사 박아라. 부채질 분야에서 입지전적인 교수님이시다.

—부채질 ㅋㅋㅋ 듣기 좋게 풍력 발전이라고 해 주자.

—ㄴㄴ 부채질임.

—단호하네.

그렇게 안개가 걷히기 시작했다.

마나는 의지로 움직이는, 형태가 없는 무언가였다.

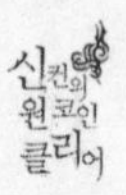

그리고 그 마나를 도식화해서 원하는 형태로 구현하는 학문이 마법, 주술이다.

즉, 마법 없이 마나를 쏟아부어서 불을 만들어 내는 것은 간단한 연소 마법과 비교할 수 없는 효율 차이가 있다는 뜻이다.

마나의 총량은 드라큘라가 압도적이었으나, 란의 풍술(風術)을 압도하지 못한 것은 바로 이 이유였다.

이윽고.

낭풍.

후우우웅!

앙헬 빌딩에 햇볕이 들이치기 시작했다.

자신의 최후를 직감한 드라큘라가 미친 듯이 몸을 뒤틀었다.

"안 돼! 안 돼! 이대로 갈 순 없다! 아직은……."

"돼! 이대로 꺼져!"

라이트 세이버가 드라큘라의 오른 어깨를 꿰뚫었다.

"크아아아아아아!"

푸화하하하하학!

급기야 드라큘라의 몸에서 엄청난 양의 그림자가 터져 나왔다.

"혼자 가진 않는다!"

"X까! 혼자 꺼져!"

쿠웅.

태양이 진각을 밟았다.

그때, 란이 태양을 저지했다.

"그럴 필요 없어."

"어?"

란이 그녀의 부드러운 손가락을 탁 하고 튕겼다.

마나 동결.

마나 파장이 란과 태양을 감쌌다.

후두두둑.

둘을 덮친 거대한 그림자가 검은색 결정이 되어 그들의 발 앞에 떨어졌다.

–오;

–맞네. 마나 동결 있었네.

–개 멋있다;

–마나 동결 물리력으로 부수면 그냥 부서지는데.

–태양좌가 팔다리 다 잘라 놓은 게 큰그림인가 ㄷㄷ.

–선견지명 ㄷㄷ.

발악은 길지 않았다.

그림자가 동결된 영역 안으로 침범하지 못한다는 사실은 가시적으로 너무나 명백했기 때문이다.

그렇게 앙헬 빌딩 20층에 끼어 있던 안개가 모조리 걷혔다.

"사, 살았나?"

차마 계단실로 들어가지도 못하고 건물 구석에 숨어 있던 현이 빛을 감지하고는 고개를 빼꼼 내밀었다.

그의 시야에 들어온 사람은 둘이었다.

태양.

그리고 란.

다음으로 발견한 것은 커다란 망토였다.

망토는 햇볕을 쬐며 경련하고 있었다.

하나 그것도 잠시.

이윽고 잠잠해지더니, 망토는 형체를 잃고 시멘트 바닥에 흘러내렸다.

[특전: 종의 기원 살해(흡혈귀)를 얻으셨습니다.]

흡혈귀 기원종, 악몽, 아메리고 이면의 지배자.

드라큘라 트란실바니아의 어이없는 최후였다.

"그러니까, V-헤로인 제작 주술 원본은 이게 다라고?"

"아니, 하권도 있겠지. 하지만 플레이어들이 써먹기에는 이거로도 충분해."

"그게 무슨 소리야?"

란이 어깨를 으쓱였다.

그녀는 주술에 관한 조예가 꽤 깊었다.

풍술(風術) 역시 파고 들어가 보면 주술의 영역이기도 하고, 그녀 나름대로도 다른 주술에 관심이 꽤 많았기 때문이다.

덕에 그녀는 빌딩에서 찾아낸 V-헤로인 제작 주술을 어느 정도 해석할 수 있었다.

"들어 봐. V-헤로인의 효능은 크게 두 가지잖아."

"그렇지. 흡혈귀 종속 해방. 그리고 인간의 흡혈귀화(化)."

"근데 그건 우리에게나 의미 있는 이야기지. 흡혈귀들에게는 아니잖아."

태양이 고개를 끄덕였다.

인간의 흡혈귀화는 흡혈귀들의 관심사가 될 수 없었다.

인간을 흡혈귀로 만들고 싶으면 그들이 가서 물면 되는 일이기 때문이다.

"각설하고, 인간을 흡혈귀화시키는 방법은 상권에도 나와 있어."

"나와 있다고?"

"어. 중반부에 있네. 이대로만 만들어도 흡혈귀화는 충분해."

란이 어깨를 으쓱였다.

"흡혈귀화 자체가 애초에 흡혈귀들이 의도해서 나타난 현상이 아니야. 종속 계약 파기를 위해 복잡한 절차를 거치는 과정에서 나온 부산물인 거지."

"음. 무슨 말인지 하나도 못 알아듣겠는데?"

"하권은 안 찾아도 된다고."

"아, 오케이."

옆에서 란의 이야기를 듣고 있던 현이 문득 물었다.

"그럼 앙헬은 흡혈귀화가 가능한 V-헤로인을 만들 수 있었던 겁니까?"

"아마도. 심지어 흡혈귀화를 일으키는 V-헤로인이 만들기 더 쉬워. 앙헬의 V-헤로인을 내가 연구해 보진 않았지만 주술대로라면 흡혈귀화를 억제하는 공정이 한 번 더 들어가야 할 테니까."

"아아."

이해할 만한 일이었다.

그도 그럴 게, V-헤로인으로 흡혈귀화 하면 태생부터 누구에게도 종속되지 않은 흡혈귀로 각성할 텐데, 이미 누군가에게 종속된 기존 흡혈귀들이 그 꼴을 보고 싶어 할 리 만무했다.

앙헬 빌딩의 1층으로 내려오면서, 태양이 현혜에게 물었다.

"이제, 여기서 더 챙길 만한 거 없지?"

—응. 업적 작업도 오는 길에 챙길 만한 건 거의 다 챙겼고, 다음 플레이어들 들어오기 전에 클리어하는 게 효율적이야.

"오케이."

이제 다음 스테이지로 넘어가면 되겠네.

"현을 구했군."

문득 태양이 걸음을 멈췄다.

"뭐, 겸사겸사 흡혈귀 친구들도 잡고."

메시아는 복잡한 표정이었다.

그 뒤에 두 명의 유저가 서 있었다.

스테판, 그리고 탐슨.

아홉 명이던 메시아의 파티원들이 이번 스테이지에서만 절반이 죽어 나간 것이다.

심지어 현도 태양이 아니었다면 죽었으니, 사실상의 사상자는 3분의 2다.

그들을 보며 태양이 작게 한숨을 내쉬었다.

어휴.

이것들을 어쩌면 좋니.

태양과 메시아

[5-1 현상금: 범죄자를 사냥하라. 40,755,000/20,000,000 - Pass]

[획득 업적: 뉴페이스, 내 집 마련의 꿈, 뒷골목의 왈패, 대도, 특급 현상금 사냥꾼, 밤의 귀족 대면, 원수의 동지, 일확천금, 콘스탄틴, 이면의 목격자, 악몽의 생존자, 악몽의 종결자, 악몽의 씨앗, 현상금 클리어, 목표 초과 달성(2배)]

—크. 역시는 역시!

—윤태양! 윤태양! 윤태양! 윤태양!

—엄마 나 개명할래! 엄마 나 개명할래! 엄마 나 개명할래!

—몇 개냐? 세기도 귀찮다.

—15개.

—ㅋㅋㅋㅋㅋㅋ

—15개ㅋㅋㅋㅋㅋㅋㅋ

—웃음밖에 안 나오네.

—뭔데 이거 ㅋㅋㅋㅋㅋㅋㅋ

—그래서 윤태양 업적 이제 몇 개임?

태양이 중얼거렸다.

"스테이터스."

동시에 그의 눈앞에 증강 현실이 나타났다.

[스테이터스: 업적(99) — 솔로 플레이어, 퍼펙트 클리어(No Hit)…….]

[보유 금화: 395]

[카드 슬롯]

1. 피를 먹은 카타나(R): 민첩 +1, 근력 +1, 흡혈 +1

2. 수도승의 허리띠(R): 민첩 +1, 근력 +1, 신성 +1

3. 재생의 힘(R): 맷집 +2, 흡혈 +1, 스킬 - 재생의 힘

4. 스톰브링어(U): 민첩 +2, 영웅 +1, 검사 +1

5. 신념의 귀걸이: 신성 +1

6. 혈귀(血鬼)의 사념(R): 민첩 +1, 무투가 +1, 흡혈 +1

7. Closed.

[스킬 - 혈기충천(血氣充天): 통각을 마비시키고 신체 전반의 기능을 강화한다.]

[스킬 - 재생의 힘: 3초간 거대 뱀 아크사론의 재생력을 얻는다.

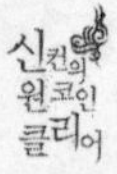

(쿨타임 1,200초)]

[스킬 - 스톰브링어(Storm Bringer): 폭풍 소환(暴風 召喚): 폭풍의 정령 군주 아라실이 플레이어 윤태양의 신체에 임합니다. (쿨타임 48시간!)]

[시너지]

근력(2): 힘 보정

맷집(2): 체력, 물리 방어력 보정

민첩(2/4): 민첩 보정/민첩 추가 보정

신성(2): 모든 공격에 20% 추가 피해

흡혈(2): 준 피해에 비례해 체력 회복

[특전]

드래곤 하트(Dragon Heart)

종의 기원 살해(흡혈귀): 흡혈 +1

눈에 가장 먼저 들어오는 부분은 역시 업적의 개수였다.

–99개라니.

"아깝다. 1개만 더 채우면 100개인데."

–걱정할 건 없어. 15층까지 스테이지는 2개나 더 남았잖아?

"그래도. 100개 채우면 정말 무슨 일이 있을지 궁금했단 말이야."

100.

왠지 딱 떨어지는 숫자 아닌가.

업적 15개를 얻었을 때 '마나 인지 감각'이라는 보상을 주고 나서, 시스템은 업적 개수에 따른 보상을 준 적이 없었다.
당연하다면 당연한 일일지도 몰랐다.
애초에 업적 개수 자체가 스탯을 보상해 주는 시스템이었으니까. 하지만 원래 사람 마음이라는 것이, 어디 더 얻어먹을 구석이 있어 보이면 슬쩍 기대하게 되는 법.
업적 100개.
얻기도 어렵고, 숫자도 뭔가 있어 보이니 저도 모르게 기대하게 되는 것이다.
-괜히 기대하지 마. 단탈리안 제작진, 은근히 이런 부분에서 칼 같으니까.
"쩝, 그러려나."
입맛을 다신 태양이 다시금 스테이터스 창으로 눈을 돌렸다.
'현상금' 스테이지를 클리어했지만, 바뀐 점이 많지는 않았다.
카드 보상을 얻지 못했기 때문이다.
가시적인 보상은 경매장에서 얻은 현대적인 장비들, 그리고 V-헤로인 제작 주술 원본 상(上)권이 다였다.
하지만 태양은 스테이터스 창을 보며 웃었다.
"바뀐 게 별로 없긴 한데, 이거보다 만족스럽기도 어렵겠어."
업적, 종의 기원 살해(흡혈귀).
만족스러워 할 이유는 이것 하나로도 충분했다.
-업적으로 공짜 시너지라니. 그거도 흡혈로.

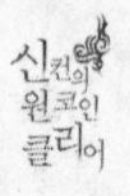

어느 정도 기반을 잡은 플레이어들이 새로운 카드를 얻을 때마다 머리를 싸매고 고민하는 이유가 무엇이던가!

슬롯이 부족하기 때문이다.

아무리 좋은 카드가 있어도, 그 카드가 효과적인 시너지를 가지고 있어도.

카드는 슬롯에 넣어야 효과를 볼 수 있고, 시너지는 개수를 채워야 효과를 볼 수 있는 법.

스킬 슬롯 소모 없이 중요 시너지 하나를 공짜로 먹은 건 그만큼 이점이 컸다.

"당장 피를 먹은 카타나는 계속 사용하겠지만, 혈귀의 사념은 교체해도 되겠어."

'혈귀의 사념'은 민첩 +1, 무투가 +1, 흡혈 +1의 시너지를 가지고 있었다.

무투가는 애초에 받고 있는 시너지가 아니고, 민첩은 피를 먹은 카타나, 수도승의 허리띠, 그리고 스톰브링어 4개의 카드만으로도 4 스택이 채워졌다.

거기에 이번 업적 덕분에 흡혈 역시 오버 스택이 되었으니, 사실상 '혈귀의 사념'의 필요성은 0.

전력 손실 없이 교체할 수 있게 된 것이다.

-시너지 하나라고 해서 솔직히 그렇게까지 좋아할 건가 싶었는데.

-ㄹㅇ. 덕분에 카드 슬롯 하나가 꽁으로 생겨 버리네.

—이게 고수들의 시야인가.

—고수는 무슨. 이건 그냥 아다리지.

—?? 윤태양이 아다리로 킹피 챔피언십 5연패함?

—아니, 지금 상황이 그냥 아다리라고;

—뭘 아다리야. ㅋㅋㅋ 드라큘라 잡은 게 운처럼 보이냐?

—억까 ㄴ.

이제 태양은 단탈리안 유저들에게 거의 반쯤 신격화되고 있었다.

기존 최고 기록을 거의 두 배 수준으로 갱신하며 올라가고 있었으니, 당연하다면 당연한 일이었다.

태양이 낄낄거리며 채팅 창을 구경하는 사이, 현혜가 중얼거렸다.

—곧 1페이즈도 끝이네.

1페이즈.

단탈리안의 1층부터 15층까지를 지칭하는 단어다.

혹자는 15층까지가 튜토리얼이라고 정의했다.

단탈리안이 나름대로 준비한 뉴비 보호 구역이라는 것이다.

많은 사람이 그 의견에 반대했지만, 나름대로 근거 있는 이야기였다.

15층을 클리어하면 등장하는 통합 쉼터 때문이었다.

간단히 정리하자면, 15층 이후의 모든 쉼터는 통합되었다.

그동안은 자신과 같은 진행도를 가진 플레이어만을 만날 수

있었지만, 15층부터는 자신보다 앞선, 혹은 뒤처진 진행도의 플레이어들을 만날 수 있게 되는 것이다.

당연히 통합 쉼터는 이전의 작은 마을 같던 쉼터와는 확연히 다른 공간이었다.

15층 이상의 모든 플레이어를 만날 수 있는 것은 물론이고, 플레이어들이 자체적으로 만들어 낸 '클랜' 혹은 '길드'와 같은 커뮤니티 시스템도 있었다.

또한, 그동안의 열악했던 쉼터와 달리 플레이어들이 자체적으로 발전시킨 대장간, 무구점, 잡화점 등이 발전된 형태로 준비되어 있었고, 특히 '경매장'이 있었다.

—이 경매장이 킬링 포인트지.

그동안 몇몇 신뢰할 수 있는 플레이어들끼리만 간간이 해왔던 물물교환 형식의 카드 교환을 자본주의적인 방식으로 성립시키는 공간이 바로 경매장이었다.

쉼터마다 NPC 상인들에게 달려가서 고작 3개의 카드만을 볼 수 있었던 것을 생각하면, 이는 정말로 큰 메리트였다.

그리고 여기에서 두 번째 차이점이 발생했다.

그동안은 탑에 진입한 지 얼마 되지 않은 플레이어들끼리의 경쟁이었다.

적어도 15층까지는, 플레이어 간의 격차가 그리 크지 않았다는 이야기다.

쉼터에서 성장할 수 있는 여지도 없었으므로 1페이즈는 말 그대로 기량, 재능만으로 경쟁력을 가질 수 있는 공간이었다.

하지만 15층 이후, 2페이즈부터는 상황이 달라졌다.

이미 고층까지 도달한 하이 랭크 플레이어들이 자신의 밑으로 들어온 저층 플레이어들에게 장비, 카드를 지원해 주니, 일부 플레이어들이 쉼터에서 급속히 성장하는 것이 가능해졌다.

하여간 확실한 것은 15층 너머로 가면 더 가혹한 환경에서 경쟁해야 한다는 것이다.

"그나저나, 경매장이 있으니 드디어 모아 둔 골드가 의미를 갖겠네."

-그렇지. 400골드 정도면 엄청 크진 않지만, 쓸 만한 카드 1장 정도 구할 수는 있는 돈이야.

['바나' 님이 10,000원을 후원하셨습니다!]

[클랜이나 길드는 생각해 둔 거 있음? 무난하게 불꽃?]

불꽃.

유저로 구성된 유일한 클랜이자, A급이라는 준수한 등급을 가지고 있는 클랜이었다.

태양이 고개를 저었다.

"상황 보고. 근데 아마 불꽃은 안 들어갈 거야."

-'각인'은 결과를 봐야 알겠지만, A등급은 기본으로 찍을 텐데 불꽃에 왜 들어가? S급 클랜에서도 영입하려고 난리일 텐데. 물론, 중요한 건 그때 상황이겠지만.

"그리고 그건 미래 일이잖아. 중요한 건 지금이지."

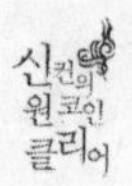

태양이 철통을 바라봤다.

더 정확히는 철통에서 포인트를 인증받는 메시아와 세 유저를.

⁂

"대장, 우린 어떻게 되는 거죠?"

"다음 스테이지…… 클리어할 수 있을까요?"

"……."

메시아는 대답하지 않았다.

"대장?"

"힘들겠죠? 셀타비고도 없고, 숫자도 많이 줄었고."

"무슨 말이라도 좀 해 봐요. 대장."

메시아의 판단에 더해 그들이 메시아의 명령을 온전히 듣는다면, 클리어는 얼마든지 가능했다.

문제는 신뢰였다.

이미 저들은 메시아에 대한 믿음을 잃었다.

특히 마지막까지 같이 있었던 현이 그랬다.

물론 현을 탓할 수는 없는 노릇이었다.

상황이 상황이었다지만, 빌딩에서 결국 메시아는 현을 버려두고 혼자만 탈출했으니까.

문제는 메시아 자신도 동료들에 대한 신뢰를 잃었다는 것.

스테판과 탐슨은 메시아 일행을 구하러 올라올 수 있었으나, 그렇게 하지 않았다.

팀플레이란 결국 상호 신뢰와 협동을 기반으로 성립되는 것이었다. 즉, 메시아와 유저들은 구색만 팀일 뿐, 더 이상 팀이라고 부를 수 없는 지경이 되고 말았다.

메시아는 동료 셋을 버리고 혼자 움직이는 상황을 계산했다.

'문제는 이 방법도 좋지 않다는 거지.'

혼자서 움직인다면 어떻게든 목숨을 부지해서 스테이지를 클리어할 수 있었다.

이미 홀로 쌓아 둔 업적이 충분히 많았기 때문이다.

하지만 업적 하나짜리 스테이지 클리어는 의미가 없었다.

메시아가 태양, 그리고 란을 바라봤다.

'결국, 탈출구는 저쪽이야.'

어떻게든 유의미한 수준의 업적을 챙기면서 1페이즈를 끝마치기 위해서는 태양의 도움이 절실했다.

당장 유저 셋이 메시아에게 달라붙어서 방도가 있냐고 물어대는 것도 결국은 태양에게 자신들을 책임져 달라고 말하라는 압박이나 다름없었다.

문제는 태양의 의견이었다.

저번 쉼터에서부터 태양은 메시아와 유저들에게 호의적이지 않았다.

게다가 메시아는 이번 스테이지에서 쓸모를 증명하는 데에도 실패했다.

'내가 줄 것은 없고, 저쪽에서 받기를 원하지도 않는다. 도대체 어떻게…….'

그때 태양이 메시아에게 다가왔다.

"이봐, 메시아. 잠깐 나 좀 보지."

천사의 몸에 까마귀의 머리를 한 마왕, 안드라스가 손가락으로 제 부리를 쓰다듬었다.

"이대로만 올라간다면, '각인' 전에 100개 업적은 확정이군."

반대편에서 단탈리안이 차를 들이켜며 웃었다.

"한바탕 난리가 나겠지요."

"인간 쪽에서는 여섯 번째인가?"

"네. 종전 기록인 카인이 120개였으니, 이 기세를 유지만 한다면 아마 최고 기록을 넘길지도 모르겠습니다."

안드라스의 눈에 감탄이 감돌았다.

"잘도 이런 인재를 낚아챘군그래?"

"칭찬 감사합니다. 아시겠지만, 이 눈이 제 주특기잖습니까."

"눈만 칭찬하기에는 자네가 너무 다재다능하지 않나? 답지 않게 겸손은."

"하하."

단탈리안이 기분 좋게 웃었다.

"그래서, 어인 일이신가?"

"무슨 말씀이십니까?"

"자네의 엉덩이가 무거운 것은 71명의 마왕 모두가 공감하는 사실일세."

"하하."

"빙빙 돌려 말하기에 우리는 충분히 오래 살았지."

안드라스의 말투는 인자했지만, 까마귀의 눈은 날카롭게 상대를 통찰하고 있었다.

그 시선을 느낀 단탈리안이 미소를 거뒀다.

"제안을 하나 드리려고 왔습니다."

"말해 보게."

안드라스가 손을 들어 제 부리를 쓰다듬었다.

"알면서 왜 그러십니까. 플레이어 윤태양에 관한 이야기입니다."

플레이어 윤태양.

확실히 지금까지의 성적만 보면 기대를 하지 않을 수 없는 것이 사실이긴 했다.

"뭐, 떡잎은 확실히 튼실하더군. 앞으로는 어떻게 될지 모르겠지만 말이야."

"저도 그렇습니다. 그래서 드리는 부탁입니다. 그 떡잎, 한 번 더 시험해 보고 싶습니다."

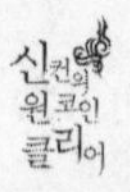

이제까지는 완벽에 가까운 성적이었으니, '다음 단계'에서도 경쟁할 수 있는 녀석인지 확인해 보고 싶다.

명분은 충분했다.

"'시련'을 내려 달라?"

"그렇습니다."

'시련' 뒤에는 보상이 있기 마련이다.

그리고 보상은 태양의 성장을 가속시키겠지.

단탈리안의 생각을 읽은 안드라스가 평이한 어조로 중얼거렸다.

"신경을 많이 쓰는군."

단탈리안이 웃었다.

"가치 있는 영혼일수록, 세공하는 맛이 나는 법 아니겠습니까."

메시아가 멍청한 표정으로 되물었다.

"뭐라고?"

"너랑 나머지 유저들, 다음 쉼터까지 데려가 준다고."

"정말? 그게 정말인가?"

태양이 신경질적인 표정으로 귓구멍을 후볐다.

"그럼 지금 내가 농담하게 생겼냐?"

태양의 말에 화색이 돈 것은 뒤에 있던 세 명의 유저들이었다.

"감사합니다!"

"정말 감사, 감사합니다! 말씀만 하시면 그대로 따르겠습니다!"

"이 은혜를 어떻게 갚아야 할지……."

"단, 조건이 있어."

태양의 말에 세 유저가 말을 멈췄다.

"너희를 책임지고 15층 쉼터에 데려다줄게. 대신 너희가 장착하고 있는 카드랑 장비. 나한테 싹 다 넘겨."

세 유저의 얼굴이 급속도로 떨떠름해졌다.

"카, 카드랑 장비를요?"

"전부요?"

"그럼 저희는 어떻게 살아남으라고……."

"당장 내놓으라는 건 아니야. 15층까지는 너희가 들고 있다가, 클리어할 때 내놓으면 돼. 쉼터에서는 살아남을 걱정 안 해도 되잖아?"

"아, 아무리 그래도 카드랑 장비는 플레이어 밑천인데……."

태양이 팔짱을 낀 채 되물었다.

"어차피 더 올라갈 것도 아니잖아. 밑천도 올라갈 생각을 할 때나 필요한 거 아닌가?"

"아니, 그게……."

"뭐? 설마 그 실력에 그 꼬락서니로 탑을 계속 올라가겠다고? 지금 당장 나한테 빌붙고 싶어서 징징대는 너희들이?"

유저들은 대답하지 못했다.

“15층. 너희도 이야기는 들었을 거 아니야. 그곳은 기점이야. 이제까지보다 더 어려워질 거라고. 다른 유저들처럼 포기하고 쉼터에서 기다리는 게 낫지 않겠어?”

“그, 그래도. 저희도 1인분 정도는 할 수…….”

“없어. 내가 쉼터에서부터 누누이 말하는데, 없어. 너희, 내 기준에서 1인분 절대 못 해. 쓸모없다고. 도대체 몇 번을 해야 알아 처먹는 거야?”

“그, 그런…….”

태양의 모진 말에 세 유저가 합죽이가 되었다.

―팩폭 ㄷㄷ 너무 씨게 때리시는 거 아닌가요.

―저 정도면 명예훼손으로 고소도 가능할 듯.

―ㄹㅇㅋㅋ 스테판은 거의 뭐 울기 직전이네 표정이 ㅋㅋㅋ.

―근데 솔직히 까놓고 저게 맞음.

―ㅇㅇ 단탈리안을 그냥 게임으로 즐겼을 때는 뭐 다를 수도 있지. 뒈지면 뒈지는 거고, 아님 무리해서라도 1인분 하는 거니까. 근데 지금은 목숨이 달렸잖음.

―그니까. 지금 쟤네는 윤태양한테 짐 덩이밖에 안 됨.

―아니, 그럼 메시아는 그동안 쟤네 달고 어떻게 올라온 건데?

―메시아는 애초에 저런 애들 달고 파티플레이하는 데 특화되어 있었잖아.

―윤태양도 그렇게 하면 되는 거 아니냐?

—그게 되겠냐?

—윤태양한테 메시아급 지휘를 바라는 것도 웃기지.

—ㅇㅇ 서로 잘하는 분야가 다르긴 하지. 확실한 건 윤태양한테 저 셋은 그냥 짐 덩이임.

—그럼 메시아한테 맡기면 안 되나?

—너 같으면 메시아 따라가겠냐? 따라가다가 플레이어 절반이 한순간에 나락 갔는데.

태양은 자신의 제안이 농담이 아니라는 것을 증명하는 것처럼 빠르게 말을 쏘아붙였다.

"지금부터, 각자 가지고 있는 장비랑 카드 브리핑한다, 실시. 아, 나 방송 켜져 있는 거 알지? 시청자들한테 물어보면 너희 구라 치는 거 다 들통 날 테니까 거 알아서 잘 생각하고."

"저, 저기. 위에서 저희도 도움이 될 수 있지 않겠습니까?"

"응, 안 돼. 너희 밥버러지야."

"그래도……."

탐슨의 소심한 반발에 태양의 눈썹이 휘었다.

"야."

"예?"

"싫으면 혼자 올라가든가. 내가 무슨 자선사업가 같아 보이냐?"

세 유저가 꿀 먹은 벙어리가 되어 있는 사이, 태양이 메시아에게도 고개를 돌렸다.

"너도 버스 탈래?"

"버스?"

"템 다 내놓고 15층 쉼터 갈 거냐고."

"아, 나는……."

"아님 말고. 꺼져. 훠이!"

그 모습이 사뭇 웃겼는지, 란이 뒤에서 웃음을 삼켰다.

–소금 있었으면 바로 뿌렸을 듯. ㅋㅋ

–귀찮게 하긴 했지.

–근데 솔직히 덕도 좀 보긴 했자너.

–유저 몇 안 되는데. 정 있게 좀 대해 주지.

하지만 메시아는 그런 태양의 태도에도 차분한 모습이었다.

"태양, 저들에게 한 번 더 기회를 줘 보는 건 어떻겠나."

메시아의 말에 태양이 고개를 삐딱하게 꺾었다.

"기회?"

"그래. 기회. 현, 스테판. 그리고 탐슨. 저 친구들은 내 파티 안에서 기량을 발휘하며 충분히 준수한 성적을 낸 유저들이야. 13층까지 이미 증명했지. 실제로 드라큘라만 없었더라면……."

만약 같은 소리 하고 있네.

"내가 버스 안 태워 줘도, 너랑 같이 가면 충분히 올라갈 수 있는 애들이다?"

"업적을 쓸어 담는 건 확신하지 못해도, 목숨을 부지한 채 클리어하는 정도라면 그래. 할 수 있다."

태양이 메시아를 빤히 바라봤다.

그리고 이내 고개를 끄덕였다.

'확실히. 어느 정도는 난 놈이야. 적어도 이놈은.'

약간 미쳐 있긴 하지만, 흔들림 없는 시선, 그리고 차분한 목소리. 메시아 본인은 정말로 자신이 있어 보였다.

그리고 실제로 저들을 이끌 역량도 되겠지.

하지만.

태양이 홱 고개를 돌렸다.

"너희들이 결정해."

"예?"

"메시아를 따라갈 건지. 나를 따라올 건지. 난 안 말려. 대신 저쪽 따라갔다가 뒤지면 난 책임 안 져."

애초에 태양이 이런 제의를 한 건, 저들의 장비가 탐이 나서가 아니었다.

스킬 카드는 많아 봐야 5~6개.

장비도 기껏해야 13층 최고급.

13층 기준으로 최고급 스펙이어 봤자, 13층이다.

단탈리안은 층을 올라갈수록 모든 요소가 상향평준화되는 시스템이었고, 통합 쉼터는 30층, 정말 귀하게는 50층의 장비도 풀리는 장소였다.

그렇다면 태양이 왜 저들을 데려가려 했는가.

간단하다.

그냥 보고 넘길 수가 없었기 때문이다.

아무리 마음을 굳게 먹었다고는 하나, 저들 역시 한 명의 사람이고, 누군가의 가족이다.

버려두고 가자니 태양의 양심이 찔렸다.

솔직히 저 세 유저가 메시아를 따라가서 지금처럼 준수한 성적을 보일 수 있다면 이런 제안은 하지도 않았으리라.

그러나 태양은 그렇게 생각하지 않았다.

이들끼리 가면 반드시 실패할 수밖에 없었다.

'나도 겪어 봤으니까.'

깨진 신뢰를 이어붙이는 건 마음이 떠나간 여자 친구를 잡는 것과 다를 바 없는 법.

실금이 간 팀워크는 아무리 단단한 자재로 이어 붙여도 스러지는 모래성이 될 뿐이라는 걸 태양은 잘 알았다.

그의 격투기를 봐주던 트레이너 팀, 분석 팀, 자본을 지원해주던 여러 스폰서까지.

킹 오브 피스트가 몰락하면서 신물이 날 만큼 겪었기 때문이다. 그리고 그 경험에서 태양이 확실하게 배운 것은 딱 한 가지였다.

"관계는 다시 시작할 수 있지만, 절대 처음 같을 수 없지. 어때? 너희들이 대답해 봐. 메시아를 따라갈 거야?"

현이 고개를 저었다.

"미안해요, 대장. 전 대장을 못 믿겠어요. 욕해도 좋아요."

나머지 둘도 한마디씩 거들었다.

"솔직히, 올라갈수록 한계를 느껴요. 여기서 터진 거고요."

"대장은 몰라도, 우리는 한계예요."

결국, 메시아는 고개를 끄덕였다.

"인정하지. 하지만 한 가지 제안하고 싶다."

"제안?"

"어찌 되었건, 저들을 여기까지 데려온 건 내 책임이다. 나도 어느 정도 책임은 지고 싶다. 게다가 나는 도움이 될 수 있어."

메시아가 말을 이었다.

"저 세 명을 지키느라 네가 못 움직이면, 업적 페이스가 느려진다. 저 녀석들을 신경 쓰느라 네 성장에 제동이 걸리면 안 되지."

"잉?"

"적어도 15층까지는, 그냥 네 명령만 따르겠다는 이야기다."

태양이 순간 대답하지 못했다.

이제까지 해 온 말이 있기에 그냥 쫓아 보내야 하긴 하는데.

메시아만 한 전력이 저렇게 저자세로 고분고분 나와 준다면 태양의 입장에서는 받지 않을 이유가 없었다.

-받자. 자발적으로 봉사 활동해 준다는데.

-근데 솔직히 받아 주면 살짝 가오 떨어지긴 함.

-ㄹㅇㅋㅋ 너희 도움 안 돼! 찌그러져 있어! 이래 놨는데.

-그래도 업적 페이스 지금 엄청 예쁜데 쟤네 신경 쓰느라 떡

락 하는 것보단...

–그것도 그렇지.

['바나' 님이 100,000원을 후원하셨습니다!]

[남자는 한 입으로 두말하는 거 아니긴 한데, 태양 님이 무슨 선택을 해도 존중합니다!]

–조리돌림 ㅋㅋ

–이걸 돌리누 ㅋㅋㅋ

['KKTheBest' 님이 1,000,000원을 후원하셨습니다!]

[메시아. 꽤 준수한 전력. 저렇게 나와 주면 받아 주는 게 합리적이라고 생각한다. :- 업적 페이스가 더 중요하다.]

현혜도 한마디 거들었다.

–이미 마피아 상대할 때도 도움받았잖아. 굳이 지금 와서 안 받겠다고 난리 피울 이유는 없지 않아?

잠시 고민하던 태양이 결국 킁 코를 먹으며 쏘아붙였다.

"……발목 잡으면 너도 카드고 장비고 다 반납하는 거야."

"왼쪽!"

"앞서간 플레이어들이 모조리 당한 모양입니다!"

"란! 잠시만 맡아!"

콰앙!

"……차원이 다르군."

흙먼지 속으로 뛰어 들어가는 태양을 보면서, 메시아는 감탄에 감탄을 거듭했다.

특히 몇몇 방면에서 태양은 결코 따라잡을 수 없을 것 같았다.

대표적으로 혼자서 스킬화(Skill化)를 몇 가지나 사용하는 모습이 그랬다. 경이롭기 그지없었다.

본능적으로 최적의 선택지를 찾아내는 전투 감각 역시 대단했다.

'이것들은 어느 정도 이해가 돼. 그냥 재능이 있구나, 하고 넘어갈 수 있는 문제니까.'

하지만 메시아의 상식으로 도대체 이해가 가지 않는 부분이 한 가지 있었다.

바로 마나를 다루는 감각이었다.

마나라는 것은 그 어떤 인류도 느껴 본 적이 없는, 단탈리안의 제작진이 새롭게 창조한 무언가였다.

수억 명의 유저가 직간접적으로 마나를 느꼈고, 이를 친숙하게 받아들이는 유저는 없었다.

이는 몇 년이나 단탈리안을 플레이하고, 높은 확률로 고층까지 도달했던 랭커들도 마찬가지였다.

그 증거로, 스킬화를 성공해 낸 유저는 꽤 있지만, 스킬화를 변형해 내는 유저는 태양이 유일했다.

태양만 달랐다.

심지어 태양은 스킬화를 사용하지 않더라도, 전투에서 마나를 마치 제 손발처럼 다룰 정도였다.

"도대체 어떻게 그렇게 마나를 잘 다루는 거냐?"

"그냥 하면 되던데?"

"그게 무슨……."

이것도 그냥 재능이란 말인가?

태양을 알아갈수록 메시아는 반쯤 절망에 빠졌다.

도저히 넘을 수 없는 벽을 바라보는 기분이었기 때문이다.

자신이 태양에게 도움이 될 수 있다는 자신감도 뜯어보면 뜯어볼수록 사라지는 기분이었다.

인 플레이 상황에서 선택과 판단에 도움을 주는 역할은 스트리머 달님이 충실하게 하고 있었고, 전투적인 서포트는 풍술사(風術士) 란이 이보다 더 이상적일 수 없을 정도로 그 역할을 잘 해내고 있었다.

'내가 도움이 될 수 있는 구석이 있을 거야. 조금이라도. 분명히!'

태양을 지켜볼수록 메시아는 필사적이게 되었다.

그럴 수밖에 없었다.

그가 목숨을 걸고 캡슐에 접속한 이유가 무엇이던가.

차원 미궁의 세계로 들어온 이유가 무엇이던가.

스스로가 이 안에 갇힌 3억 명의 사람들에게 도움이 될 수 있을 거라고 생각했기 때문이다.

구원이 될 수 있을 거라고 확신했기 때문이다.

그렇지 않다면?

메시아는 그냥 망상에서 헤어 나오지 못하고 게임에 접속한 정신병자가 될 뿐이었다.

메시아는 그것을 견딜 수 없었다.

하지만 메시아의 심정과는 상관없이, 태양은 수월하게 스테이지를 클리어해 갔다.

메시아가 장기로 삼던 데이터에 기반한 최적의 플레이는 태양 앞에서 의미 없어 보였다.

태양은 이제껏 플레이한 유저들보다 높은 스펙에 높은 기량을 가지고, 그들이 엄두도 내지 못했던 결과를 만들어 냈다.

"……이야기로 들은 것보다 훨씬 말도 안 되는 남자로군. 당신은."

"하하, 뭘, 또."

메시아는 깨달았다.

이 남자와의 경쟁은 언감생심(焉敢生心)이다.

안드라스의 도서관

아넬카식(式) 인간 절단.

퍼억.

"크워어어어어어어어어!"

괴수 '애시드 크래셔'의 육중한 거체(巨體)가 수많은 나무를 박살 내며 쓰러졌다.

"괴물, 괴물이야."

"저 커다란 괴수를 단칼에 자르다니."

"어디서 저런 플레이어가 나왔지?"

태양과 같은 스테이지에 배정받은 플레이어들이 질린 얼굴로 그를 바라봤다.

감히 다가갈 엄두도 내지 못할 수준 차이였다.

"이거 뭔가 잘못된 거 아니야?"

"저 남자도 플레이어라고? 괴수가 아니라?"

"플레이어였으면 한 번쯤 이름이 알려졌을 텐데……."

태양이 신경질적으로 귀를 후볐다.

"거참, 듣는 사람 기분 나쁘게."

좌악.

동시에 태양이 라이트 세이버를 가볍게 털며 주변을 돌아보자 수많은 플레이어가 일제히 고개를 돌렸다.

—아아, 이게 '일진짱'의 시선인가.

—장관이네. ㅋㅋㅋㅋ.

—아 ㅋㅋ 공감. 눈 마주치면 그날은 내가 바나나우유 사 와야 되는 거임. ㅋㅋ 참고로 500원 주면서 시키는데 1,000원 남겨 와야 댐.

—사례가 굉장히 구체적이시네요.

—경험담이거든요.

—아하.

태양이 주변 플레이어들을 바라봤다.

그들은 여차하면 도망갈 수 있지만, 태양을 시야에 담아 줄 수 있는 간격을 유지하며 모른 척 그를 따라오고 있었다.

이번 스테이지의 특성 때문이었다.

14층 스테이지 '생존'.

말 그대로 생존만 하면 되는 스테이지였다.

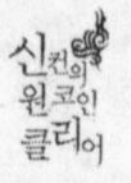

몇 명이 들어왔는지, 몇 명이 생존해 있는지 보여 주지 않지만, 플레이어가 처음 들어온 수의 절반이 되면 자동으로 클리어되는 스테이지.

이 '생존' 스테이지에는 차원 미궁의 스테이지치고는 굉장히 이례적으로, 플레이어 간의 살인을 금지하는 규칙이 있었다.

"칫. 그런 규칙만 없었어도 진작 넘어가는 건데."

–그래도 이런 스테이지가 한 번씩 있어 주면 좋지. 쉽고 편하잖아?

태양이 입을 뚱 내민 채 불만스럽게 중얼거렸다.

"그래도 기분이 나쁘잖아, 기분이. 저 음침한 녀석들, 은근슬쩍 뒤꽁무니에 붙어 가지고 말이야."

–ㄹㅇㅋㅋ 무임승차는 못 참지.

–탈 거면 버스비 내라고. ㅡㅡ

물론 플레이어들 입장에서는 태양을 따라오지 않을 이유가 없었다.

숲에서는 플레이어를 죽이기 위해 일정한 주기로 강력한 괴수가 나왔다. 그런데 태양이 머무르는 구역에서는 괴수들이 나오는 족족 태양의 사냥감이 되어 순식간에 쓰러졌다.

플레이어들끼리 다툼도 시스템적으로 막혔겠다, 당연히 그를 따라올 수밖에.

메시아가 태양을 위로했다.

"그래도, 여기에 있는 플레이어들을 제외하면 꽤 많이 죽었을 거다."

"그래야지. 여기서 보낸 시간이 얼만데."

메시아가 묘한 눈으로 태양을 바라봤다.

태양은 불만스럽게 투덜거리고 있었지만 메시아의 생각에 지금 상황은 꽤 좋았다.

명성을 얻으면 15층, 통합 쉼터에서 겪을 통과의례 '각인' 이후에 벌어질 '클랜 영입'에서 좋은 입지를 차지할 수 있기 때문이다.

통합 쉼터에는 이미 차원 미궁을 한참이나 더 등반한 플레이어들이 만들어 놓은 커뮤니티가 여럿 있었다.

단탈리안 유저들이 만든 클랜 '불꽃', 무협계 차원 창천 출신의 고수 '허공'이 만든 문파 '천문(天門)', 판타지계 차원 에덴 출신의 '강철 늑대 용병단' 등등.

이런 커뮤니티는 15층 이후 플레이어들의 미래에 굉장히 지대한 영향을 끼쳤다.

정보 공유, 아이템, 카드 밀어주기 등이 바로 그것이다.

대부분의 유저가 인터넷 커뮤니티 서로 스테이지에 대한 정보를 공유하는 것처럼 클랜, 길드 등의 커뮤니티 안에서 스테이지에 관한 정보 공유가 이루어졌다.

커뮤니티 안에서 일어나는 정보 공유는 유저들이 공유한 정보보다 가치 있게 받아들여졌다.

정보의 양과 다양성은 현실의 인터넷 커뮤니티를 이길 수 없지만, 고층 플레이어들이 직접 입으로 풀어 주는 정보는 인터넷의 그것보다 훨씬 믿을 만하기 때문이다.

게다가 유저 입장에서는, 인터넷에 풀린 정보와 더불어 NPC가 풀어 주는 정보까지 교차 검증을 할 수 있으니 좋을 수밖에.

이외에도 장비나 카드 지원 등은 두말하면 입 아픈 클랜 커뮤니티의 장점이다.

커뮤니티들은 15층에 새로운 플레이어가 들어올 때마다 '각인'의 결과를 확인하고, 좋은 재능을 가진 플레이어를 영입하려 했다.

당연하다면 당연한 이야기다.

고층으로 올라갈수록 차원 미궁의 난도는 급격하게 올라가고, 동료들은 하나둘 죽어 나간다.

이런 환경에서 등을 맡길 만한 재능의 플레이어를 선점해서 키우는 것은 중요한 요소였다.

15층 직전에 플레이어들 사이에서 유명세를 얻는다는 것은, 강력한 세력의 커뮤니티들에 어필하기 아주 좋은 요소였다.

'이런 타이밍에 이렇게 시기적절한 스테이지까지 만나다니. 능력만 있는 것이 아니라 운도 좋군.'

물론 태양이 운이 좋다는 이유로 그를 깎아내릴 생각은 없었다.

운수 좋은 날은 모든 사람에게 한 번씩은 찾아온다.

하지만 그 운을 기회로 만들어 잡는 사람은 많지 않았다.

태양도 저 정도로 압도적인 능력을 쌓지 못했더라면 지금과 같은 상황을 만들 수 없었다는 사실을 메시아도 알았다.

그때, 모든 유저의 눈앞에 시스템 창이 나타났다.

[생존자가 절반이 되었습니다. '문'이 생성됩니다.]

[플레이어 살해 금지 규칙이 사라집니다.]

동시에 숲의 중앙에서 커다란 빛이 터져 나왔다.

'문'의 위치를 알려 주는 빛이 분명했다.

잠깐의 정적.

이내 플레이어들의 등 뒤로 식은땀이 흐르기 시작했다.

"빠, 빨리 움직여!"

"저 괴물에게 잡히면 끝장이야. 빨리!"

잡히면 죽는다.

스테이지 내내 나오던 괴수보다 더한 괴수가 그들 사이에 있었다.

플레이어들은 지진을 감지한 들쥐들처럼 산산이 흩어졌다.

태양이 그들을 보며 우둑우둑 손목을 꺾었다.

"친구들, 무임승차하다 걸리면 삼십 배로 내야 하는 건 몰랐지?"

부가금은 목숨과 카드와 장비로 갚아야 할 거다.

[5-2 생존: 생존하라. – Pass]

[획득 업적: 폭군 대면, 폭군 제압, 집요한 추적자, 우두머리 사냥꾼, 숲의 지배자, 노상강도, 최후 탈출, 생존 클리어]

[금화: +20, 현 보유: 415]

–업적이 부족해.

–빈약해. ㅜㅜㅜ.

–고작 8개가 뭐냐고. ㅜㅜㅜ.

–좌르륵 내려가는 뽕맛이 있어야 하는데. ㅜㅜ.

–너무 세져서 오히려 업적을 안 주나?

–그럴 수도 있음. ㅡㅡ 메시아도 5개 받았던데.

–그 와중에 금화 20원 뜸. 잭팟 ㄷㄷ.

–걍 뭐 할 만한 게 없었던 거 같다. 이번 스테이지는.

현혜가 아쉬운 목소리로 중얼거렸다.

–너무 안 밝혀진 스테이지인 게 컸어.

'생존' 스테이지는 메시아도 현혜도 스테이지에 대한 정보를 잘 알지 못할 만큼 희귀하게 걸리는 스테이지였다.

"'현상금' 스테이지처럼 복잡하기라도 했으면 뭐라도 더 해 봤을 텐데. 이건 뭐 너무 단순해서……."

–이제부터는 이런 일이 꽤 많아질 거야. 지금부터는 대충, 흠.

상위 1%의 영역 정도는 되거든. 이제부터는 아는 스테이지보다 모르는 스테이지가 더 많아.

현혜의 말에 태양이 반문했다.

“아니, 아무리 상위 1%라고 해도……. 단탈리안 동접자가 3억이었는데, 1%면 300만 명. 충분히 많지 않아?”

–에이, 그렇게 단순히 계산하면 안 되지.

“그럼?”

–정보를 활발하게 기록하고 공유하는 유저 수는 당연히 저들 중 극히 일부고, 그중에서 ‘생존’ 스테이지에 걸리고, 또 히든 피스나 업적의 획득 조건을 알아내는 조건까지 생각하면…….

복잡한 말이 길어질 것 같은 느낌에 태양이 미간을 부여잡았다.

“미안. 내가 잘못했어. 머리 아프니까 그만해.”

–뭘 잘못해. 그냥 그렇다는 거지.

태양은 이제껏 현혜가 주는 도움을 아무렇지 않게 생각했었지만, 실상 히든 피스나 업적의 획득 조건을 찾아내는 일은 굉장히 어려운 일이었다.

많은 사례가 반복되어야 현상을 추정할 수 있고 그 추정을 기반으로 특정까지 넘어갈 수 있는데 그를 위해선 또 정보 취합과 통계 정리를 통한 여러 작업이 필요했기 때문이다.

–내가 얼마나 대단한 사람인지 이제 알았어?

“넌 그냥 주변 사람한테 들은 거 아니었어?”

—아니지! 나도 나름대로 분석하고! 어? 씨! 이런 정보를 물어본다고 그냥 알려 주겠냐? 이걸 그냥…….

말하다 보니 열이 뻗치는지, 현혜의 목소리가 거칠어졌다.

"아, 알았어. 미안해. 왜 화를 내고 그래……."

요즘 기세가 등등했던 태양이 저도 모르게 쭈그러들었다.

—ㅋㅋㅋㅋㅋ 그라데이션 분노.

—뭔데. ㅋㅋㅋ.

—아니, 화낼 만하지. ㅋㅋㅋ.

—달님이 얼마나 귀한 정보 내주는 건데.

['고연수' 님이 1,000원을 후원하셨습니다!]

[저 고연수는 스트리머 달님의 캠 방송을 기다립니다.]

—오, 연수좌 오랜만.

—연수좌 요즘 살림살이가 고단하신가 보네 ㅜㅜ 1천 원이라니.

—그러고 보니 달님 캠 은제 키냐!

—언제 키냐? 그때 올란다!

—응~ 단탈리안 방송 여기랑 메시아밖에 없죠? 보려면 여기와야 하죠?

그때였다.

[업적 100개를 달성하셨습니다. '특전: 환골탈태'를 얻습니다.]

"태양?"

"어?"

"뭐, 뭐야 이거!"

으드드득.

뼈 소리와 함께, 태양의 정신이 점멸했다.

자리에 누워 있던 태양이 눈을 번쩍 떴다.

"허억!"

"태양!"

"괜찮나?"

—태양아, 괜찮아?

태양이 제 몸을 더듬으며 대답했다.

"어, 뭐. 괜찮아. 무슨……. 뭐였지? 갑자기 온몸이 뒤틀리는 듯한 착각이 들긴 했는데."

태양은 곧 주위 사람들이 자신을 묘한 눈으로 쳐다보고 있다는 사실을 깨달았다.

"뭔데?"

—스테이터스 창 봐 봐.

"스테이터스 창?"

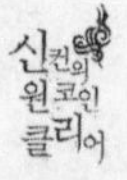

[스테이터스: 업적(107) – 솔로 플레이어, 퍼펙트 클리어(No Hit)…….]

[보유 금화: 415]

[카드 슬롯]

1. 피를 먹은 카타나(R): 민첩 +1, 근력 +1, 흡혈 +1

2. 수도승의 허리띠(R): 민첩 +1, 근력 +1, 신성 +1

3. 재생의 힘(R): 맷집 +2, 흡혈 +1, 스킬 – 재생의 힘

4. 스톰브링어(U): 민첩 +2, 영웅 +1, 검사 +1

5. 신념의 귀걸이: 신성 +1

6. 혈귀(血鬼)의 사념(R): 민첩 +1, 무투가 +1, 흡혈 +1

7. Closed.

[스킬 – 혈기충천(血氣充天): 통각을 마비시키고 신체 전반의 기능을 강화한다.]

[스킬 – 재생의 힘: 3초간 거대 뱀 아크사론의 재생력을 얻는다. (쿨타임 1,200초)]

[스킬 – 스톰브링어(Storm Bringer): 폭풍 소환(暴風 召喚): 폭풍의 정령 군주 아라실이 플레이어 윤태양의 신체에 임합니다. (쿨타임 48시간)]

[시너지]

근력(2): 힘 보정

맷집(2): 체력, 물리 방어력 보정

민첩(2/4): 민첩 보정/민첩 추가 보정

신성(2): 모든 공격에 20% 추가 피해

흡혈(2): 준 피해에 비례해 체력 회복

[특전]

드래곤 하트(Dragon Heart)

종의 기원 살해(흡혈귀): 흡혈 +1

환골탈태

태양의 눈이 동그래졌다.

"환골탈태? 내가 겪은 게 환골탈태라고?"

무협지에서 본 그 환골탈태?

그제야 태양은 시선의 의미를 깨달을 수 있었다.

평범하게 서 있던 사람이 갑자기 뼈 부러지는 소리랑 같이 재조립되었을 텐데, 놀라지 않았을 리가 없었다.

"흠. 냄새는 안 나네? 원래 환골탈태하고 그러면 막 노폐물 같은 게 나온다고 했는데."

"고마운 줄 알아. 내가 치워 줬으니까."

란이 뚱한 얼굴로 중얼거렸다.

이에 태양이 놀라서 제 몸을 가렸다.

"어머나, 님이 제 몸을 닦아 주셨다고요?"

"뭘 닦아 줘! 풍술(風術)로 했다고!"

"깜짝이야. 난 또."

태연하게 대답한 태양이 고개를 갸우뚱거렸다.

"환골탈태라. 뭐 대단히 달라진 건 없는 것 같은데."

—마나 쫙쫙 뽑아 봐. 무협지 찾아보니까 기의 수발이 자유로워

졌다더니 어쩌니 하던데.

"기라."

쿠웅.

태양이 진각을 찍었다.

초월 진각의 기수식에 반응해 주변에서 마나가 피어올랐다.

"흐음, 확실히."

메시아가 물었다.

"뭔가 달라진 점이 있나?"

"좀 더 깔끔해진 느낌?"

"뭐가?"

"그러게. 잘 모르겠네."

옆에서 지켜보던 란이 고개를 흔들었다.

"무공의 무 자도 모르는 녀석에게 이런 기연이라니. 아깝다, 아까워."

"뭐?"

"네가 겪은 게 환골탈태가 맞다면 달라진 점은 두 가지야. 몸 안에 노폐물이 빠지고, 몸이 더 단단해진 거."

"그게 끝이라고?"

"네가 무인이었다면 기맥이 질겨지고 임독양맥(任督兩脈)이랑 생사현관(生死玄關)이 타통……. 이건 선후가 반대던가? 하여튼 무공을 사용하는 데 훨씬 적합한 몸이 되었다고 할 수 있는데, 넌 무공을 안 쓰잖아."

태양이 머리를 긁었다.

"그럼, 달라진 건 딱히 없는 거야?"

"더 건강해진 거지."

-그럴 수가……. 업적 100개 보상인데.

"뭐, 나중에 가서 알게 되겠지. 정 못 써먹을 것 같으면 위에서 무공이라도 배워 보든가 하면 되고."

란이 고개를 선선히 끄덕였다.

"넌 무공도 금방 배울 것 같긴 하다. 그나저나 몸은 어때?"

"컨디션은 괜찮아."

"바로 다음 스테이지로 넘어가도 되겠어?"

"그래야겠지."

태양은 곧바로 출발했다.

곧 문과 함께 한 사람이 나타났다.

까마귀의 얼굴에 천사의 육신을 한 마왕.

안드라스였다.

"안드라스?"

메시아가 중얼거리자, 까마귀가 고개를 끄덕였다.

"나를 알아보는 인간이 있다니. 간만이군 그래."

"아, 뭐."

메시아가 대충 말을 흘렸다.

란은 마왕을 만날 때마다 그래 왔듯이, 잔뜩 굳은 기색이었다.

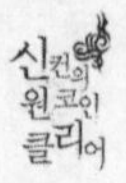

안드라스가 그녀를 보며 너털웃음을 지었다.

"그렇게 긴장하지 않아도 되네. 난 그저 다음 스테이지의 설명을 위해 이곳에 온 걸세."

"스테이지 설명?"

안드라스의 말에 메시아를 비롯해서 뒤에 있던 세 유저가 동시에 되물었다.

"그래, 스테이지 설명. 그전에 먼저."

딱.

안드라스가 손가락을 튕기자 커다란 건물이 나타났다.

[5-3 안드라스의 도서관: 서적의 내용을 뒤틀어라.]

도서관을 바라본 태양이 반사적으로 미간을 찌푸렸다.

"윽, 책이네."

–척수 반사 레전드.

–아 ㅋㅋㅋ 이게 그 고무망치인가 그거냐?

–ㅋㅋㅋ 조건반사.

–책 냄새 맡으면 약간 어지러운 편이야~.

도서관은 크고, 동시에 따뜻한 분위기였다.

노란 등불 조명들이 포근한 조명으로 고풍스럽게 나이 먹은 나무 탁자를 감싸고 있었고, 수많은 서적이 칼 같지는 않지만 정갈하게 제자리에 꽂혀 있었다.

도서관 안에는 태양 일행을 제외하고도 이미 수많은 플레이어가 먼저 자리 잡고 있었다.

안드라스가 책장에서 한 권의 책을 뽑아 들며 태양 일행에게 설명했다.

"이 서적들은 다른 플레이어들의 기록일세. 이 한 권 안에 한 플레이어가 차원 미궁에 들어와서 어떤 스테이지를 어떻게 헤쳐 나갔는지에 대한 내용이 적혀 있는 거지. 1층의 기록, 10층의 기록, 바로 밑이었던 14층의 기록이 모두 담겨 있다네. 음. 제목을 보아하니 기록의 주인공은 '허공'이었군."

허공이라는 말에 태양을 비롯한 유저들의 시선이 책에 집중되었다.

허공, 3개밖에 없는 S급 클랜, '천문'의 장문인.

물론 반응은 유저에 한정되었고, 란을 비롯한 NPC들은 허공이 얼마나 대단한 사람인지 모르기 때문에 별다른 감흥이 없었다.

탁.

안드라스가 책을 내려놓으며 말을 이었다.

"자네들은 할 일은 이 수많은 책 사이에서 한 권의 책, 한 스테이지를 선택하는 걸세. 그리고 그 스테이지 안으로 들어가서, 주인공의 미션을 실패하게 만드는 거지."

"실패하게 만든다고요?"

"그래. 쉽게 말하자면 죽이라는 이야기네. 다만 죽이는 시기는 심사숙고하는 게 좋네. 목표 플레이어를 죽인 시점에서, 그 플레이어가 얻어 낸 업적은 모두 자네들도 얻을 수 있네."

"스테이지 초반에 죽일수록 얻는 업적 보상이 적고, 후반에 죽일수록 많겠군."

한 플레이어가 중얼거렸다.

안드라스의 설명에 플레이어들의 낯빛이 아직까지는 나빠지지 않았다.

플레이어 하나만 죽이면 성공.

어렵지 않아 보였기 때문이다.

물론, 안드라스의 말은 여기에서 끝나지 않았다.

"플레이어를 죽인다고 스테이지가 클리어되는 것은 아닐세. 자네들은 플레이어도 죽이고, 스테이지도 클리어해야 해."

"으음."

몇몇 플레이어가 침음을 흘렸다.

'스테이지 클리어'라는 조건이 붙으면 난도가 확 높아지는 측면이 있었다.

살해 후의 상황을 컨트롤해야 하기 때문이다.

–하긴. 그냥 죽이고 끝이면 너무 쉽지.

–스테이지 고를 수 있음. 스테이지 클리어 + 플레이어 1명 죽여야 함. vs 그냥 스테이지.

–은근 황밸인 듯.

–약한 플레이어 고르면 그냥 개꿀 아님?

—ㅇㅇ 그렇게 마냥 편한 스테이지는 아닌데, 15층에서 유저가 꿀 빨기 제일 좋은 스테이지는 맞음.

안드라스가 말을 이었다.

"쌓은 업적에 비례해서 고를 수 있는 선택지가 줄어들 걸세. 너무 쉬운 시련은 보는 데에도 재미가 없으니까 말일세."

안드라스의 시선이 잠시 태양에게 머물렀다.

"내가 좀 손해라는 이야기네?"

—……어. 보통 유저들에게는 오히려 이득인데, 너한테는 손해야. 문제는 얼마나 큰 손해냐는 건데.

업적을 어지간히 많이 쌓아 놨어야 말이지.

물론 현혜도 '안드라스의 도서관' 스테이지를 모르지 않았지만, 이건 불가항력적인 문제였다.

이 스테이지 하나 때문에 업적 페이스를 늦출 수도 없는 노릇이었으니까.

한 플레이어가 손을 들어 질문했다.

"스테이지를 진행하면서 따로 업적을 얻을 수 있나? 목표 플레이어를 죽이는 것과는 별개로 말이야."

"물론일세."

"일행이랑 같이 들어가는 건?"

"불가능한 이야기는 아닐세. 같은 스테이지의 다른 인물을 각각 목표로 삼으면 들어갈 수 있네. 하지만 꽤 고단한 일이 될 걸세. 보시다시피, 책이 아주 많거든."

그 설명에 태양이 머리를 긁적였다.

"이건 이거대로 복잡하게 됐네."

태양이 데려가야 하는 유저만 셋이다.

그 말인즉슨, 란과 태양을 합치면 다섯이나 겹치는 스테이지를 찾아야 한다는 이야기였다.

"설명은 이 정도면 대충 됐겠지. 부디 좋은 스테이지를 찾길 바라네."

안드라스가 말을 마치고, 플레이어들은 도서관 곳곳으로 들어갔다.

—하, 원래 도서관 스테이지는 꿀인데.

"그렇게 아쉬워할 정도야?"

—선택할 수 있잖아. 유저들이 무조건 고르는 스테이지가 몇 개 있어.

환경의 선택권이 주어지는 순간, 유저들에게 압도적으로 유리한 환경이 되는 건 당연한 일이었다. 유저들에겐 '현실의 인터넷망'이라는 압도적인 정보 교환 툴이 있었기 때문이다.

특히 '안드라스의 도서관'과 같은 스테이지는 다른 변수 없이 정보가 누적만 되어도 큰 이득을 볼 수 있는 종류라, 방송을 보고 있는 시청자들도 어렵지 않게 검색할 수 있을 정도로 정보가 많이 풀려 있었다.

—업적은 많이 얻으면서, 본신의 무력은 약하고, 스테이지까지 쉬운 선택지가 널려 있는데.

"내가 그런 선택지를 고를 수 있을까?"

-찾아봐야지. 근데 솔직히 모르겠어. 계산이 안 돼.

잠시 생각하던 현혜가 한숨을 내쉬었다.

-쉬운 루트는 마음 비우는 게 좋을 것 같아. 문제는 네가 선택할 수 있는 선택지가 얼마만큼 끔찍하냐는 건데…….

현재 태양의 업적은 107개.

명백히 다른 플레이어들에 비해 압도적인 개수였다.

"일단, 먼저 찾아보지."

"그래. 이러니저러니 해도 결국 책을 찾는 게 선결 과제니까."

이야기를 나눈 태양과 란. 그리고 메시아와 세 유저는 각자 흩어졌다.

[당신은 플레이어 아치만의 역사를 들여다볼 수 없습니다.]

"태양, 어때?"

"좋지 않아."

태양이 절레절레 고개를 흔들었다.

메시아, 란, 스테판, 탐슨, 현.

다섯 플레이어가 가져온 책은 물론, 도서관에 비치되어 있는 대부분의 책이 태양을 거부했다.

—그럼, 일단 지금까지 보면 네가 들어갈 수 있는 책은 세 권인 거네.

"그러니까. 어이가 없다. 정말."

세 권.

수천, 수만 권의 책이 쌓여 있는 도서관에서 단 세 권이라니!

—심지어 그 세 권 중에 2개가 허공이랑 KKㅋㅋㅋㅋ.

—KK 진짜 가슴이 웅장해진다…

—KK도 저거 최고점 찍은 시절 기록이라 5층부터 개사기 쳐서 다 찢어발기던 시절임. ㄷㄷ.

—KK 있는 게 레전드긴 해. ㅋㅋㅋㅋ.

—그 와중에 더 레전드인 건 KK 것도 14층 스테이지 아니면 못 들어감. ㅋㅋㅋㅋㅋ.

허공, KK, 유리 막시모프.

허공은 말할 것도 없는 강자였고, 유리 막시모프 역시, A급 클랜의 클랜장이었다.

유리 막시모프는 어떤 의미로 보면 허공보다 더 대단한 인물이었다.

그녀의 클랜 '유리 막시모프'가 1인 클랜이었기 때문이다.

"KK가 그나마 정답인가?"

—아니, 아니야. 스테이지가 너무 조건이 안 좋아.

KK가 겪은 14층의 스테이지 이름은 '범인 찾기'였는데, 전형적인 마피아 게임류의 미션이었다.

―무력과 상관없이 정치와 협잡으로 플레이어를 죽일 수 있는 규칙이어서, 네 장점을 살리기 어려워.

"그럼 더 찾아보긴 해야겠는데."

"그럼 저희는……."

세 유저가 태양의 눈치를 봤다.

상황이 완벽히 뒤바뀌었기 때문이다.

14층에서는 태양을 따라와서 손에 물 하나 묻히지 않고 편안히 스테이지를 클리어했지만, 그때는 그때일 뿐.

지금은 괜히 태양 때문에 쉽게 갈 수 있는 길을 어렵게 갈 상황이었다.

"따, 따로 가는 게 합리적이지 않겠습니까?"

"그렇죠?"

세 유저가 태양의 눈치를 보며 꿀꺽 침을 삼켰다.

'이대로 가면…….'

'장비와 카드, 내놓지 않아도 되는 거겠지?'

'따로 가면 우리를 끝까지 책임지지 않은 게 되니까.'

차원 미궁을 더 등반할 생각은 없었지만, 장비와 카드를 빼앗기는 것은 솔직히 그들로서도 내키지 않는 문제였다.

쉼터에서 머물더라도 최소한의 생활비는 필요했기 때문이다.

단탈리안은 통각을 제외한 감각은 대부분 70% 이상으로 구현되어 있었기 때문에 더욱 그랬다.

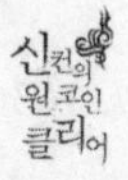

"크흠."

차원 미궁을 오르지 않더라도, 통합 쉼터의 여관에서 생활을 생각해야 했다.

맨날 보리빵만 먹는 삶보다는 파스타, 스테이크 등의 기호품도 어느 정도 먹을 수 섭취할 수 있는 삶이 더 윤택하다.

"흐음."

태양의 고민이 깊어질수록 세 플레이어의 표정이 밝아졌다.

그때, 메시아가 나섰다.

"저 셋은 내가 책임지고 클리어시키겠다."

"메시아 네가 하겠다고?"

"돕겠다고 하지 않았나. 클리어가 쉬운 루트는 충분히 안다."

세 유저가 갑자기 나선 메시아를 바라봤다.

['킹피시작은4연초진부터' 님이 10,000원을 후원하셨습니다!]

[뭐지, 이 새끼는?]

-ㅋㅋㅋㅋㅋㅋㅋㅋ 정확히 그 표정.

-표현력 미쳤고. ㅋㅋㅋㅋㅋㅋㅋㅋㅋㅋ.

-개웃기네. ㅋㅋㅋㅋㅋㅋ.

-스테판 눈 땡그래진 거 봐. ㅋㅋㅋㅋ.

메시아가 세 유저를 보며 피식 웃었다.

"물론, 원래 했던 이야기대로, 저들이 치를 값은 네가 받아라."

"그, 그런! 이럴 바엔 차라리 따로 움직이겠어!"

세 명의 유저 중 하나, 스테판이 반발하고 나섰다.

태양이 인상을 찌푸렸다.

"그건 안 되지. 이미 한 층을……."

"잠깐."

태양을 말린 메시아가 느긋한 표정으로 되물었다.

"지금 그 말, 감당할 수 있나?"

"뭐?"

'안드라스의 도서관' 스테이지가 유저들에게 쉬운 스테이지라고 소문이 난 것은 맞았다.

실제로 기량이 상대적으로 떨어지는 유저들도 안드라스의 도서관에서 이득을 보고 넘어가는 사례도 충분히 많았다.

'하지만 그건 로그아웃이 가능할 때 이야기지.'

유저들이 '안드라스의 도서관' 스테이지에서 이득을 볼 수 있었던 이유는 로그아웃한 후, 정보를 찾아볼 수 있었기 때문이다.

"네가 루트를 몇 개나 알고 있는지는 모르겠는데, 그거 찾을 자신 있나? 이 방대한 도서관에서?"

메시아나 현혜급의 고인물.

다른 말로 하면 생활의 대부분을 '단탈리안'에 투자한 사람들 정도는 되어야 정보를 찾아보지 않고 스테이지를 진행할 정도로, 도서관은 방대했다.

그리고 세 유저는 그 정도 수준이 아니었다.

쉼터에서 그들을 설득하고 데려온 사람이 메시아 자신이기에 잘 알았다.

"자신 있으면 혼자 움직여라. 하지만 한번 나가면 받아 주지 않는다."

"그, 그런……."

처음으로 카리스마 넘치는 메시아의 모습을 본 란이 작게 중얼거렸다.

"……우리 앞에서는 맨날 깨갱거리더니만."

"쉿! 쉿! 팩트는 폭행이야!"

세 유저와 메시아가 적당한 루트를 찾고, 그 루트로 들어갈 책을 모두 모을 동안에도 태양은 스테이지로 들어갈 결심을 하지 못했다.

그래도 도서관을 뒤지는 일이 마냥 헛되지는 않아서, 태양이 들어갈 수 있는 루트는 이제 5개까지 늘어났다.

S급 클랜 '천문'의 장문, 허공의 책.

랭커 KK의 책.

유리 막시모프의 책.

A급 클랜 '위치스'의 클랜장, 미네르바의 책.

그리고 또 다른 S급 클랜 '아그리파 기사단'의 기사단장, 카인의 책.

"……진짜. 말이 되냐?"

"확실히. 평범한 플레이어는 아니네."

배경지식이 없는 란이 책만 읽고도 인정할 정도의 인물들.

['KKTheBest' 님이 1,000,000원을 후원하셨습니다!]

[^^]

-ㅋㅋㅋㅋㅋㅋ KK좌 기분 좋아 보이네.

-대단하긴 대단하지. ㅋㅋㅋㅋ 업적 100개 컷으로도 입장 가능한 경력이었다는 건데.

-ㄹㅇㅋㅋ.

-뚫리는 건 14스테이지 하나밖에 없긴 하지만 ㅋㅋ.

현혜가 힘없는 목소리로 투덜거렸다.

-어쩌겠어. 네가 너무 잘해 온 탓인데. 이 안에서 골라야지.

쉬워 보이는 스테이지는 없었지만, 결국 허락된 선택지는 이 다섯뿐.

"휴, 란. 너는 이 중에 어디가 나아 보여? 음, 일단 KK랑 미네르바는 빼고."

KK는 스테이지가 너무 극악했고, 미네르바는 마법사 계열의 플레이어라 태양과 상성이 좋지 않았다.

-새삼 느끼는 거지만, 마법사 계열 플레이어가 적어서 다행이다.

"개나 소나 쓰면 마법이 마법이냐?"

-그것도 그래.

잠깐의 고민 끝에, 란이 책 하나를 건드렸다.

"난 이거."

란이 고른 것은 유리 막시모프의 책이었다.

"나쁘지 않네."

-응, 나쁘지 않아.

유리 막시모프는 마검사 스타일의 플레이어였다.

다만, 사용하는 마법이 대부분 '버프' 계열의 마법이었다.

자신의 스탯을 뻥튀기시킨 다음 강력한 육체 능력을 기반으로 찍어 누르는 스타일.

어떻게 보면 태양과 비슷한 성향이라고 할 수 있었다.

현재 시점에서는 50층 이상을 돌파한 플레이어 '유리 막시모프'는 다른 마법도 사용할 수도 있겠지만, 적어도 스테이지에 나오는 유리 막시모프는 그랬다.

"허공이나 카인보다야, 유리 막시모프가 낫겠지."

-그게 그거처럼 보이기는 하지만.

태양이 유리 막시모프의 책을 집어 들었다.

"그럼, 가자."

하루(Long Day)

“오, 플레이어 윤태양. 결정했나.”

“결정하고 말고 할 게 있어?”

태양이 작게 으르렁거렸다.

말도 안 되게 적은 선택지를 비꼬는 말이었다.

안드라스가 빙긋 웃었다.

“어쩔 수 없는 일일세. 자네가 밑에서 대단한 것들을 너무 많이 보여 주지 않았나.”

안드라스가 책을 확인했다.

“‘유리 막시모프’라, 나쁘지 않은 선택이군.”

“무슨 의미로?”

“자네의 재능을 확인하기에 충분할 것 같다는 이야기일세.”

그리고 보는 맛으로도.

태양이 인상을 찌푸렸다.

게임이라지만 이렇게 오만하고 고압적인 마왕의 태도는 볼 때마다 새삼 기분이 가라앉았다.

"참 재수 없게 잘 만들었단 말이지?"

"뭐?"

"아니야."

이윽고 란이 제출한 책까지 확인한 안드라스가 물었다.

"'유리 막시모프'의 10층이라."

"나도 에이드 오블리비아테의 10층."

란의 말에 안드라스가 고개를 끄덕였다.

"같이 갈 생각인가 보군."

딱.

안드라스의 손가락이 마찰함과 동시에, 태양과 란의 발밑에 커다란 마법진이 생겨났다.

"10층의 스테이지를 골랐으니, 자네들의 업적 역시 14분의 10으로 제한될 걸세."

—보스나 오브젝트는 말도 안 되는 수준으로 만들어 주면서, 이런 밸런스는 또 철저하게 지킨다니까.

현혜가 투덜거렸다.

태양도 고개를 끄덕였다.

백번 맞는 말이다.

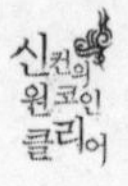

그의 심정을 아는지 모르는지, 안드라스가 태양을 보며 웃었다.

"이번 스테이지는 자네들이 '위'에서 얼마나 잘할지 판별하는 증명의 장이네. 아무쪼록, 예상하지 못한 일이 터져도 현명하게 대처하길 바라지."

투웅.

둔탁한 소리와 함께, 마법진의 빛이 태양과 란을 집어삼켰다.

[5-3 안드라스의 도서관: 서적의 내용을 뒤틀어라.]

→

[5-3 하루(Long Day): 여명을 마주하라. + 플레이어 '유리 막시모프'를 처치하라.]

태양이 시스템 창을 보면서 중얼거렸다.

"이런 식이네?"

태양은 제 주먹을 쥐었다 폈다 하며 감각을 가늠했다.

10층의 스테이지로 넘어오면서 태양의 업적 개수 역시 하향되었기 때문이다.

대략 65개 수준으로 전력의 3분의 1이 그대로 깎여 나간 상태라 적응이 필요했다.

“없다가 생기는 감각은 그러려니 했는데, 있다가 없는 감각은 영 끔찍하네.”

그때, 뒤에서 날카로운 예기가 태양을 찔러 들어왔다.

“죽어라!”

“어이쿠.”

태양은 뒤를 돌아보지도 않고, 왼쪽으로 한 발자국 걸었다.

동시에 오른쪽 팔뚝을 열었다가 닫았다.

콰득!

태양의 겨드랑이에 검날이 끼었다.

“무, 무슨?”

“뭐긴 뭐야.”

태양이 허리를 비틀면서 왼쪽 주먹을 뻗었다.

콰아아앙!

흠잡을 곳 없이 완벽하게 들어간 클린 스트레이트에 기습한 플레이어의 안면부가 처참하게 박살 났다.

—ㄷㄷㄷ.

—이제 무슨 차력 쇼까지 하시네.

—마! 니 킹피 모르나!

—존, 나, 멋, 있, 어.

—ㅋㅋㅋㅋㅋ.

—시작부터 정신없다.

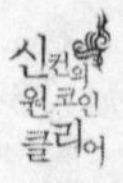

태양은 플레이어를 간단히 파밍했다.

장비는 별 의미 없는 수준이었고, 중요한 건 카드였다.

카드를 확인한 태양이 얕게 콧등을 찡그렸다.

플레이어의 실력에 비례한 걸까.

검사 시너지가 하나 붙어 있는 일반 등급의 카드였다.

"씁, 운이 없네."

―보통이야.

일반적으로 2~3개의 카드를 장착한 플레이어는 죽을 때 1개의 카드를 떨어뜨렸다.

4~5개의 카드를 슬롯에 장착한 플레이어는 2개, 6개 이상은 3개.

고작 1개의 카드를 떨어뜨린 것으로 보아 놈은 3개 정도의 카드를 장착하고 있었던 모양이었다.

"여기까지 올라오면서 카드를 고작 3개밖에 안 먹었다고?"

―여긴 15층이 아니라 10층 스테이지잖아. 감안해야지.

"쳇."

심통이 난 태양이 괜히 흙에 대고 발길질을 했다.

―이래서 재능충들이 문제야.

―공감을 못하지.

―ㄹㅇㅋㅋ 10층에 카드 3개면 평균인데.

스읍.

태양이 숨을 들이쉬었다.

아침나절 특유의 서늘한 공기가 폐부를 채웠다.

'하루(Long Day)' 스테이지는 숲과 작은 마을로 이루어진 스테이지였다.

–초반에 빨리 움직여 두는 게 나중에 편해.

"첫 번째는 스테이지 클리어, 두 번째는 란, 세 번째가 유리 막시모프. 맞지?"

–맞아.

"란은 뭐, 그쪽이 알아서 잘할 테고."

에이드 오블리비아테는 딱히 대단한 플레이어도 아니었으니 딱히 걱정은 없었다.

목표는 여명, 즉 해가 지고, 다시 떠오를 때까지 살아남는 것.

그리고 업적을 챙긴 '유리 막시모프'를 성공적으로 처리하는 것.

두 가지다.

어떻게 보면 14층에서 겪었던 '생존' 스테이지와 다를 것 없어 보이는 목표였다.

하지만 뜯어보면 둘의 공통점은 '서바이벌' 장르라는 것밖에 없었다.

'생존' 스테이지는 플레이어끼리의 전투를 금지하고 강력한 보스 몬스터를 처치하게 하는 설계였다.

말하자면 이제까지 플레이어들이 쌓아 온 대(對) 괴수전 기량을 판단하는 스테이지.

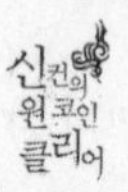

반면 '하루(Long Day)' 스테이지는 다르다.

만 하루 동안 계속해서 변하는 환경에 대한 대비, 주변 플레이어들과의 전투.

그리고 결정적으로 지속되는 난전에 대한 대처.

말하자면 끊임없는 전술적 판단을 요구하는 스테이지였다.

—정오가 다가옵니다.

'하루' 스테이지는 총 3개의 단계로 나눠져 있었다.

첫 번째 단계. 아침.

마왕이 플레이어들에게 부여한 준비 시간이다.

숲에는 각종 마수와 위험이 도사리고 있지만, 다른 두 단계에 비해서는 상대적으로 활동하는 데 지장이 없었다.

이 시간을 이용해 플레이어들은 '정오'와 '황혼', '새벽'에 대한 대비를 끝마쳐야 했다.

물론 뒤의 2개보다는 '정오'에 대한 대비가 먼저였다.

정오.

정오가 되는 순간 '하루(Long Day)' 스테이지 전 구역에 초고온의 햇빛이 작렬했다.

대비 없이 혹은 어지간한 대비를 하지 않는 이상 인간을 통째로 구워 버리는 수준의 강력한 햇빛이었다.

심지어 이 강력한 태양 광선은 한 번으로 끝나는 것이 아니라, 30분 단위로 스테이지를 폭격했다.

—불판 대기 중.

—실제로 바나 좌가 여기서 삼겹살을 구워 먹었지.

—다 탔지 않음?

—ㅋㅋㅋㅋㅋㅋㅋㅋㅋㅋㅋ 그때 바나 좌 킹든 램지 빙의한 거 개 웃겼는데.

—??? : 들리십니까? 암세포가 내 위장을 뚫어 버리겠다고 함성을 지르고 있네요.

태양 광선이 끝이 아니었다.

그리고 거기서 파생하는 사나운 태양 정령.

플레이어들은 이 태양 정령들을 상대로 정오부터 해가 지기 전까지 살아남아야 했다.

"정령이라."

정령들은 기본적으로 정신체라, 물리적인 공격이 통하지 않았다.

팔이든 검이든 화살이든, 마나를 담아서 공격해야만 타격을 입힐 수 있었다.

—못 죽이니까. 어지간히 까다롭지.

태양 정령들의 가장 큰 특징이자, 까다로운 점이 바로 이것이었다.

죽이지 못한다는 것.

전투 불능으로 만들 수는 있지만, 빛에 조금이라도 노출이 되는 순간 회복했다.

차라리 좀비라면 팔다리를 모두 부숴 놓는 것으로 행동을 저

지할 수 있을 텐데, 정령들은 정신체라서 그것도 불가능했다.

태양은 마법적인 조치를 할 수도 없었으니 햇볕에 노출되지 않는 장소를 찾는 동시에, 태양 정령들을 피할 방법도 찾아야 했다.

–빨리 빨리 움직입니다. 윤태양 일병!

“미쳤어? 일병? 나 병장 만기 제대야!”

물론 방법은 있었다.

스테이지 곳곳에 마련되어 있는 작은 마을.

마을의 건물들은 이 강력한 햇빛을 차단할 수 있는 재질의 목재로 만들어져 있었다.

숲의 나무들은 어느 정도 태양 광선에 내성을 타고났는데, 과거의 생존자들이 이 나무에 마법적인 가공을 더해 태양 광선에 버틸 수 있는 재질의 나무를 만들었다는 모양이다.

“하긴, 그렇지 않으면 말이 안 되지. 여기서 어떻게 살아?”

NPC들도 처음엔 모르겠지만, 나무 밑에서 필사적으로 태양 광선을 피하다 보면 곧 깨닫게 되어 있었다.

마을로 들어가야 한다는 사실을.

또, 그렇게 마을로 들어온 NPC들은 뒤늦게 한 가지 더 깨닫는다.

그것은 바로, 마을이 ‘하루(Lond day)’ 스테이지에서 생각보다 훨씬 중요한 요소였다는 사실이다.

초월 진각 – 염라각(閻羅脚).

쿠웅.

“커헉!”

태양은 다른 플레이어에게 굳이 먼저 싸움을 걸지는 않았지만, 걸어오는 싸움을 피하지도 않았다.

초반에는 일부러 노려서도 잡아 봤지만, 곧 처음 만난 플레이어가 이번 10 스테이지 플레이어의 평균 수준이라는 것을 깨달았기 때문이다.

“가성비가 안 나와. 가성비가.”

시너지가 기껏해야 하나둘 붙어 있는 시너지 카드는 솔직히 큰 가치가 있다고 말하기는 어려웠다.

아직 거래 시스템이 잡히지 않은 플레이어들에게는 카드 슬롯을 채우는 의미에서 꽤 도움이 될지도 모르지만, 태양에게는 그것도 아니었다.

–15층 쉼터에서 아마 30, 40골드 정도 할 거야. 쉼터에 있는 플레이어들 방송 확인해 보니까 그 정도 하는 것 같더라.

“참나. 나는 그거 100골드에 샀잖아. 이거 웃기는 자식들이네?”

–뭐, 그래도 3층에서 100골드 주고 카드 하나 맞췄잖아. 등급도 높았고. 나름 수지맞는 장사였어. 지금은 아니지만.

게임에서 지원하는 상점 시스템은 항상 가격이 높게 느껴질 수밖에 없었다.

역으로 플레이어들이 상점 시스템의 가격을 기준으로 거래하기 때문이었다.

"하여튼, 이쪽 방향 맞아?"

–맞을걸? 아마도.

"아마도가 뭐야. 아마도가."

–세상에 확실한 게 어디 있어? 다 아마 그런 거지. 지도 보는 게 얼마나 헷갈리는 줄 알아?

태양이 고개를 절레절레 저었다.

"또, 또. 말꼬리 잡는다, 또."

–쓰읍, 기껏 도와주는데 이게…….

"어? 찾았다!"

태양이 마을을 발견했다.

사실 마을이라고 부르기도 애매한 수준이었다.

백색 나무로 덧칠된 건물들이 오밀조밀하게 모여 있는 다섯 동의 저택이 다였으니까.

물론 마을은 태양이 발견한 곳 하나만 있는 것이 아니라 숲 전역에 몇몇씩 퍼져 있었다.

"건물 5개, 하얀색. 여기 맞네."

–다행이다. 그래도 일찍 발견했네.

곳곳에 퍼져 있는 마을들은 그마다 다른 특성을 가지고 있었다.

이 중, 태양이 발견한 마을의 특성은 두 가지였다.

정령 색적 회피, 그리고 배리어 축적.

정령들은 해당 마을을 발견하지 못하고, 건물 안에서 오래 머물수록 플레이어의 피해를 막아 주는 투명한 베리어가 충전되는 지역이었다.

물론 아직 정오가 되지 않았기 때문에 특성은 감춰져 있었다.

분명 그럴 텐데.

플레이(Flair).

“선객이 있네?”

콰아아앙!

불꽃과 동시에 덮치는 2개의 그림자.

태양이 불꽃을 피해 몸을 날리는 동시에 검을 뽑아 들었다.

주먹은 안 닿고, 검은 닫는 거리.

라이트 세이버가 깔끔하게 공간을 그었다.

퍼억.

플레이어 한 명의 목이 그대로 떨어졌다.

“야마토!”

“미친! 움직임이 뭐 저래!”

“최소 랭커급! 아니, 수인급?”

“수인급이라고?”

"빼야 하는 거 아니야? 상대할 수 있는 거 맞아?"

태양이 미묘한 얼굴로 고개를 갸웃거렸다.

"수인급?"

—설마 얘네…….

야마토.

일본식 이름이기는 하지만, 창천 출신의 플레이어 중에 아예 없는 이름은 아니었다.

하지만 그다음에 한 말이 태양과 현혜의 귓가에 꽂혔다.

랭커급, 수인급.

이와 같은 분류는 유저들 사이에서 쓰이는 것들이었다.

"젠장. 다른 유저 새끼들이 분 거 아니야?"

"불어? 다른 유저들이 왜?"

"요즘 우리 견제하려고 장난 아니잖아?"

속닥거리는 플레이어들.

그 말의 내용이 추측에 쐐기를 박았다.

"진짜 유저였네."

태양이 중얼거렸다.

—그럼 이거 죽이면…

—ㄴㄴ 괜찮음. 어차피 여기 있는 플레이어는 진짜 플레이어 아니잖음.

—아, 맞네.

—이거 과거 애들이구나.

—ㅇㅇ 그냥 기록인 듯?

—유리 막시모프가 그럼 원래부터 있던 NPC가 아니라 유저랑 같이 올라간 NPC였던 거임?

—초창기면 그럴 수 있지.

—그 말 대로면 유리 막시모프도 미쳤네.

—ㄹㅇ. 허공이나 다른 애들은 몇십 년 전부터 있었다 어쨌다 그러던데, 그걸 따라잡은 거 아녀.

놀람도 잠깐. 곧 십수 명의 유저 무리가 건물 안에서 튀어나왔다.

외관을 통해 태양이 박투, 검을 사용하는 근접 계열의 플레이어라는 그새 판단하고, 그에 맞춰서 대형을 정렬했다.

태양이 보기에도 확실히 숙련된 솜씨였다.

['바나' 님이 10,000원을 후원하셨습니다!]

[확실한 건 아닌데, 일본 클랜 '아카' 아니냐 저거?]

—아카?

—그랜드 오픈 초반에 랭킹 1위 다섯 명씩 배출했던 거기?

—초반 세 달 유일하게 한국 이겨 먹었던 그 아카?

—해체되지 않음?

—ㅇㅇ 클랜장이 개판쳐서 잘하는 애들이 다 클랜 따로 만든다고 나감.

—ㅋㅋㅋㅋ 일본 애들 맨날 아카 해체 안 했으면 우리가 1등이다 드립치고 다녔었는데.

-그 아카가 애네라고?

아카 클랜은 여러 가지 의미로 단탈리안의 유저들에게 의미 있는 집단이었다.

가장 빨리 단탈리안의 시스템에 적응한 사람들이었고, 최초로 탑의 절반인 36층을 돌파한 집단이었으며, 결정적으로 단탈리안이라는 게임에서 NPC가 얼마나 중요한 요소인지 알려 준 집단이었기 때문이다.

오픈 초기의 단탈리안은 엄청난 기대치를 가진 게임이었다.

자금 출처 논란이 있을 정도로 천문학적인 금액을 개발비로 사용했고, 미 국방부에서 군용으로만 사용하던 가상현실 기술을 도입했다는 논란도 있었다.

이를 본 일본 정부는 한 가지 계획을 세웠다.

아직 오픈하기도 전인 이 게임의 왕좌를 차지하기 위해서 국가 차원에서 진행하는 팀을 만든 것이다.

세간에서는 일본 총리의 취미라는 이야기가 나돌았는데, 대외적인 목적은 가상현실 게임 산업 진흥이었다.

여하간, 그렇게 만들어진 팀이 '아카'였다.

검성(劍成) 야마구치를 비롯한 일본 최고의 재능이 모인 팀.

심지어 이 재능들은 게임에 적응하는 것도 성공했다.

단탈리안이 기존의 다른 가상현실 게임과 궤를 달리하는 부분이 많아 기존의 가상현실 게이머들이 제 기량을 온전히 발휘하지 못하고 헤매는 경우가 많았는데, 이 일본의 게이머들은

운 좋게도 그렇지 않았던 것이다.

트럭에 예뻐 보이는 돌무더기를 닥치는 대로 싣고 금은방에 갔더니 전부 보석이었던 상황.

심지어 국가라는 강력한 핸들러까지 있었으니, 클랜 '아카'의 독주는 어쩌면 당연했다.

하지만 승승장구하던 클랜 '아카'는 36층을 넘어가는 순간 힘을 쓰지 못했다.

그들의 철학 때문이었다.

정확히는 철학 중 하나.

게임은 유저의 것이니, NPC와 협상하지 않는다.

클랜 '아카'는 개인의 기량도 기량이지만, 유기적인 팀워크를 굉장히 잘 살려 내는 팀이었다.

'단탈리안' 사태 직전에도 10위권에 위치하던 랭커들이 합을 맞춰 시너지를 냈으니 당연한 일이었다.

하지만 그 모든 게 36층에서 뒤집혔다.

36층의 NPC와 적들은 기존의 팀워크만 가지고는 대적할 수 없을 정도로 강했다.

그때부터 아카 클랜에 분열이 일어났다.

전략 분석 실장과 클랜장 야마구치의 대립.

전략 분석 실장은 NPC와 타협해야 한다고 말했지만, 야마구치는 유저의 저력을 믿었다.

일본 정부는 스타플레이어 야마구치의 손을 들어줬다.

그리고 그들은 한계를 극복하지 못했다.

결국, 팀워크가 박살 난 팀 '아카'는 심지어 정부 고위 관료들의 정치놀음에 실제로도 산산조각이 나고 말았다.

"그러니까, 얘들이 유저끼리 만들 수 있는 성능으로는 최고다?"

─개인 피지컬도 그렇고. 다인전은 확실히 원톱으로 쳐줘.

최고층은 KK 등의 개인 플레이어들이 뚫었지만, 스테이지에서 가장 자유롭게 영향력을 발휘했던 건 '아카' 클랜의 아성을 뛰어넘는 이들이 없다는 것이 세간의 평가다.

실제로 아카 클랜 출신의 스타플레이어들은 이후에도 10위권의 랭킹을 유지했다.

─……이건 안 좋은데. 책에 아카 쪽 애들 이야기는 안 나와 있었잖아.

'최강이었던' 유저들.

현혜의 걱정과는 별개로 태양의 눈이 반짝 빛났다.

"걱정하지 마. 이런 거 깨 주는 게 또 내 전문이잖아."

자신만만한 태양의 말에 채팅 창이 좌르륵 올라갔다.

─과거 드림팀 vs 현대 최강자 ㄷㄷ.

─윤태양이 대단한 건 알겠는데, 저쪽은 팀이라.

─이때 야마구치 랭킹 1위 아님?

─맞음.

─야마구치는 지금도 랭킹 5위인데.

—심지어 피지컬은 이 시절이 더 빡셀 걸. 에이징 커브 오기 전이라.

—헤이와지마랑 슈운도 있음.

예상 밖의 재미있는 구경에 시청자들은 신나서 난리가 났지만, 현혜의 의견은 달랐다.

—여기 말고도 좋은 스폿은 충분히 많아. 싸울 이유가 없어.

"빼라고?"

—……아카 클랜이 제일 잘하는 게 강한 플레이어를 조직적으로 사냥하는 일이었어. 굳이 힘 뺄 필요 없다는 이야기야. 우리 쪽에 란만 있어도 이야기가 달라지는데 지금은 혼자잖아.

그것 말고도 싸우지 않아야 할 이유는 많았다.

당장 이들과 전투를 치른다고 낭비될 시간이 너무 아까웠다.

마을 확보 외에도 태양 정령 사냥, '황혼'에 쏟아질 재액 대비, '새벽'에 찾아올 혹한에 대한 대비 역시 해야 했기 때문이다.

그때였다.

"뭐야."

"손님인가?"

"야마구치! 수인급 NPC다."

"아앙? 수인급?"

태양의 뒤에서 플레이어 셋이 나타났다.

한쪽 어깨에 커다란 흰색 가죽을 짊어진 채로.

—백곰 사냥? 아카 쪽 애들은 이미 알고 있었단 말이야? 이 시

점에?

현혜가 놀라서 중얼거렸다.

백곰 가죽은 '새벽' 시퀀스의 혹한을 버텨 내는 데 주요한 역할을 하는 장비였다.

숲에 도사리는 야수 중 유일하게 보온 기능이 있는 가죽을 걸친 것이 백곰이었는데, 숫자가 적고 다른 마수의 가죽은 효능이 없는 탓에 비교적 최근에 알려진 팁이었다.

–지들만 알고 꿀 빨고 있었던 거네. ㄷㄷㄷ.

–하긴, 이런 거 하나 하나가 다 정보인데 공개하는 게 멍청한 거지.

–생각해 보니까 이거 야마구치가 방송에서 돈 받고 터뜨린 정보였지 않냐?

–맞네. 대박;

–ㅋㅋㅋㅋㅋㅋㅋ 와, 소름.

털썩.

야마구치와 뒤의 두 유저가 짊어지고 있던 가죽을 바닥에 내던졌다.

야마구치가 태양을 바라보며 고개를 꺾었다.

"수인급이라고? 약해 보이는데?"

"대장! 움직임이 다릅니다."

스릉.

"그거야 보면 알겠지."

태양의 앞에서 검을 뽑아낸 야마구치.

놀랍게도 태양의 시선에서도 빈틈이 보이지 않는, 잘 정련된 자세였다.

"마냥 허명은 아니었던 모양이네."

"하아? 허명? 뭐라고 지껄인 거냐? 네놈?"

반문하는 야마구치를 가볍게 무시한 태양이 현혜에게 중얼거렸다.

"백곰잡이 해 온 거 보니까, 이거 말고도 해 놓은 게 많을 것 같은데. 어때?"

–……싸울 이유가 좀 생기긴 했는데. 추천 안 해.

"아직도?"

–솔직히 백곰이 흔하진 않아. 재네가 잡았으니 구하는 데 애 좀 먹을 테고. 근데 난 괜한 리스크라고 봐.

['킹피는4연초진부터' 님이 10,000원을 후원하셨습니다!]

[달님, 초치지 마세요.]

['KKTheBest' 님이 1,000,000원을 후원하셨습니다!]

[합리적인 결투. 얻을 것이 많다. 나는 지지한다. :)]

–ㅋㅋㅋㅋㅋㅋ KK 좌 입꼬리 봐라.

–달님도 그냥 안 싸웠으면 하는 것 같긴 한데 설명은 솔직하네. ㅋㅋㅋ.

–싸우는 게 이득인데 난 안 싸웠으면 좋겠어. 〈– 딱 이 느낌. ㅋㅋ.

–달님도 나름 저 초창기에 단탈리안 하던 유저임.

–ㅇㅇ 아카 만나면 맨날 털렸지. 걔네 자기 클랜 애들밖에 안 챙겨서.

–아, PTSD 때문에 싸우지 말자는 거였어?

–와, 그럼 윤태양이 복수해 줘야겠네.

–개꿀잼 달님 더비; ㄷㄷㄷ.

채팅을 본 현혜가 불퉁한 목소리로 중얼거렸다.

–딱히 걔네한테 맞아서 그런 거 아니거든?

['바나' 님이 100,000원을 후원하셨습니다!]

[사실 맞죠? 아카 ㅈㄴ 싫어하죠?]

–ㅋㅋㅋㅋㅋㅋ 바나 님 오셨다.

–팩트 폭격기 가동 ㅋㅋ.

–벤 당하기 싫어서 10만 원 쏜 거냐 저거? ㅋㅋㅋㅋㅋ

태양이 고개를 꺾었다.

"나도 오브젝트 챙기는 거보다는 플레이어 사냥이 장점인데. 또이또이네."

–……그럼 마음대로 하든가.

결국, 현혜가 허락했다.

'이번엔 내가 좀 객관적이지 못했는지도 모르겠네.'

바나의 말대로, 아카 클랜에 당한 것이 있어서 정확한 판단이 안 되었을지도 몰랐다.

당해 본 입장에서 그들의 수가 얼마나 집요한지 알았기 때문이다.

하지만 역으로 어지간히 자신 있지 않고는 태양이 이렇게 억지를 부릴 리도 없었다.

"수인급이면 보상도 확실하지! 잡는다!"

검성, 야마구치가 검을 휘둘렀다.

상단 내려치기.

스킬화(化)에 이른 내려치기가 태양의 정수리를 쪼갤 듯 그어왔다.

"오, 스킬화."

태양의 앞으로 짓쳐 들며 검을 회피하고, 동시에 진각을 찍었다.

쿠웅.

—산개하면 디버프 쏟아진다! 밀어내지 말고 계속 붙어!

"오케이!"

초월 진각 – 승룡권(乘龍拳).

파앙!

작정하고 올려친 승룡권이 야마구치의 턱을 헛쳤다.

"제법 빠르네?"

"미친! 킹 오브 피스트?"

빠지지직.

태양의 손끝에 흐르는 전자기를 본 야마구치의 눈이 경악으로 물들었다.

"오, 아네?"

하긴.

아카 클랜이 한창 잘나가던 시기는 단탈리안 초반.

그때는 킹 오브 피스트도 충분히 번창하던 시기였다.

태양이 현혜의 조언대로 야마구치에게 더 달라붙었다.

'어려운 건 아니지.'

간격 좁히기.

검사(劍士)를 상대할 때 무투가가 당연히 해야 하는 일 중 하나였다.

-얘네 최대 장점은 디버프랑 효율적인 원거리 견제야. 한 번 걸리면 사이클 진짜 더럽게 역겹게 돌리는…….

현혜의 또렷하고 템포 있는 목소리가 태양의 귓가에 스치듯 들어왔다.

전투 중 브리핑.

효율적인 방법은 아니지만, 그래도 최소한의 대책을 세우지 않는 것보다는 세우는 게 낫다.

후웅!

근거리에서 다시 한번 야마구치의 검을 빗겨 낸 태양이 현혜의 브리핑을 토대로 그림을 그렸다.

'야마구치를 제압하는 것만으로 끝날 상황이 아니야. 끌고 들어가서 진형을 흩어야 해.'

생각과 동시에 조력자가 나타났다.

"대자앙!"

거대한 망치가 태양을 향해 휘둘러졌다.

태양이 피하면 야마구치를 강타하는 궤적이다.

—헤이와지마! 근력 위주 세팅 선호! 한 방 있는 전사 타입!

태양이 피식 웃었다.

의도가 뻔하다.

태양을 야마구치에게서 떼어 놓고 늘 하던 방식으로 가고 싶다는 거지.

레슬러는 그라운드로 가고 싶고, 복서는 타격으로 승부를 보고 싶은 법이니까.

"절대 안 가 주지."

파앗.

태양의 오른손이 야마구치의 옷깃을 잡아챘다.

시종일관 직접적인 타격만을 노리던 태양의 변주에 야마구치가 순간적으로 대응하지 못했다.

"어엇?"

업어치기.

짧은 순간에 순식간에 넘어가는 야마구치의 몸체가 뒤집혔다.

10 스테이지치고 꽤 많은 업적을 모아 뒀는지 손아귀에서 느껴지는 반발감이 상당했다.

"손맛 좋고!"

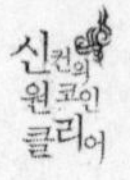

콰아아앙!

야마구치의 등판이 흙바닥에 꽂히는 동시에, 거대한 망치가 야마구치를 미세하게 비켜 떨어졌다.

본래 태양을 노리던 공격이 야마구치에게 가는 모양새가 되자 헤이와지마가 궤도를 비튼 것이다.

일대일이었다면 바닥에 떨어진 야마구치를 상대로 결정타를 넣었겠지만, 아쉽게도 원거리 공격이 쏟아져 들어왔다.

야마구치의 신변도 신경 쓰지 않은 강력한 공격들.

이미 야마구치가 제압당했다고 가정한 모양이었다.

"와, 칼 같네."

—아카 클랜 특징이야. 진짜 짜증 나.

중독.

악몽.

흔들리는 시야.

상처 악화.

디버프 계열 스킬이 삽시간에 쏟아졌다.

—얘네는 회차마다 이런 스킬 카드를 어디서 이렇게 찾아내는지 모르겠다니까?

태양이 몸을 날렸다.

저주 계열 스킬 특성상 꽤 많은 수의 저주에 피격당했지만, 다행히도 피해는 크지 않았다.

"아크사론의 허물?"

"그거 말고도 마법 방해 기물이 더 있는 것 같은데?"

"젠장! 장비가 탄탄해!"

플레이어 무리의 원거리 공격 세례가 끝난 걸 확인한 태양이 다시금 달려들었다.

간신히 자세를 회복한 야마구치가 인상을 찌푸리며 검을 집어 들었다.

–슈운, 조심. 검사 아니면 암살자 콘셉트로 캐릭터 자주 키우는데, 보통 극딜…….

현혜의 말이 끝나기도 전에 비도가 날아왔다.

"와, 씨. 말하는 대로……."

이번에는 태양이 말을 채 끝내기도 전에 야마구치가 검을 휘둘렀다.

반달 베기.

반사적으로 태양이 팔을 휘둘렀다.

콰앙!

야마구치의 검면과 태양의 손등이 맞부딪쳐 굉음을 냈다.

"미친!"

"식상한 감탄사야. 새로운 건 없냐?"

"대자아앙!"

다시 한번 날아드는 망치.

이번에는 야마구치를 방패로 내세울 수도 없어서, 결국 태양이 물러났다.

그러자 다시금 쏟아지는 저주와 원거리 견제 세례.
심지어 화망(火網)을 구축해서, 무조건적인 피격을 강제했다.

[뼈가 부식하기 시작합니다.]
[포식자의 살기에 노출되었습니다. 근육이 굳기 시작합니다.]

“아, 이거구나.”
압도적인 파괴력으로 회피를 강제하는 헤이와지마.
준수한 딜러 겸 회피 탱커 야마구치.
기회를 노리는 극딜러 슈운.
그리고 체계적인 견제.
태양이 고개를 끄덕였다.
확실히 감탄할 만했다.
구성은 간단하지만, 이런 편의적인 구성을 만들기 위해 매 스테이지마다 계산과 설계를 거듭했으리라.
단탈리안은 유저 친화적인 게임이 아니었으니까.
“확실히. 어지간한 플레이어는 다 털렸겠네.”
그런데 한편으로는 아쉽다.
이게 다면 너희.
너무 쉬울 것 같은데.
“네놈, 킹피에서 넘어온 유저냐?”
야마구치가 물었다.

합리적인 질문이었다.

태양이 킹 오브 피스트의 기술인 초월 진각을 사용했으니까.

문득 장난기가 든 태양이 슬쩍 물었다.

"윤태양이라고 알아?"

"안다. 킹 오브 피스트 챔피언. 모르는 게 이상하지."

야마구치의 긍정에 채팅 창이 좌르륵 내려갔다.

―오;

―몇 년 전인데 아네.

―윤태양은 오히려 이때가 전성기였지. ㅋㅋ.

―ㄹㅇㅋㅋ 그 시절 윤태양은 전설이었지.

태양이 기분 좋게 웃었다.

"이야, 반가워 친구들. 내가 윤태양이야."

야마구치가 차갑게 일갈했다.

"개소리. 윤태양은 단탈리안으로 못 넘어온다."

"뭐?"

"놈은 신체적으로 하자가 있거든. 곧 놈의 시대도 저물 거다."

……이 새끼가?

그걸 어디서 알았지? 아니, 그건 납득할 만하다.

태양이 단탈리안을 하지 않는 모습에 그런 종류의 루머가 퍼진 적이 있었으니까.

실제로 가상현실 게임에 적응하지 못하는 사람이 종종 나오기도 했고.

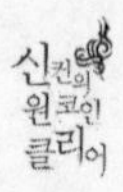

아니, 그런데.

"하자? 하자 있는 사람이 월드 챔피언십에서 우승을 다섯 번이나 하냐?"

"무슨 소리지? 월드 챔피언십은 이제 2회차 아닌가?"

어, 2회?

태양이 순간 반박할 말을 잊은 사이, 야마구치가 말을 이었다.

"단탈리안은 완벽한 게임이야. 킹 오브 피스트과 윤태양은 몰락하고, 단탈리안과 아카 클랜이 그 자리를 채울 거다. 월드 챔피언? 망한 게임의 챔피언이어 봤자, 의미 없지."

촤앙!

놈이 재수 없게 멋들어진 손목 스냅으로 검을 흔들며 태양을 겨눴다.

"너 같은 킹피 유저들이 할 수 있는 건, 바퀴벌레처럼 단탈리안에 편입하는 것뿐이지. 뭐, 넌 나름 판단이 빠르니, 똑똑한 바퀴벌레라고 할 수 있겠군."

"……하하."

태양이 웃었다.

–어머머, 이마에 핏발 선 거 봐.

–화가 나도 단단히 났네!

–입은 웃는데 눈이 안 웃네. ㅋㅋㅋㅋㅋㅋ.

–근데 팩트임. 윤태양 단탈리안 하고 있죠?

—근데 신체적으로 하자?

—윤태양이?

—싱크로율 100% 말하는 거 아님?

—맞네. 뭐, 아는 사람들은 다 알고 있었겠지. 업계 사람들끼리는.

신경질적으로 콧방귀를 낀 태양이 다시금 야마구치를 향해 튀어나갔다.

"넌 뒈졌다."

"글쎄, 쉽지 않을걸?"

진형을 완벽하게 구축한 야마구치의 얼굴에 여유가 보인다.

그렇지. 자신감 있겠지.

아카 클랜의 조합은 분명히 까다로웠다.

간단하지만 대처하기 어려운 베이직한 파티.

하지만 한계 역시 명확했다.

너무 단조롭다.

간단함은 직관적으로 위력적이지만, 동시에 파악당하기도 쉬운 법이다.

—스톰브링어까지 쓸 필요는 없을 것 같고, 시계장치로 가자. 이번 전투 끝나면 반나절은 일 없으니까.

"아니, 시계도 아낄 거야."

저번 드라큘라의 전투에서 확실히 깨달았다.

되감기의 완전 회복 능력은 상상 이상으로 사기적인 능력이

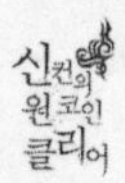

다.

게다가.

-되겠어?

"응, 안 써도 이길 수 있을 것 같아."

달빛 베기.

태양이 달려드는 경로에 야마구치의 검이 미리 은빛 궤적을 그어 놓았다.

그 뒤에서 망치를 든 플레이어, 헤이와지마가 태양의 움직임에 대응할 준비를 했다.

마음 같아서는 라이트 세이버를 사용해서 야마구치의 주 종목인 검술을 그대로 박살 내 주고 싶었는데, 안타깝게도 업적이 깎이면서 라이트 세이버의 마나 소모량이 상당한 부담이 되어 버렸다.

스톰 브링어도, 위대한 기계장치도, 라이트 세이버도.

사용하기 부담스러웠다.

뒤를 생각해야 하므로.

플레이어들과의 전투가 가지는 딜레마는 항상 이런 것이었다.

스테이지 차원에서 준비된 보스가 항상 따로 있기 때문에, 다른 플레이어들과의 전투에서 전력을 다하는 일은 꺼려질 수밖에 없다.

"물론 그건 저쪽도 마찬가지일 테지만."

태양이 유연하게 몸을 꺾어 야마구치가 깔아 둔 궤적을 아슬아슬하게 스치며 접근했다.

그러자 타이밍 좋게 헤이와지마의 망치가 움직인다.

공격보다는 태양의 선택지를 강요하는 수였다.

오른편에서 들어오는 망치 덕분에 태양은 왼쪽, 혹은 뒤로 몸을 날리게 강요당했다.

왼쪽으로 날리면 자세가 흐트러져 야마구치의 검에 당하기 쉽고, 뒤로 날리면 시간만 버리는 꼴.

태양은 다시 한번 아카 클랜원들의 원거리 견제에 노출되었다.

현혜가 우려스러운 목소리로 중얼거렸다.

—대처 가능한 거 맞지?

"현혜야, 나 윤태양이야. 못 믿어?"

쿠웅.

태양의 발이 땅바닥을 찍고, 전자기가 태양의 발목을 휘감았다.

망치.

힘으로 밀어붙이는 스타일.

"근데 힘은 나도 좀 세거든."

특히 마나는 넘쳐나고 말이야.

파지지지직!

전자기가 종아리 휘감고, 허리를 타고 오른다.

어느새 마나를 듬뿍 머금은 그것은 태양의 어깨를 잔뜩 뒤덮으며 뻗어 나갔다.

신념의 망치.

초월 진각 - 선풍권(旋風拳).

쾨아아아아앙!

압도적인 질량의 망치와 잘 단련되어 있긴 하지만 상대적으로 빈약한 태양의 주먹이 맞부딪쳤다.

그리고 망치가 튕겨 나갔다.

"미친!"

"그 감탄사 식상하다니까?"

태양은 가볍게 피식 웃고는, 야마구치의 압박을 이어 갔다.

야마구치 역시 태양의 강제된 움직임을 가정하고 있었기에, 대처가 어설펐다.

왼쪽으로 뻗어 있던 야마구치의 검이 태양을 견제하기 전에 태양이 먼저 주먹을 뻗었다.

빠억!

일본에서 가장 재능 있는 검사의 턱이 시원하게 돌아갔다.

"동요하지 마!"

헤이와지마의 굵직한 목소리가 아카 클랜원들의 동요를 붙잡았다.

그는 손아귀가 찢어졌는데도 개의치 않고 망치를 휘둘렀다.

"와, 안 아프냐?"

"따끔거릴 뿐이다!"

하긴.

싱크로율이 100%였다면 또 모를까, 통각 제어 장치의 비호를 받는 유저 입장에서야 손아귀가 찢어진 상처 정도는 버틸 만한 것으로 느껴지겠지.

태양은 새삼 단탈리안 안에서 유저가 얼마나 이질적인 존재인지 깨달았다.

"사람보단 좀비에 가까운 느낌이네."

능력이 부족한 대신 고통을 느끼지 못하는 광전사와 같은.

태양의 억센 손아귀가 일시적으로 코마 상태에 빠진 야마구치를 집어 들었다.

"칠 테면 쳐 보든가."

"비겁하게 인질을!"

"피차 게임하는데 비겁은 무슨."

태양의 입매가 비틀렸다.

말은 비겁하다고 하면서도 휘둘러 오는 망치에 망설임이 없다.

그들의 대장인 야마구치를 잠깐의 망설임도 없이 버린 것이다.

"들어와."

과부하.

헤이와지마의 팔근육이 급작스럽게 부풀어 올랐다.

동시에 뒷목에 스며드는 날카로운 감각.
슈운이 분명했다.
태양이 슈운의 방향으로 야마구치를 던짐과 동시에, 망치를 향해 뛰어들었다.
“이번에는 통하지 않을 거다!”
신념의 망치.
얼마나 마나를 쏟아부었는지, 망치가 일그러져 보일 정도였다.
그리고 그 수는, 태양의 계산 안이었다.
“너무 뻔한 거 아니냐?”
후우웅.
헤이와지마의 서슬 퍼런 기세가 태양의 혼백을 저릿하게 자극했다.
본능 한편에서 울려오는 경고 등을 무시하며, 태양이 크게 한 발 내디뎠다.
쿠웅.
초월 진각 – 승룡권(乘龍拳).
파지지직.
전자기가 태양의 오른발을 휘감았다.
얼마나 힘을 줬는지, 망치를 휘두르는 헤이와지마의 얼굴이 시뻘겋게 변했다.
태양은 추진력을 받기 위해 오른쪽 무릎을 잔뜩 굽혔다.

이윽고.

"어?"

푸화아아아아아앙!

태양의 코앞에 거력이 담긴 망치가 스쳐 지나갔다.

상황을 이해하지 못한 헤이와지마의 커다란 눈이 순박하게 껌뻑였다.

"X신."

중요한 순간일수록 간단한 수가 치명적으로 다가온다.

태양은 온갖 모션과 상황을 통해 앞으로 튀어나갈 것 같은 장면을 연출했고, 헤이와지마는 그에 맞춰 망치를 휘두르고 말았다.

파앙!

잔뜩 굽혀져 있던 태양의 무릎이 그제야 펴졌다.

태양과 헤이와지마의 사이에는 망치도 뭣도 없는, 말 그대로 무주공산.

콰아아아아아앙!

제대로 들어간 어퍼컷이 근 2M에 달하는 근육질 고깃덩이를 허공에 띄워 올렸다.

쿠웅.

한참 동안 부유하다가 이내 떨어져서 흙먼지를 피워 내는 헤이와지마의 몸.

태양이 그를 내려다보며 중얼거렸다.

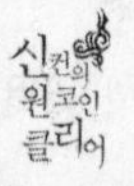

"다음."

쉐도우 시프트(Shadow Shift).

태양의 그림자에서 칼을 든 사람의 팔이 뻗어 나왔다.

이내 단도가 태양의 목을 노리고 찔러든다.

시야 바깥에서 들이치는 공격.

놀랍게도 태양은 내려치는 손목을 붙잡았다.

"그림자 가지고 하는 장난은 지긋지긋하게 겪었거든."

드라큘라의 기술은 이보다 더 은밀하고 강력하고 치명적이었다.

아니, 슈운의 수는 퀄리티로 따지면 슈바이처 앙헬만도 못하다.

손목을 붙잡힌 슈운이 절도 있게 팔을 빼내려 했다.

"가라데. 베이직하고 좋지. 근데 단검이랑은 안 어울리는데."

툭.

태양이 손목을 놓아줌과 동시에 그대로 그의 뒷목을 붙잡았다.

무에타이를 연마한 격투가, 낙무아이들의 전유물.

빰 클린치였다.

태양의 무릎이 세 번 연속으로 슈운의 늑골을 가격했다.

불과 반 호흡 만에 마나가 잔뜩 담긴 클린 히트를 세 번이나 허용한 슈운의 늑골이 그대로 허물어졌다.

"커헉."

의식을 되찾아 뒤늦게 일어난 야마구치의 눈동자가 떨렸다.

"이게, 무슨."

태양이 야마구치를 노려봤다.

그의 입가가 사납게 비틀린다.

"킹피 출신 유저가 뭐? 바퀴벌레?"

동시에 후원 창이 반짝였다.

['킹피는4연초진부터' 님이 10,000원을 후원하셨습니다!]

[다시는 킹 오브 피스트를 무시하지 마라. 버러지.]

이후 상황은 간단했다.

'아카' 클랜이 활용하는 전술은 야마구치, 헤이와지마, 슈운이라는 세 주축을 중심으로 짜인 것이었다.

이 셋이 태양의 손에 처리당한 순간, '아카' 클랜의 전술은 의미를 잃었다.

"사, 살려……."

"뭘 살려 줘, 인마."

퍼억.

태양의 주먹이 마지막 남은 '아카' 클랜원의 골통을 부쉈다.

['단탈리안보다킹피가낫다' 님이 1,000원을 후원하셨습니다!]

[단탈리안 vs 킹피. 킹피 승!]

—윤태양! 윤태양! 윤태양! 윤태양!

—내 이름 부르지 마! 내 이름 부르지 마!

—엄마! 아들 이름은 윤태양으로 지을게요!

또 한 번 좌르륵 내려가는 채팅 창.

후원을 본 태양이 피식 웃었다.

"뭘 킹피가 단탈리안을 이겨. 내가 이긴 거지."

태양의 한마디에 다시금 채팅 창이 폭발하기 시작했다.

태양은 딱히 그것에 신경 쓰지 않고, 관심을 다른 곳에 돌렸다.

당연히, 전리품이다.

"기껴해야 메시아 파티 유저들 삥이나 뜯을 거라고 생각했는데."

—생각 외의 소득이네. 언제나 좋지. 간부급 유저들 것부터 확인해 보자.

"근데 어우, 많네. 이거 하나하나 확인하는 것도 일이겠다."

사방팔방에 쓰러져 있는 플레이어들을 보면서 태양이 혀를 내둘렀다.

현혜가 어이없다는 듯 콧방귀를 뀌었다.

—넌 길바닥에 떨어진 동전 줍는 것도 일이냐?

"솔직히 일이지. 일반 등급 카드 하나가 몇 골드나 한다고."

—배가 불렀지. 배가 불렀어.

"아니 솔직히 그렇잖아. 땅바닥에 떨어진 100원짜리 동전 만

원어치 줍는다고 생각해 봐. 솔직히 짜증 나 안 나?"

현혜는 대답하지 않았다.

입을 꾹 다물고 동그란 눈에 힘을 주고 있을 그녀의 표정이 상상되어서, 태양은 피식 웃었다.

[신념의 망치(R): 근력 +1, 전사 +1, 맷집 +1]

[스킬 - 신념의 망치: 망치의 무게를 1.5배 늘린다.]

[비도 투척(R): 손재주 +2, 흡혈 +1]

헤이와지마와 슈운에게서 떨어진 카드 둘.

건졌다고 할 만한 카드는 이 둘이 다였다.

억울하게도, 가장 귀한 카드를 가지고 있을 거라고 예상되는 야마구치의 시체에서 일반 등급의 카드가 떨어졌다.

태양이 신경질적으로 머리를 쓸어 올렸다.

"아니, 말이 되냐고."

—쯧쯧. 그러게 평소 공덕을 좀 쌓아 놨어야지.

야마구치의 스킬, 달빛 베기가 태양의 눈에 아른거렸다.

라이트 세이버랑 연동하면 엄청 멋있을 것 같았는데! 왜!

—카드 2개 다. 카드 슬롯에 교체해서 넣기는 애매하네.

신념의 망치가 보정하는 시너지 근력, 맷집, 전사.

전사 시너지는 아예 태양이 건드리지 않은 시너지였고. 핵심이라고 할 만한 근력, 맷집은 1개로는 변동이 없다.

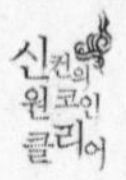

고려해 볼 만한 것이라고는 비도 투척(손재주 +2, 흡혈 +1) 카드와 신념의 귀걸이(신성+1)를 교체하는 것인데.

"손재주, 신성. 뭐가 나아?"

-신성. 데미지 증폭 20%. 손재주는 원거리 공격 적중률 보정. 뭐가 나아 보여?

"신성."

-그렇지? 일단 가지고만 있자.

태양은 빠르게 플레이어들이 떨어뜨린 카드까지 확인하고, 야마구치와 유저 둘이 가져온 백곰 가죽까지 회수하고는 마을 안으로 들어왔다.

마을, 건물 안으로 들어온 태양이 주변을 살폈다.

건물 안으로 들어섰지만, 별다른 시스템 창이 나타나지는 않았다.

마을의 기능은 '정오'가 지난 시점부터 드러날 예정이었다.

"추가 수입 정산은 여기까지 하고. 이제 스테이지 준비네."

태양이 먼저 한 것은 건물 안에 '아카' 클랜원들이 모아 둔 것들을 확인하는 일이었다.

결론부터 이야기하자면, 태양은 야마구치를 너무 빨리 죽인 것을 후회했다.

"주변에서 좀 더 돌아다니다가 습격할 걸 그랬다."

백곰의 가죽을 준비한 것부터 어느 정도 예상은 했지만, '아카' 클랜의 스테이지 이해도는 상상 이상이었다.

—발화 억제 장치, 코만의 잎, 앗시리아 도마뱀의 허물. 와, 저건 이번 스테이지에서 구할 수가 없는 물건인데, 어떻게 알고 가져왔지?

스테이지가 시작한 지 얼마나 되었다고, '아카' 클랜은 이미 필요한 자원을 거의 모았다.

물론 10명이 넘어가는 인원들이 충분하게 사용할 정도로 모으지는 못했지만, 태양 개인이 사용하기에는 충분한 양이었다.

—상상 이상을 준비가 철저하네. 덕분에 '정오'에 통구이가 될 일은 절대 없겠어.

물론 현혜가 원했던 모든 재료가 다 구비되어 있는 것은 아니었다.

곧 닥칠 '정오'에 대한 준비는 완벽에 가깝게 되어 있는 반면에 '황혼'과 '새벽'에 관한 준비는 상대적으로 미흡한 측면이 있었다.

"백곰 가죽이 있으니 솔직히 '새벽'도 손이 가장 많이 드는 부분은 해결했다고 볼 수 있는데."

'정오'의 문제는 작열하는 불길, 그리고 태양 정령이다.

'새벽'의 문제는 살을 에는 추위와 되살아난 망령들이다.

그리고 '황혼'의 문제는 괴수들이었다.

몬스터 웨이브라고 표현할 정도로 많은 괴수가 단번에 들이닥쳤다.

하루(Lond Day) 스테이지의 괴수들은 대부분 야행성이었는데,

'정오'는 과하게 덥고, '새벽'은 과하게 추웠다.

아침을 제외하면 그나마 가장 활동할 만한 시기가 해가 진 직후, 즉 '황혼'이었다.

"'황혼' 시간대에 란도 만나고, 될 수 있으면 유리 막시모프도 찾고."

유리 막시모프는 하루(Lond Day) 스테이지에서 총 13개의 업적을 습득하는데, 그중 9개를 이 '황혼' 시간대에서 습득했다.

즉, '황혼' 시간대가 지나면 얻을 수 있는 업적은 그녀가 모두 얻었을 테니 기회를 보다 처리하면 되는 것이었다.

-그래도 아직 시간이 남았으니까. 주변에서 나무 정령의 숨결이나 드라이어드의 가호 같은 물건들을 찾아보자.

나무 정령의 숨결. 드라이어드의 가호.

지니고 있으면 숲에 사는 생명체들에게 선공을 받지 않을 수 있는 아이템이었다. 찾아내기만 하면 '황혼' 시간대에도 자유롭게 움직일 수 있었다.

"주변에 있었다면 이 녀석들이 먼저 찾아 두지 않았을까?"

-그래도 시도는 해 봐야지. 나무 정령의 숨결은 몰라도 드라이어드의 가호는 꽤 최근에 밝혀진 설정이라 몰랐을 가능성도 있어.

태양은 별말하지 않고 움직였다.

전투하느라 '정오'까지 시간이 얼마 남지 않았기 때문에, 다른 선택지가 없다시피 하기도 했다.

"드라이어드의 가호면……."

—근방에서 가장 커다란 나무를 찾아보면 될 거야.

"하하, 가장 커다란 나무라."

태양이 주위를 둘러보며 미소 지었다.

울창한 숲에 나무들이 빽빽하게 들어차 있었다.

"말은 쉽네?"

—빨리 빨리 움직입니다. 윤태양 일병.

"야, 일병 아니라고. 병장 만기 전역이라고."

군대도 안 갔다 온 게 자꾸, 어?

태양이 드라이어드의 가호를 찾는 사이에, 현혜는 다른 고민에 빠져 있었다.

'아카 클랜. 지금은 태양이 모두 처리했지만, 원래는 그렇지 않았을 텐데.'

이들의 특기는 숫자를 바탕으로 스테이지에서 존재감을 드러내고, 강력한 힘을 바탕으로 플레이어들을 좌지우지하는 것이었다.

작금의 평가에서도 스테이지에서 보여 주는 영향력은 '아카' 클랜을 넘을 유저가 없다는 평이 중론일 정도로.

하지만 유리 막시모프의 책에서 '아카' 클랜에 관한 언급은 없었다.

이게 뜻하는 것이 무엇이냐.

—뭔가 있었단 말이야.

"뭐가?"

–네가 '아카' 클랜. 네가 잡지 않았어도 누군가에게 잡혔을 거란 말이지.

태양이 고개를 갸웃거렸다.

"음?"

–기억나? '아카' 클랜 특징. 강력한 NPC 사냥을 중심으로 성장한다.

"아, 어. 기억난다."

유리 막시모프는 척 보기에도 강력한 플레이어였다.

태양에게 덤벼들었던 야마구치와 '아카' 클랜이 유리 막시모프에게는 덤비지 않았을 가능성은 적었다.

"'아카' 클랜을 잡아먹을 정도의 요소가 뭐가 있지? 몬스터? 다른 플레이어?"

–으음, 가장 가능성 있는 건 정오 시간대에 다른 플레이어랑 시비가 붙어서 전투하다가 이쪽 마을이 다 붕괴되고 태양 정령에게 색적 당해서 집중 폭격당하는 시나리오 정도인데…….

유리 막시모프의 책에 간단히 언급되어 있던 구절이 있긴 했다.

그녀가 있던 숲의 반대편에서 거대한 폭발이 일어났었다고.

현혜는 말을 하다 말고 고개를 도리도리 저었다.

–근데 이건 거의 뭐 소설이지. 그렇게 판단하기에는 단서가 너무 적어. 일단은 그냥 가능성만 열어 두자.

풍아(風牙).

콰드드드득!

또 다른 마을을 골라잡은 채 접근해 오는 플레이어들을 밀어내던 란이 문득 고개를 들었다.

"바람이……."

불길하다.

흉한 모양으로 말려 들어가는 돌개바람이 숲의 한 구역을 에둘러서 돌고 있었다.

란의 스승은 저런 형태의 바람을 보면 바람이 미리 비명을 지른다고 표현하고는 했다.

처음 태양을 만났을 때 느꼈던 혈향 짙은 바람만큼이나 불길하게 치는 바람이었다.

바람이 에둘러서 돌고 있는 구역은 란의 위치와 그리 멀리 떨어져 있지 않았다.

잘못하면, 저 지역의 액(厄)이 충분히 들러붙을 만한 거리.

란이 그쪽을 바라보며 중얼거렸다.

"저쪽에 있으려나?"

그럴 법도 했다.

그녀가 봐 온 태양은 적어도 일을 순탄하게 해결하는 부류의 사람이 아니었다.

잠깐 고민하던 란이 이내 절레절레 고개를 저었다.

그 혈향 짙은 바람에서도 꿈쩍도 안 하고 제 할 일을 하던 태양이다.

그의 걱정을 하는 것보다는 그녀 자신의 앞가림을 하는 것이 더 효율적인 선택지였다.

그때.

쿠우웅!

"크히히. 카드! 카드를 내놔!"

"으아아아아악!"

눈이 새빨갛게 충혈된 노란 머리의 플레이어가 다른 플레이어의 목을 잡고 란이 거주하던 마을로 들어섰다.

목표, 에이드 오블리비아테였다.

물론 애초에 목표가 이쪽 지역에 올 것을 알고 기다리고 있던 것이었다.

그녀가 부채 손잡이를 움켜잡았다.

"일단 이쪽 해결하고, 슬쩍 둘러 봐야겠다."

—슬슬 시간 다 되어 간다.

"아, 어. 여기만 보고."

태양이 멈춰 섰다.

결론부터 이야기하자면, 드라이어드의 가호는 찾지 못했다.

하지만 '아카' 클랜이 죽어 나간 이유는 찾은 것도 같았다.

태양이 발견한 것은 커다란 제단이었다.

제단.

제물을 바치거나, 종교적인 행사를 하는 장소.

태양이 발견한 제단은 굵직한 기둥이 박혀 있고, 그 사이에 돌로 이루어진 단이 놓여 있는 형태였다.

굳이 비슷한 조형물을 찾자면 현대 아테네에 남아 있는, 반파된 파르테논 신전과 비슷한 형태.

그렇다면 태양이 왜 신전이 아니라 제단이라고 표현을 하였는가.

"이미 누군가 일을 벌이긴 한 거지? 이거?"

—그런 것 같네.

태양이 발견한 시점에서, 플레이어 일곱의 시체가 이미 단 위에 꼬챙이처럼 꽂혀 있었기 때문이다.

—윽.

—혐짤 나올 땐 깜빡이 좀 켜라!

—나가든지.

—아… —— 밥 먹고 있는데.

태양은 눈동자를 굴렸다.

희생당한 제물이 있고, 제사의 흔적이 있다.

21세기 대한민국에서야 '제사를 지냈구나.' 하고 고개를 끄덕

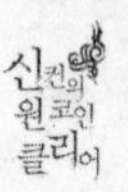

이고 말 일이다.

하지만 온갖 마법, 주술적인 현상이 횡횡하는 단탈리안에서는 다르다.

제대로 된 형식과 마음이 담긴 제단은 당연히 마법적인 결과물을 불러오기 마련이다.

또, 플레이어 일곱의 시체가 꼬챙이처럼 꽂혀 있다는 사실은 제를 지낸 누군가가 플레이어 일곱 정도는 가뿐히 해결할 수 있는 이라는 뜻이기도 하고.

-마나 유동은 딱히 느껴지지 않고?

"응, 안 느껴져. 내가 못 느끼는 건가?"

-흐음, 근처에서 사람이 죽었다면 기척이 있었을 텐데.

"그땐 나도 신나게 싸우고 있었을 때라."

모니터를 바라보던 현혜가 신중한 얼굴로 고민을 거듭했다.

정확히 어느 정도인지는 모르지만, 태양의 마나 인지 감각은 일반적인 플레이어의 것보다는 확실히 나은 편이었다.

-조건을 맞춰 놓고 일을 아직 안 벌였거나, 이미 일은 벌어졌고, 결과만 기다리는 상태이거나. 이 둘 중 하난데.

무시하고 넘어갈 수 있으면 좋으련만, 불행하게도 제단은 태양이 점찍어 놓은 마을과 멀지 않은 위치에 있었다.

한참 고민하던 태양은 결국 결정을 내렸다.

'정오'가 가까워 오기에 더 이상 시간을 끌 수 없었다.

정오가 되는 순간, 마을을 제외한 햇빛에 노출된 지면은 모두 폭격당할 테니까.

"일단 부숴 놓고 보자."

–괜찮을까?

"사실 그걸 물어보기에 제일 적합한 건 란인데, 지금 없잖아."

뭔지 모르니까 부순다.

간단하고 효과를 보기 쉬운 해결책이다.

쿠웅.

태양이 진각을 밟자 별 무리가 휘감기기 시작했다.

"몸이 닿는 건 찝찝하니까."

스타버스트 하이킥(Starburst High Kick) – 캐논 폼(Canon Form).

태양이 발을 차올렸다.

유백색의 광선이 제단에 직격했다.

7개의 시신이 꽂혀 있던 그로테스크한 제단이 형태를 잃고 무너져 내렸다.

쿠르르르릉.

태양은 경계를 잔뜩 끌어올리고 마나의 움직임에 신경을 곤두세웠지만, 별다른 것이 느껴지지는 않았다.

–분위기는 뭐 나올 것 같긴 하네.

–ㄷㄷㄷ 그냥 안 깨면 안 되나? 왜 굳이 일을 만들지.

–아니 꼭 이런 애들은 일 벌이고 나서 불평한다니까?

–ㄹㅇ. 조별 과제할 때 죽이고 싶은 스타일.

채팅 창을 본 태양이 중얼거렸다.

"별것도 아닌 거 가지고 싸우네. 현혜야. 싸우는 애들 밴 좀 해 봐."

-알았어. 난 하면 무조건 영구 밴이다. 안 풀어 줄 거야.

"좋아. 난 그렇게 확실한 게 맘에 들어."

채팅 창이 좌르륵 내려갔다.

-^^7

-^^7

-영구 밴 에반데…

-보석금 제도 없나요?

-^^7

태양이 돌아가고.

후드득.

멀리서 그를 바라보던 한 쌍의 시선이 곧 사라졌다.

[정오가 되었습니다. 황혼이 다가옵니다.]

[7번 마을, 밀러 타운이 강렬한 햇빛을 받아 기능하기 시작합니다.]

[태양 정령 솔라(Solar)가 밀러 타운과 밀러 타운의 거주 인원을 인식하지 못합니다.]

[밀러 타운의 거주 인원은 거주 시간에 비례해 보호막을 얻습니

다.]

하루(Long Day) 스테이지의 태양이 중천에 걸림과 동시에, 강렬한 햇빛이 지상에 작렬했다.

"크아아악!"

"뭐야! 무슨 일이야!"

"햇빛! 햇빛을 피해야 해!"

숲 곳곳에서 햇볕에 노출된 플레이어들의 비명이 터져 나오기 시작했다.

사상자가 그렇게 많지는 않았다.

햇빛은 강력했지만, 노출되는 즉시 목숨을 빼앗을 정도는 아니었다.

그리고 나무들이 어느 정도 가림막 역할을 했기 때문에, 햇빛을 어느 정도는 피할 수 있었다.

물론 나무 밑에 숨는 건 완벽한 해결책이 되지 못했다.

살랑거리는 바람에 나뭇잎이 휘날리면 그늘에 몸을 피신한 플레이어 역시 햇빛에 노출되었기 때문이다.

'햇빛 폭격'은 약 10분 정도 지속됐다.

폭격이 잦아들자, 플레이어들이 기민하게 움직였다.

"뭔가 방법을 찾아야 해!"

"나무! 나뭇잎을 모아!"

"아까 오늘 길에 봤던 건물! 건물이 있었어! 그쪽으로 간다!"

그리고.

파스스스스.

파스스스스스.

그런 그들의 앞에 태양 정령, 솔라(Solar)가 나타났다.

"뭐야 이건?"

"아까 햇볕에 불타 죽은 녀석 아니야?"

"아니야. 사람이 아닌 것 같은데?"

"전투는 피해! 일단 안전한 구역부터……."

콰아아아아아앙!

'햇빛 폭격'이 순한 맛이었다면, 솔라의 광선은 매운맛이었다.

'햇빛 폭격'은 나뭇잎을 뚫지 못했지만, 솔라의 광선은 나무를 불태웠다.

"크아아악!"

"괴수다!"

"피해!"

"도망쳐!"

"잡아야 하는 거 아니야?"

"그러다가 다 불타 죽으면 어쩌려고!"

플레이어들은 전투를 선택하기도 하고, 도망치기도 했다.

모든 플레이어가 마을로 향하지는 않았지만, 많은 플레이어가 마을로 향했다.

우드득.

7번 마을, 밀러 타운의 유일한 거주자.

태양은 몰려드는 플레이어들을 보며 목을 꺾었다.

—소란은 적게. 건물은 최대한 파괴 안 당하도록 하고. 다 막으면 업적 있다.

"말은 쉽지 그게."

두 마왕이 등받이에 기댄 채 송출되는 화면을 바라봤다.

까마귀 머리에 천사의 육신을 한 마왕, 안드라스.

그리고 타오르는 금발에 흰 피부, 붉은 보석이 박힌 책을 들고 있는 청년. 단탈리안.

그들이 보고 있는 곳은, 태양이 반파한 신전이었다.

태양이 무너뜨렸음에도, 제사는 유지되고 있었다.

검은 후드를 쓴 남자가 두 플레이어를 또 꼬챙이로 만든 채 염(念)을 하고 있었다.

단탈리안이 감탄사를 내뱉었다.

"호오, 알파 솔라(Alpha Solar)? 10층에서 알파 솔라를?"

"감당할 수 없는 괴물을 풀어놓는 게 가장 재미있는 법 아니겠나."

단탈리안이 제 입술을 매만졌다.

"그것보다, 일개 플레이어가 알파 솔라를 알다니. 특이하군요."

태양 정령 솔라는 희귀한 존재였다.

에덴도 창천도 아닌, 특정 차원에만 서식하는 정령이었기 때문이다.

더 정확히는 10층의 층주를 맡은 마왕, 키메리에스의 식민 차원에서만 나는 종이었다.

단탈리안도 한때 태양 정령 솔라에 흥미를 느껴 그의 식민 차원을 매입하려 했었기 때문에 잘 알았다.

아쉽게도 키메리에스는 샘플 몇을 제공할 뿐 차원을 팔아 주지는 않았다.

"일개 플레이어가 아니야."

"그럼?"

안드라스가 제 까마귀 머리를 까딱였다.

"10층이니, 키메리에스의 시종이겠군. 자네 같은 경우일세."

"같은 경우라 함은, 시련을 말씀하시는 겁니까?"

"그래. 그땐 대공 바르바토스가 청탁해 왔었지."

8계위의 마왕, 대공 바르바토스.

단탈리안의 입가가 일자로 굳어졌다.

"알파 솔라를 상대로 버틸 수 있는지 시험해 달라고 했던 모양이야."

"그거 흥미롭군요."

"그런 표정으로 흥미롭다고 말해 봐야 설득력이 없네."

안드라스가 팔을 휘휘 내저었다.

"소문이 사실이었던 모양이군?"

"무슨 소문 말씀이십니까?"

모른 척 시치미를 떼는 단탈리안.

그 천연덕스러운 얼굴을 보며 안드라스가 속으로 웃었다.

단탈리안인 지구와 차원 미궁 사이의 커넥션을 열심히 뚫으러 다닐 때 바르바토스가 그의 공을 가로채려 했다는 건 마왕들 사이에서 꽤 유명한 이야기였다.

잠깐의 침묵이 이어지고, 단탈리안이 화제를 돌렸다.

"그러면, 유리 막시모프가 알파 솔라를 잡는 겁니까? 원래대로라면?"

"아니. 이 시기의 바르바토스가 주목하던 플레이어는 따로 있었어. 유리 막시모프는 아니었지. 뭐, 결과적으로는 이번 스테이지에서 그녀가 바르바토스의 눈에 띄긴 했네만."

"그럼 바르바토스의 시련 대상은 누굽니까?"

안드라스가 어깨를 으쓱였다.

"글쎄. 정확히 기억이 나지 않는데, 아마 실패했던 것 같군. 그때 바르바토스의 후원을 받아서 컸으면, 지금 우리가 모를 리가 없지 않겠나."

단탈리안이 작게 코웃음 쳤다.

직접 품을 들여 시련을 내렸는데, 해당 플레이어가 그 시련을 이겨 내지 못했다.

즉 바르바토스의 안목이 틀렸음을 입증하는 사례라는 뜻이었다.

"안타까운 일이군요."

"그나저나 상황이 얄궂게 됐어. 바르바토스의 알파 솔라에 이어서 자네의 시련까지. 한 스테이지에서 2개의 시련을 맞닥뜨릴 상황 아닌가."

"얄궂다니요. 저야 오히려 좋지요. 바르바토스 씨에게는 미안한 이야기지만, 제 안목이 조금 더 낫다는 증명의 장이 될 테니까요."

단탈리안의 말에 안드라스가 크게 웃었다.

"크하하핫!"

"왜 웃으십니까?"

"자네의 그 반골 기질은 여전하구만?"

"반골이라……."

단탈리안이 말을 이어 가려는 찰나, 화면이 번뜩였다.

하루(Long Day) 스테이지의 실질적 시작, '정오'가 되면서 강력한 빛이 스테이지 전역을 내리쬐기 시작했다.

그리고.

쿠구구구구궁.

태양 정령의 왕, 알파 솔라가 제단을 불태우며 내려앉았다.

"빌어먹을, 빌어먹을, 빌어먹을!"

플레이어, 진네만이 땅을 박찼다.

그가 다리를 놀릴 때마다 근육들이 역동적으로 꿈틀거렸다.

허벅지부터 등, 어깨.

울퉁불퉁한 굴곡 위에 빼곡하게 그려져 있는 문신들.

그는 사선에서 태어나고, 깨어 있지 않은 시간의 대부분을 투쟁으로 소비해 온 전사였다.

동시에 바르바토스의 눈에 든 남자이기도 했다.

하지만 지금 진네만은, 투쟁하지 않고 있었다.

더 정확히는 '또 다른 죽음'으로부터 도망치고 있었다.

쿠르르르르르르.

등 뒤에서 따끔한 열기가 뻗어 왔다.

"빌어먹을 아순타시여!"

전사 대 전사.

인간 대 인간.

부족 대 부족.

전쟁과 싸움은 격이 맞는 존재끼리 하는 것이다.

호랑이가 토끼를 상대로 발톱을 휘두르는 것은 투쟁이 아니라 사냥이다.

진네만은 뒤의 거대한 불꽃 정령에게 자신이 사냥감이라는 사실을 겸허히 받아들였다.

칼이 박히지 않고, 피를 흘리지 않으며, 심지어 불꽃 그 자체로 이루어진 존재와 어떻게 싸우라는 말인가?

"으랴아!"

진네만이 함성을 지르며 튀어 나갔고, 그 뒤로 광선이 쏟아졌다.

콰아아아아아앙!

진네만이 등에 멘 곡도를 힘껏 움켜쥐며 주변을 살폈다.

'햇볕이 점점 뜨거워지고 있다. 곧 정오에 일어났던 그 현상이 다시 한번 일어날 거야.'

그렇게 되기 전에 '마을'이라는 곳을 찾아야 했다.

저 빌어먹을 태양 정령을 만나기 전 그의 칼 밑에 깔린 플레이어가 분명 '마을' 안에 들어가면 볕을 피할 수 있다고 지껄였었다.

'아순타시여, 저에게 냉철과 지혜와 용기와 분노를…….'

그때, 진네만의 반대편에서 플레이어 무리가 나타났다.

"뭐야. 엄청 큰데? 어이. 이런 놈 본 적 있어?"

"일반적인 솔라가 아닌가?"

"잡아 봐?"

10층쯤 올라오면 업적과 보상에 눈을 뜨기 마련이다.

그리고 운 좋게도, 진네만은 아주 필요한 순간에 주제도 모르고 탐욕을 부리는 플레이어들을 만나 기회를 얻었다.

"감사합니다. 아순타! 행운을 바라지는 않았는데!"

알파 솔라의 신경이 다른 곳으로 쏠린 틈을 타, 진네만은 도망쳤다.

그는 숲을 누비며 생각했다.

저 태양 정령만 아니면, 맹세코 그는 두려울 것이 없었다.

한 마리의 야수처럼 숲을 수색한 그는 결국 한 마을을 찾아냈다.

"이게, 태양 빛을 피할 수 있는 마을인가."

피 냄새가 짙다.

척 봐도 적지 않은 수의 플레이어가 마을 안에서 죽어 나간 모양이었다.

꾸드득.

진네만이 곡도를 움켜쥐며 정신을 고양시켰다.

"제 열정과 또 하나의 목을 당신에게 바치겠습니다."

칼이 박히지 않고, 피도 흘리지 않는 저 빌어먹을 태양 정령만 아니라면, 진네만은 언제나 가슴을 펴고 진격하는 남자였다.

그는 마을 안으로 들어섰다.

그리고 한 남자를 만났다.

두 주먹이 피로 물든 남자.

태양이었다.

진네만이 태양을 보며 사나운 미소를 지었다.

"유감은 없다. 주먹을 붉게 물들인 전사여."

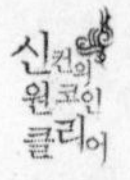

쿠웅.

진네만이 크게 발을 굴렀다.

동시에 제 곡도를 휘둘렀다.

"뭐야, 이건?"

사자의 발톱.

진네만의 곡도가 공기를 난폭하게 찢어 가며 태양에게 진격했다.

태양이 뒤로 한걸음 물러서며 허리를 뒤로 젖혔다.

곡도에 담긴 힘이 심상치 않음을 알고 흘려 내려고 시도한 것이었다.

진네만이 회심의 미소를 지었다.

그의 강맹한 검격에 많은 전사가 그와 같은 판단을 내렸다.

하지만 진네만의 검은 사자처럼 난폭한 동시에 하이에나처럼 집요하고, 뱀처럼 유연했다.

"타핫!"

독사의 송곳니.

탄력적으로 휘는 진네만의 곡도.

"오, 제법."

적당히 허리를 꺾어 피하려던 태양의 얼굴에 놀라움이 깃들었다.

투웅!

동시에 태양의 허리가 기형적으로 꺾였다.

진네만의 탄력적인 검으로도 닿지 않을 만큼 급격하고, 거친 움직임이었다.

“놈! 쥐새끼 같구나!”

“쥐새끼는 무슨.”

후웅.

검이 지나감과 동시에 몸을 일으킨 태양이 진네만에게 달려들었다.

진네만 역시 물러서지 않고 반대편 어깨를 내밀었다.

날붙이도 들고 있지 않은 상대.

자신의 갑옷 같은 근육을 믿고, 숄더 차지를 통해 그대로 찍어 누를 생각이었다.

그리고 동시에.

쩌억.

그의 턱에 태양의 주먹이 꽂혔다.

탄력적인 타격이 진네만의 뇌를 흔들었다.

“이게 미쳐 가지고. 몸뚱이를 마구잡이로 들이밀어?”

진네만이 할 수 있는 건 날아가려는 의식을 필사적으로 붙는 것뿐이었다.

태양의 발이 진네만의 복부에 꽂혔다.

진네만의 허리가 90도로 꺾였다.

빼어어억.

“와, 손맛 봐라. 장난 아니네.”

확실히 근육덩어리가 패는 맛이 있었다.

동시에 진네만의 문신이 번뜩였다.

투혼.

태양이 펄쩍, 뒤로 뛰었다.

후와아아앙!

곡도가 태양의 잔상을 베었다.

태양이 이죽거렸다.

"뭐야? 도핑이야?"

진네만이 얼굴을 일그러뜨렸다.

"도핑이 아니라 믿음이다!"

후웅!

더 빠르고, 더 난폭해진 검격.

태양이 간결한 몸놀림으로 진네만의 검을 흘렸다.

다시 검을 휘두르고, 태양이 피하고.

"감 잡았어. 이 정도구나."

태양이 고개를 끄덕이자, 진네만이 버럭 소리를 질렀다.

"네놈! 똑바로 상대해라!"

"똑바로?"

"그래! 겁쟁이처럼 이리저리 피하지만 말고 정면으로 붙자!"

그저 도발이다. 자존심을 건드리는, 그래서 평정심이 흔들리기를 기원하는 도발.

그리고 도발은 퍽 성공적이었다.

"겁쟁이라."

투웅.

태양의 기색이 달라졌다.

동시에 진네만이 얼어붙었다.

거대한 존재감이 그를 움켜쥐었다.

그것은 방금까지 진네만을 뒤쫓던 태양 정령, 알파 솔라에 가져다 대도 밀리지 않을 법한 밀도의 기세였다.

"이, 인간이 어떻게 이렇게 무식한……."

"됐고."

쿠웅.

태양이 진각을 밟았다.

그의 발치에서 유백색의 전자기가 피어올랐다.

'더없이 진중하게 내딛는 앞발. 마치 사자와 같다.'

진중하고, 은밀한 동시에 민첩한 감이 살아 있는 한 발.

충격을 온전하게 운반하고, 증폭시키는 무릎, 관절, 허리, 그리고 어깨.

그리고 완벽한 궤적을 그리며 치고 올라오는 주먹.

그제야 진네만은 그를 쫓아오던 정령과 태양이 별 다를 바 없는 존재였다는 것을 깨달았다.

"내가 범을 피해 또 다른 범굴로 들어섰구나."

적수를 알아보지 못한 전사는 죽는 법이다.

일말의 반성과 함께 진네만이 검을 움켜쥐었다.

죽기 직전까지 휘두르려는 심산이었다.

그리고.

쩌억.

태양의 주먹이 진네만의 턱에 작렬했다.

무릎이 풀린 진네만이 그대로 허물어졌다.

그때, 반대편에서 시뻘건 광선이 쏘아졌다.

콰아아아아앙!

"어디서 막타를!"

태양이 으르렁거리며 진네만의 멱살을 잡고 펄쩍 뛰었다.

먹잇감을 지키는 원숭이처럼 본능적으로 나온 움직임이었다.

플레이어를 많이 죽인다고 나오는 업적은 딱히 없는 것으로 알려져 있었지만, 혹시 모르는 법이었다.

한편, 적의 정체를 확인한 현혜가 어리둥절한 목소리로 중얼거렸다.

-뭐야? 솔라가 왜? 어째서?

있을 수 없는 일.

애초에 태양이 발을 들인 마을, 밀러 타운의 특성이 태양 정령 솔라가 인식하지 못하는 것 아니던가.

"다른 놈들보다 배는 더 커 보이는데?"

짧은 순간, 건물 안으로 들어온 태양이 진네만의 목을 꺾는 것으로 확인사살을 마쳤다.

혹시 의식을 되찾아서 귀찮게 하면 곤란하니까.

—건물 안으로 들어온 판단은 좋아. 녀석들을 상대로 건물이 바리케이드 역할을 충분히…….

다시 한번 광선이 작렬했다.

콰아아아아앙!

태양이 옆 건물로 몸을 날려 알파 솔라의 광선을 피했다.

밀러 타운의 집 한 채가 그대로 터져 나갔다.

—못 하네. 미안.

태양의 미간이 찌푸려졌다.

"싸워야 하나."

태양 정령, 솔라는 잡을 수 없는 몬스터였다.

더 정확히 이야기하자면 전투 불가로 만들 수는 있지만 죽일 수가 없었다.

햇빛을 통해 신체를 수복하기 때문이다.

반대로 이야기하자면 햇빛이 없는 시간이 되면 자연스럽게 스러진다는 이야기였지만, 이 대낮을 강제로 밤으로 만들 수 있다면 그건 분명 대마법사일 것이다.

태양 정령의 또 다른 특징.

한 번 전투에 돌입하면, 해당 플레이어를 죽일 때까지 계속 따라온다.

심지어 플레이어를 죽이기 위해 자폭하기도 할 정도였다.

즉, 싸우는 순간 현혜가 수립했던 계획이 틀어질 수밖에 없는

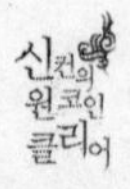

것이다.

물론 애초에 태양 정령이 마을을 습격하면서, 심각하게 틀어지긴 했다.

고민하던 와중에 광선이 한 번 더 쏘아졌다.

결국, 태양이 고개를 흔들었다.

"에이 씨, 모르겠다."

태양이 즉시 전투태세로 들어가려 하자, 현혜가 말렸다.

—자리가 안 좋아.

현혜가 설명을 이었다.

마을이 있는 곳은 주변에 나무가 없다.

저 거대한 태양 정령이 전투 중 자폭이라도 해 버리면 그 여파를 직격당할 수밖에 없는 환경이다.

—숲으로 들어가야 해.

"자폭? 흐음. 자폭하기 전에 전조라도 있어?"

—코어가 온전하고, 전투 지속이 안 되면 곧바로 자폭해.

전투 지속이 불가능한 상황.

가장 대표적인 상황이 바로 해가 지는 시점, '황혼'이었다.

솔라는 태양 빛을 동력으로 삼아 움직이는 생명체였고, 하늘에서 내리쬐는 태양 빛이 사라지는 순간 잔여 에너지를 모두 연소시키고 사라지는 습성이 있었다.

그 외에도 인간의 뇌 역할을 하는 코어는 살아 있는데 전투 지속을 불가능하게 만드는 경우라면, 솔라는 곧바로 자폭을 선택했다.

어차피 정령의 신체는 볕만 받으면 얼마든지 재생하기 때문에 그에 거리낌이 없었다.

태양이 콧등을 찡그렸다.

“까다롭네.”

본래의 계획은 간단했다.

하나. 태양의 기량으로 마을을 틀어막는다.

둘. ‘황혼’이 오기 전까지 최대한 배리어를 모은다.

한계치까지 모은 배리어를 믿고, 황혼 직전에 숲을 돌아다니며 태양 정령의 어그로를 잔뜩 끌고 황혼 시점에 괴수들이 나타나는 스폿으로 향한다.

황혼 시작과 동시에 많은 수의 태양 정령을 한 대 모아서 자폭시킨다.

기동성 + 배리어로 태양은 살아남을 수 있고, 괴수는 줄여 란과 유리 막시모프를 찾는 작업도 수월하게 진행할 수 있다.

덤으로 경쟁자도 줄이고.

나쁘지 않은 계획이었다.

하지만 저 이질적인 태양 정령 하나 때문에 모든 계획이 어그러져 버렸다.

—아니, 어떻게 들어왔냐?

—분탕 쳐 내!

—___ 빨갱이 쉑 눈치 드럽게 없네.

—아, 문신충 전사가 어그로 가져왔네.

—어그로 개념이 있음?

—말이 안 되지 않아? 애초에 설정상으로 박혀 있는 거잖음. 태양 정령 솔라는 밀튼 타운을 인식하지 못한다.

—버그?

—버그 맞나.

태양의 앞에 서 있는 태양 정령이 평범한 솔라가 아닌 '알파 솔라'라는 사실을 알아내는 건 어불성설이었다.

덩치만 더 클 뿐, 형태는 같으니까.

당연히 유저와 시청자들은 버그라고 추측할 수밖에 없었다.

"귀찮게 됐네."

태양은 알 수 없는 원래의 이야기에서 알파 솔라는 진네만을 죽이기 위해 자폭했다.

하지만 태양이 개입하면서 오류가 생겨 버리고 말았다.

태양이 진네만을 죽여 버린 것이다.

심지어 알파 솔라는 태양이 진네만을 죽이는 장면을 목격했다.

알파 솔라의 입장에서 태양은 임무를 가로챈 경쟁자였다.

이에 알파 솔라는 목표를 임의로 수정했다.

진네만을 죽인 남자, 윤태양을 죽이는 것으로.

—진짜 까다롭게 됐어. 눈알에 빨간 불 들어온 거 보이지? 사정권 내에 들어오면 자폭한다는 이야기야.

“어떻게 한 번을 못 버티나? 솔직히 시간도 어느 정도는 끌었잖아. 그동안 모은 배리어로…….”

—아니, 안 돼.

단호하다.

태양이 입술을 삐죽였다.

—보통 솔라의 자폭은 덩치와 파괴력이 비례해. 그리고 저거 덩치 봐 봐.

태양의 앞에 서 있는 알파 솔라는 대충 보기에도 보통 솔라의 서너 배는 아득히 뛰어넘어 보이는 우람한 덩치를 지니고 있었다.

“확실히 크긴 크네.”

태양이 알파 솔라를 직시하자, 알파 솔라 역시 고개를 꺾어 태양을 바라보았다.

태양이 욱해서 중얼거렸다.

“뭘 보냐?”

팍 씨.

사람도 아닌 것이.

—말했지만, 자리부터 옮겨야 해. 싸우지 말고.

“저걸 끌고 숲 전체를 누비며 다니자고? 그건…….”

쿠우우웅!

알파 솔라의 육중한 거체가 태양이 들어 있는 밀튼 타운의 건물을 다시 한번 들이박았다.

태양은 무사히 빠져나왔지만, 역시나 건물은 무너졌다.

무너져 내리는 모습이 마치 세 살배기 어린아이의 손에 무너지는 수수깡으로 지은 장난감 집 같았다.

—괜찮아. 순서만 조금 바뀌었다고 생각하자.

어차피 해야 할 일은 간단했다.

란과 유리 막시모프를 찾는 것.

괴수를 몰살시키면 업적이 있긴 하지만 그게 끝이다.

엄밀히 따져 보면 업적 하나를 날렸을 뿐이었다.

쿠와아아아아앙!

사각에서 다시 한번 광선이 날아왔다.

이번에는 옆 건물로 이동하지 못한 태양이 결국 바깥으로 나왔다.

"야, 말은 쉽지. 저거 정신체라서 허공을 막 날아다니고 나무랑 부딪치지도 않는데."

—윤태양 일병, 까라면 까…….

"일병 아니라고오오!"

태양이 소리를 질렀다.

—ㅋㅋㅋㅋㅋㅋ 결국 폭발.

—화날 만해—.

—ㅋㅋㅋㅋㅋㅋㅋ.

하지만 태양의 몸은 결국 현혜의 의견을 따랐다.

어쩔 수 없었다.

싸울 수도 없고, 그렇다고 마을에서 버틸 수도 없다.

결국, 남은 선택지는 하나뿐이었다.

"분하다."

—화 많이 났어? 일병이라고 안 부를게.

"됐거든."

—삐졌어?

"야, 너 진짜!"

숲으로 도망치는 태양을 발견한 알파 솔라의 두 눈동자가 화르륵 불타올랐다.

열 추적.

우웅.

알파 솔라의 시야에 붉은 선이 덧칠되었다.

태양의 체온이 스쳐 지나간 자리였다.

육중한 정령체가 태양의 동선을 따라 날아올랐다.

숲에 다시 한번 폭음이 일었다.

콰아아아앙!

"또 가까워지는군. 이동하자."

에덴 용병 출신의 플레이어, 요툰의 말에 무림인, 윤성이 인상을 찌푸렸다.

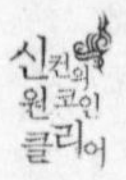

"동선 낭비가 너무 심하지 않나?"

"마주치면 무조건 손해야. 정신체에 대해 몇 번을 더 설명해야 알아듣지?"

"하, 그건 네가 제대로 된 검을 본 적이 없어서 그런 거라니까."

요툰이 인상을 찌푸렸다

"마나 유동을 느껴 보라고. 우리 수준에서 감당할 수 없다고 몇 번 말하나."

"그놈의 마나 유동! 잊은 건 아니겠지? '정오'를 기준으로 햇볕이 강력하게 떨어지고 있어. 10분 지속, 20분 소강. 30분 간격이지. 이제 곧 다시 피해야 할 시간이야. 지금 여기서 동선을 바꾸면……."

"피부 좀 따가운 게 나아. 어설프게 이득 보려다가 죽는다."

"어설픈 건 너겠지. 능력에 자신 없으면 쓸데없이 목에 핏대 세우지 말고 내 이야기를 듣는 게 어때?"

윤성이 으르렁거렸다.

"혼자 빠져나올 수 있었어. 없는 말 지어내지 마. 덩치 큰 원숭이."

"혼자 빠져나왔다면, 거점으로 삼을 마을을 찾아낸 건?"

"찾아낸 것도 너였지만, 나와서 헛짓거리하자고 제안한 것도 너였지."

요툰이 헛웃음을 지었다.

헛짓거리? 주변을 수색하고 변수를 파악해 두는 건 당연히 해야 할 일이다. 괴수를 차원 미궁에서 처음 만나 본 애송이 자식이 입을 놀리게 두니 가관이 따로 없었다.

그가 에덴 출신의 두 플레이어에게 눈짓했다.

'버리자.'

임무에 도움이 되지 않는 동료는 곧바로 고깃덩어리로 만드는 것이 용병.

일에 잔뼈가 굵은 요툰은 판단을 빠르게 마치고 행동하는 것이 현명하다는 사실을 알고 있었다.

눈치 빠른 한 플레이어가 윤성이 아닌 다른 창천 출신의 플레이어를 붙잡았다.

"어? 난 왜? 난 돌아……."

어썰트 킥(Assault Kick).

빠억.

아차 하는 사이에 척추가 끊어졌다.

그 모양새가 퍽 능숙했다.

윤성의 얼굴이 아차처럼 일그러졌다.

"이 새끼가……."

"카드 수습하고 자리 이탈한다."

"꽉 잡아 봐라. 흔들리잖아."

"읍, 읍!"

"유공!"

단검이 창천 출신 플레이어의 대동맥을 완벽하게 절단했다.
요툰이 윤성을 보며 히죽 웃었다.
"덕분에 카드 슬롯을 꽉 채우겠군. 고맙다."
"개자식이!"
화가 머리끝까지 차오른 윤성이 검을 붙잡았다.
각력 강화 - 머트페이드.
하체가 기형적으로 발달한 괴수 머트페이드의 각력이 윤성의 허벅지를 부풀렸다.
"들어온다고? 후회할 텐데?"
"후회는 네가 해야지. 원숭이."
"이봐. 이쪽은 셋이야. 너는 하나고. 계산이 안 돼?"
투웅.
윤성의 몸이 화살처럼 쏘아졌다.
"끝까지 멍청하군. 죽여주마!"
그가 마주 검을 휘두르려는 찰나.
반대편에서 인형(人形) 하나가 튀어나왔다.
분광(分光).
슬래쉬(Slash).
2개의 검격 사이로 뛰어드는 인형.
이윽고.
"사이좋게 지내야지, 친구들!"
티딩!

두 검이 튕겨 나갔다.

"이게 무슨……."

"손등으로? 분광검을 손등으로 튕겨 냈다고?"

두 플레이어가 갑자기 나타난 플레이어의 무력에 경악했다.

하지만 플레이어들이 놀랄 일은 그게 끝이 아니었다.

화르르르르.

커다랗게 느껴지는 열기.

태양을 쫓던 알파 솔라가 그들 앞에 나타난 것이다.

빠르게 상황을 파악한 요툰이 입술을 짓씹었다.

"젠장, 버러지 하나 때문에……."

"그러게. 동료끼리 친하게 지냈어야지. 그래도 내가 쫓아가긴 했을 거지만."

콰아아아아앙!

터져 나가는 화염 폭발을 바라보며 태양이 히죽거리며 입꼬리를 들어 올렸다.

"이거 생각보다 나쁘지 않은데? 몇 명 줄였지?"

—플레이어는 20명 넘게. 마을도 3개.

"좋네."

'새벽' 스테이지를 생각하면, 플레이어는 줄일수록 좋다.

새벽의 망자들은 살아 있는 플레이어의 수에 비례한 강함을 가진다.

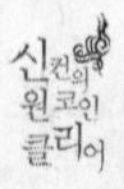

[황혼이 다가옵니다.]

"아차, 이럴 때가 아닌데."

태양이 속도를 올렸다.

플레이어를 줄이는 데 심취해 정작 란과 유리 막시모프를 찾아내는 일에 소홀히 해 버렸다.

–유리 막시모프의 기록은 '황혼'일 때에 몰려 있으니까, 그때 찾을 수 있어. 플레이어도 충분히 줄였으니, 이제 란을 찾자.

"란은 에이드 오블리비아테를 잡았으려나?"

–'정오'부터 위치 특정이 된다고 했잖아. 잡았겠지.

태양이 '아카' 클랜원들이 챙겨 두었던 재료로 만든 간이 햇빛 차단막을 뒤집어썼다.

어느새 강력해진 햇빛이 지상을 다시금 죽일 듯이 내리쬐고 있었다.

"란이 있겠다고 한 그 마을, 위치 특정할 수 있겠어?"

–네가 활개 치고 다니는 동안, 대충은 했어.

"오케이."

콰아아앙!

어느새 플레이어들을 처리하고 쫓아온 알파 솔라의 광선이 쏘아졌다.

태양이 훌쩍 뛰어올라 피했다.

"저건 지겹지도 않나."

태양 정령의 집요함과 추적 능력은 확실히 감탄할 만한 부분이었다.

태양이 투덜거렸다.

“그나마 초반엔 공기라도 좋았는데. 하. 향기로운 피톤치드 향 어디 갔냐고.”

저 거대한 태양 정령이 쏘아 대는 광선 때문에 숲에서는 나무 타는 냄새가 끊이질 않았다.

이 각박한 전자 세계에서 간만에 느끼는 평화로움이었는데 말이지.

—님 때문이잖아요;;

—왜 담배꽁초 허리에 묶어 두고 온 산을 다 뒤지고 다니는 거야. ㅋㅋㅋㅋ.

—사실상 윤태양이 방화범이구만. ㅋㅋㅋㅋ.

—ㅋㅋㅋㅋㅋ ㅇㄱㄹㅇ.

—양심 없네. ㅋㅋㅋㅋㅋㅋㅋ.

매번 요리조리 도망쳐 대는 태양에게 화가 쌓였는지, 알파솔라의 몸은 처음보다 더욱 부풀어 있었다.

—아까 반파된 마을 있었지? 2개. 그리고 우리가 지나온 마을이 여기고.

“그렇게 말해 봐야 목소리만 듣는 나는 몰라.”

—쉿. 아, 여기네.

위치를 특정한 현혜가 탁자를 손으로 내려쳤다.

뭐, 보지는 않았고 그런 소리가 들렸다는 이야기다.

-윤태양 일병, 남서 방향으로…….

"현혜야, 일 절만 해라."

-헷, 그만할까?

"이미 아까 안 하기로 했잖아."

그거 슬슬 뇌절이야.

태양과는 다르게 성공적으로 마을을 수성한 란이 문득 고개를 들었다.

'바람이…….'

방향이 바뀌었다.

초반에는 그녀의 반대편으로 에두르던 바람이 서서히 방향을 꺾더니 이제는 그녀 쪽으로 오고 있었다.

단순히 나쁜 예감 정도로 보이던 바람은 이제 꽤 실체를 보이고 있는 것 같았다.

예를 들면 타는 냄새.

란이 낭창한 손으로 턱을 괴었다.

'자리를 피할까?'

굳이 액운을 몸으로 맞을 필요는 없다.

하지만.

"왠지 녀석이 연관되어 있을 것 같단 말이지."

콰앙!

마을의 입구가 터져 나갔다.

란이 피식 웃었다.

"란! 있냐!"

어쩜, 이런 감은 틀리질 않는다.

—란 어서 오고.

—뒤에 그 불꽃은 뭐야?

—아이 싯팔! 다른 녀석들이 꼴 받게 하잖아!

알파 솔라를 발견한 란이 혀를 내둘렀다.

"저런 녀석에게 쫓기고 있었던 거야?"

"엉, 고생이 이만저만이 아니었지. 계획도 반쯤 조졌어."

"하긴. 그건 짐작했어."

태양이 란을 찾은 시점이 많이 일렀다.

그랬기에 본래 이야기했던 계획대로 되지 않았다는 것을 유추하는 건 어렵지 않은 일이었다.

—금방 찾아서 다행이다.

현혜가 가슴을 쓸어내렸다.

그동안 태양이 아슬아슬하게 알파 솔라를 떨쳐 낼 때마다, 자폭의 폭발 범위에 들어갈까 걱정이 이만저만이 아니었기 때문이다.

별다른 이동 기술이 없는 태양에게 란의 존재는 곧 기동성의 증가와 다름없었다.

이를 통해 알파 솔라가 자폭할 때 더 빠르게 폭발 범위를 빠져나올 수 있었다.

게다가 란은 풍술(風術)을 통해 원거리 견제도 가능했다.

"황혼까지 얼마나 남은 거지?"

–하늘 봐. 해 지면 그게 황혼이지, 뭐.

"정확한 시간은 특정 안 돼?"

–지구 하늘도 1년 365일 매번 다르게 지잖아. 여기도 같을걸?

태양이 킁, 하고 코를 훌쩍였다.

이런 것까지 현실적으로 고증할 필요는 없는데 말이지.

–그냥 이대로 유리 막시모프를 찾자. 얘는 달고.

"찾자고? 가능하겠어?"

–책 보고 있을 법한 곳을 유추해 보면 되지. 어차피 그렇게 할 거였잖아.

"그러니까. 그때는 느긋하게 주변도 관찰하고, 어? 하늘도 보고. 그러면서 하려고 한 거 아니었어?"

–하면 된다! 몰라?

……그게 근성론으로 된다고?

태양이 미심쩍은 얼굴로 되물었다.

"아니, 나야 란도 있고 하니 상황이 더 낫지만……. 너 정말로 되겠어?"

–쓰읍! 하면 된다니까?

예, 뭐. 하시겠다는데. 말리지는 않겠습니다.
다시금 다가오는 열기에 태양이 몸을 날렸다.

* * *

태양의 목표인 여성 플레이어, 유리 막시모프가 무표정한 얼굴로 검을 털었다.
후두둑.
연분홍빛 선혈이 흙바닥에 흩뿌려졌다.
"이게 끝?"
그녀와 대치하고 있던 플레이어들의 표정이 처참히 일그러졌다.
"왜, 왜 우리를 공격하는 거냐! 마을에 들어오고 싶으면 들어오라고 했잖아!"
그녀가 고개를 갸웃거렸다.
그에 비단결같이 고운 결의 머리칼이 스륵 그녀의 어깨에 흘러내렸다.
"나한테 못된 짓을 하려고 했잖아."
유리 막시모프는 백옥 같은, 혹은 창백하다고 표현할 만한 피부에 칠흑처럼 새까만 동공을 가진 여성이었다.
일반적으로 보기에 확실히 아름다운 외모를 가지고 있기는 했다.

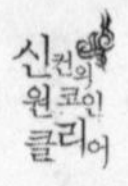

“그, 그런 적 없어. 젠장! 없다고!”

“정말?”

스르릉.

그녀가 쥐고 있던 검으로 대답한 플레이어를 겨눴다.

옆에 서 있던 여섯 명의 플레이어가 뒤로 물러섰다.

“어, 어이! 뭐 하는 거야? 같이 대항해야지!”

그의 말에도 나머지 플레이어는 요지부동이었다.

유리 막시모프가 한 걸음 앞으로 다가왔다.

“대답해.”

미세하게 떨리는 칼날.

긴장하거나 무거워서 떨리는 것이 아니다.

손끝이 완벽하게 이완되어 가벼운 공기의 움직임도 반영하는 상태다.

플레이어는 떨리는 칼날에서 이런 고차원적인 사실을 파악해 내지 못했지만, 그의 목숨이 경각에 달했다는 사실은 확실히 깨달았다.

“죄, 죄송합니다!”

플레이어가 무릎을 꿇었다.

나머지 플레이어가 그를 보며 꿀꺽 침을 삼켰다.

“혹시 그런 생각에 기분이 나쁘셨을 수 있습니다! 하지만 맹세코 아닙니다! 저는 그런 생각을 한 적 없습니다!”

“안 했어도 상관없어.”

퍼억.

플레이어의 머리가 바닥을 굴렀다.

동시에 뒤에 도열해 있던 6인의 플레이어가 튀어나갔다.

그 짧은 사이에 서로 의견이라도 맞췄는지, 방향이 겹치는 사람이 단 한 명도 없었다.

그녀가 가느다란 손가락을 허공에 튕겼다.

홀드(Hold).

후웅.

마나의 고리가 도망치는 플레이어 하나를 붙잡았다.

가장 왼쪽으로 도망치던 플레이어였다.

"어억!"

유리 막시모프는 쥐고 있던 검을 내던지고는, 오른쪽으로 내달렸다.

헤이스트(Haste).

후우웅.

녹색 빛이 그녀의 몸에 깃들었다.

동시에 그녀가 가속했다.

"젠장! 왜 하필 이쪽을!"

단순히 가장 바깥쪽을 선택했기에 쫓겼다.

그 사실을 알 리 없는 플레이어가 불평하며 등 뒤로 창을 내던졌다.

스팅어(Stinger).

후우웅.

도망치는 와중에도 뒤를 돌아 창을 던지는 자세에 어긋남이 없다.

'정오'가 꽤 지난 시점에서 마을을 점거할 정도의 실력이 되는 플레이어.

스테이지의 난이도와 상황을 고려해 보았을 때, 이 정도면 주변의 다른 플레이어보다는 확실히 나은 수준이다.

하지만 상대가 유리 막시모프라는 사실이 그의 불운이었다.

냉기 영창.

스ㅇㅇㅇ.

그녀의 입에서 허연 김이 나왔다.

공기를 찢으며 짓쳐 들던 창이 순식간에 얼어붙고, 유리 막시모프는 어렵지 않게 팔을 휘둘러 창을 부쉈다.

쨍그랑.

실패를 확인한 플레이어가 다시 뒤를 돌아 탄력적으로 뛰었다.

유리 막시모프는 침착하게 허공에 비산하는 얼음 조각을 쥐었다.

그리고 던졌다.

쐐애애액!

퍼억.

마나가 잔뜩 실린 얼음(창) 조각이 플레이어의 목 부근 동맥을 찢었다.

"남은 건 셋."

스륵.

눈을 감은 유리 막시모프가 손을 뻗었다. 그러자 그녀가 처음 던졌던 검이 날아와 그녀의 손에 잡혔다.

"잡을 수 있는 건. 하나."

둘을 쫓을 수는 있지만, 굳이 그럴 필요까지는 없다.

판단을 마친 그녀가 사방으로 마나를 흩뿌렸다.

미리 뿌려 두었던, 가늘고 얇게 마나 실이 도망치는 플레이어들의 위치를 알렸다.

마나 컨트롤이 경지에 오르면 부릴 수 있는 기예였다.

위치를 특정한 유리 막시모프가 다시금 팔을 휘둘렀다.

"커허억."

공간을 격하고 넘어간 검이 한 플레이어의 경추를 정확하게 절단했다.

유리 막시모프는 플레이어의 경추에 꽂힌 검을 뽑아내며 하늘을 바라봤다.

ㅅㅇㅇㅇㅇㅇㅇ.

열풍(熱風)이라고 불러야 할 만큼 뜨거웠던 숲의 바람도 어느새 차가워졌다.

햇빛 폭격은 잦아든 지 오래.

[황혼이 다가옵니다.]

주홍빛 하늘.

점점 넘어가는 해.

시스템 창이 '정오'부터 줄기차게 경고해 대던 '황혼'이 확실하게 다가오고 있었다. 주변을 활발하게 돌아다니며 살아 있는 생명체를 향해 광선을 쏘아 대던 태양 정령, 솔라의 움직임도 점점 둔해지고 있었다.

유리 막시모프가 빠르게 걸음을 옮겼다.

태양 정령들은 숲을 내리쬐는 볕이 없어짐과 동시에 자폭할 게 분명했다.

그러기 전에 안전한 곳에 장소에 들어가야 했다.

물론 그녀는 그런 장소를 찾아뒀다.

7명의 플레이어가 점거하고 있던 마을.

두 플레이어를 쫓지 않은 이유도 어차피 그들이 높은 확률로 태양 정령의 자폭에 휘말려 죽을 가능성이 크기 때문이었다.

혹은.

크르르르르.

잠에서 깨어난 괴수들에게 공격을 당하든가.

"황혼. 괴수들이 난립할 시간. 사냥을 통해 업적 획득 가능."

건물 안으로 돌아온 유리 막시모프는 숲 곳곳에서 울려 퍼지는 괴수들의 울음소리를 들으며 상황을 가늠했다.

그러다 문득 그녀가 고개를 꺾어 한 곳을 바라봤다.

그녀가 깔아 둔 마나 실이 급속도로 허물어지고 있었다.

몸에 닿아서, 때로는 무언가에 베여서, 혹은 타오르기도 했다.

"……."

철컥.

그녀가 슬쩍 검 손잡이를 붙잡았다.

이내 나무가 흔들리며 부채를 든 여자와 거적때기를 뒤집어 쓴 남자가 나타났다.

"터진다, 터진다, 터진다!"

"여기 맞아?"

"맞겠지! 마을 있잖아!"

그리고 평범한 태양 정령보다 서너 배는 듬직한 '알파 솔라'가 그들을 뒤따라 나타났다.

유리 막시모프의 눈앞에 증강 현실이 나타났다.

[황혼이 졌습니다. 괴수들이 난립합니다.]

"란!"

"응!"

촤르르르륵.

허공에 뛰어오른 란이 양발로 태양의 목을 휘감았다.

"뭐 하냐?"
"가만히 있어!"
"수, 숨 막혀!"
"참아!"
란의 다리에 목을 걸친 채 창백한 얼굴로 날아가는 태양을 바라보며 유리 막시모프는 정말 오래간만에 황당함을 느꼈다.
동시에.
기이이이이잉.
'알파 솔라'가 자폭 시퀀스에 돌입했다.
괴력난신(怪力亂神) – 갈고리 바람.
풍술을 윈 란이 부채를 휘두르려는 순간이었다.
스릉.
유리 막시모프의 검이 날아왔다.
찰나 간에 날아온 검에 들어 있는 힘이 예사롭지 않다.
태양이 머리에 란을 매단 채 발을 휘둘렀다.
스타버스트 하이킥(Starburst High Kick).
"꺄악!"
던져진 검은 란의 목을 노리는 궤적이었으나 태양의 발에 맞고 비꼈다.
부우욱.
란의 목 대신, 그녀의 커다란 부채가 그대로 찢어졌다.
"이런."

태양이 란의 다리를 다급하게 풀며 뒤를 돌아봤다.

"캐논 폼이라도……."

돌아본 태양의 동공에 유리 막시모프가 들어왔다.

그녀는 자폭하는 알파 솔라에게 달려들고 있었다.

유리 막시모프의 손이 뒤로 젖혀졌다.

마치 창을 쏘아 내는 모습.

하지만 역설적으로, 그녀의 손에는 아무것도 쥐어져 있지 않았다.

유리 막시모프가 창을 쏘아 내는 시늉을 멈추지 않으며 입술을 달싹였다.

이데아(Idea) 접속.

투웅.

태양의 동공이 확장됐다.

분명히 아무것도 집고 있지 않았던 유리 막시모프의 손이 거대한 창을 쏘아 내고 있었다.

'이게 무슨.'

창.

이해할 수 없을 정도로 거대하고, 또 완벽한 창이었다.

그것은 무기에 대한 조예가 없는 태양도 완벽하다는 것만은 인지할 수 있을 정도로 완전무결했다.

콰드득.

압도적인 속도로 쏘아진 창이 자폭 시퀀스에 들어간 태양 정

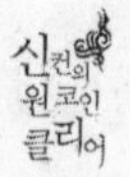

령의 상체를 꿰뚫었다.

거대한 창은 태양 정령의 약점으로 알려진 '핵'을 완벽하게 관통했다.

쿠구궁.

일반적인 태양 정령이라면 그대로 행동 불능 상태에 빠졌을 수준의 타격.

하지만 '알파 솔라'의 몸체는 기어코 부풀어 오르기 시작했다.

쿠웅.

그 모습을 본 태양이 진각을 내디뎠다.

그의 오른발을 중심으로 무수한 별가루가 휘돌기 시작했다.

"스읍."

숨을 들이쉰 유리 막시모프가 다시 한번 아무것도 잡지 않은 손을 휘둘렀다.

태양의 눈이 가늘어졌다.

'이번엔 대검인가?'

푸화하하하하학!

거대한, 또한 완벽한 대검이 공기를 찢으며 알파 솔라를 향해 짓쳐 들었다.

알파 솔라가 부풀어 오른팔을 휘둘러 가며 대항했지만, 대검은 아무렇지도 않게 팔을 짓이겼다.

콰드드드드득.

~~푸슈우우우우우우우~~.

부풀어 오르던 태양 정령이 가동을 중지했다.

단 두 수.

-……이 정도라고?

책에도 기록되어 있었지만, 눈으로 보니 더욱 압도적인 기량.

현혜가 침을 꿀꺽 삼켰다.

수정구를 보던 안드라스가 저도 모르게 감탄사를 내뱉었다.

"이데아(Idea) 접속을 이렇게 완벽하게 다루다니. 그것도 필멸자가. 볼 때마다 감탄을 감출 수가 없군."

"인간의 가능성이죠. 그 어떤 종족보다 열등하지만, 그 어떤 종족의 위에도 설 수 있는. 그런 종족이지 않습니까."

"그렇지. 바로 자네처럼."

단탈리안의 눈이 초승달을 그렸다.

"맞습니다. 바로 저처럼."

안드라스가 팔짱을 꼈다.

"확실히, 자네가 선택한 저 플레이어. 기지가 돋보이긴 하는군."

진네만의 시련이었던 '알파 솔라'를 유인해서 유리 막시모프의 앞에 두고 터뜨린다.

말은 쉬워 보이지만, 파고 들어가 보면 그렇지 않았다.

'알파 솔라'를 상대로 끊임없이 도망치고, 그 과정에서 다른 플레이어들을 제거하고, 동료 플레이어인 란을 찾아내고, 동시에 목표물 유리 막시모프의 위치까지 특정해서 완벽한 타이밍에 배달한다.

개인의 무력으로 해낼 수 있는 일이 아니다.

원하는 상황을 만들어 내는 압도적인 수행 능력은 태양이 그저 힘만 강한 플레이어가 아니라는 사실을 여실히 증명했다.

"실로 자네와 어울리는 유형이야."

단탈리안이 작게 웃으며, 팔을 괴었다.

"하지만 아직 부족하지요. 증명을 했다고 하기에는."

그가 보고 싶은 장면은 아직 남아 있었다.

완전히 박살 난 태양 정령.

"……."

"……."

유리 막시모프가 아무렇지도 않게 제 몸의 두 배는 되어 보이는 검을 휘둘렀다.

후드득.

태양 정령의 잔해가 털리는 동시에 검이 희미해졌다.

마치 세상에 원래 그런 무기는 존재한 적이 없던 것처럼.

-아니, 책에서는 이런 기술 쓴 적 없잖아…….

현혜가 소심한 목소리로 우물거린다.

그녀의 말이 곧 태양과 란의 심정이었다.

'강할 것은 알았어. 하지만…….'

태양의 예상 이상이다.

유리 막시모프가 돌아섰다.

태양과 란이 경계를 끌어 올렸다. 그들이 습격하지 않더라도, 유리 막시모프가 덤벼든다면 싸워야만 했다.

"……."

유리 막시모프가 란을 바라보다가, 이내 태양에게 고개를 돌렸다.

태양이 품 안에 손을 집어넣은 채 그녀를 마주 바라봤다.

그녀가 문득 손을 내밀었다.

그리고 중얼거렸다.

"유리 막시모프."

-엥, 뭐지.

-갑자기 분위기 악수.

-???

유리 막시모프가 무표정한 얼굴로 태양을 바라보며 물었다.

"그쪽은?"

"아."

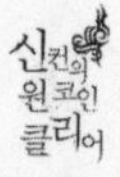

태양이 반사적으로 란을 바라봤다.

란 역시, 그에게 눈짓하고 있었다.

'할 거면 지금이야.'

태양이 유리 막시모프에게 다가가 손을 내밀었다.

"윤태양."

"윤태양?"

꾸욱.

악수하던 태양의 어깨가 움찔하고 떨렸다.

손을 타고 전해지는 악력이 상상 이상이었다.

차원 미궁 초반이었으면 모르지만, 10층쯤 올라오면 근력은 해당 플레이어의 업적 개수와 비례하게 된다.

태양도 손에 마주 힘을 불어넣었다.

미약하게 미간을 찌푸린 유리 막시모프가 물었다.

"이름이 정말 윤태양이야?"

"웃기네. 물어봐 놓고, 대답했더니 의심하는 거야?"

"같은 이름의 플레이어를 몇 번 본 적이 있어."

"아."

그럴 만했다.

시간적으로 지금은 '단탈리안'이 론칭된 지 얼마 안 된 시기.

외모로 사람을 구분할 수 없기 때문에, 자신이 '윤태양'이라고 주장하는 플레이어가 꽤 많았다.

당시 태양의 이름은 곧 가상현실 게임의 일인자를 의미했었기 때문이다.

물론 '윤태양' 말고도 온갖 랭커들의 이름 사칭이 난무했다.

당시 사칭은 그저 시선을 끌기 위해서일 뿐만 아니라, 그런 이름들이 곧 자신이 '유저'라는 사실을 의미하기도 했다.

"내가 진짜야. 그리고, 이름이 중요한가?"

태양의 말에 유리 막시모프가 작게 고개를 끄덕였다.

한줄기 식은땀이 등줄기를 훑었다.

워낙 얼굴에 표정이 없어 어떤 생각을 하는지 넘겨짚기가 쉽지 않았다.

이내 유리 막시모프가 고개를 돌려 란에게 물었다.

"그쪽은?"

"뭐가?"

"이름."

"란."

란.

입 안에서 작게 발음을 굴려보던 유리 막시모프가 손을 빼려 했다.

태양이 저도 모르게 그 손을 붙잡았다.

"뭐야?"

태양이 빠르게 머리를 굴렸다.

스톰브링어, 그리고 위대한 기계장치. 그리고 라이트 세이버.

태양이 쥔 카드는 셋이었다.

우선 라이트 세이버.

그녀의 기술 '이데아 접속'이 어떤 메커니즘을 가진 기술인지는 모른다.

하지만 무기를 소환하는 기술처럼 보였다.

거대한 창, 혹은 대검.

그저 무기 하나를 소환했다면 라이트 세이버에 기대를 걸어 볼 수도 있다.

하지만 2개 이상이라면 무기를 손상시키더라도 의미가 없다.

반면 태양은 라이트 세이버를 한 번 시동하는 데 대부분의 마나를 소모해야 하니, 수지타산이 맞지 않았다.

'라이트 세이버는 지우고.'

그렇다면 남는 건 스톰브링어와 위대한 기계장치.

태양이 시뮬레이션을 했다.

폭풍의 정령 군주가 그의 몸에 깃드는 것과 동시에 빨리 감기로 가속한 태양이 유리 막시모프에게 달려든다.

란은 평소만큼의 기량을 보여 주지 못할 가능성이 컸다.

그녀의 부채가 망가졌으니까.

그녀의 풍술(風術)에서 부채가 차지하는 비중이 얼마나 큰지는 모르지만, 상황은 항상 최악을 가정해야 하는 법이다.

유리 막시모프의 움직임은 어땠지?

이미지가 스쳐 지나간다.

폭발의 전조를 느낀 즉시 달려들던 그 판단력과 움직임.

동시에 생성된 거대한 창.

'뚫고 들어갈 생각을 하면 끔찍해. 지금, 붙어서 끝장을 봐야 한다.'

태양이 품속에 있는 회중시계를 만졌다.

그동안 태양은 '위대한 기계장치'의 빨리 감기를 두 단계로 나누어서 사용해 왔다.

1단계. 그리고 2단계.

1단계 빨리 감기는 1분의 지속시간 동안 사용자의 움직임을 세 배 가속하는 기술이고, 2단계 빨리 감기는 30초의 지속시간 동안 사용자의 움직임을 여섯 배 가속하는 기술이었다.

하지만 사실, 빨리 감기는 4단계까지 있었다.

3단계 15초 지속, 열두 배 가속.

그리고 4단계 5초 지속, 서른여섯 배 가속.

'할 수 있을까?'

그동안 태양이 3단계와 4단계를 사용하지 않은 이유는 간단했다.

제어할 자신이 없었으니까.

1단계는 지속 시간이 1분이다.

하지만 4단계는 고작 5초.

적응할 시간조차 주지 않았다.

그렇다고 연습을 할 수도 없었다.

스킬은 스테이지에서만 사용할 수 있고, '빨리 감기'는 '되감기'라는 불세출의 회복 기술과 쿨타임을 공유했다.

어떤 변수를 만날지 모르는데, 연습하겠답시고 쿨타임이 반나절이나 하는 기술을 마구 사용할 수도 없는 노릇이었다.

유리 막시모프의 움직임을 보니, 제대로 대거리하기 위해선 최소 3단계 이상의 빨리 감기를 사용해야 할 것 같았다.

계산이 서자, 망설임이 다가온다.

탁.

유리 막시모프가 손을 떼어 냈다.

"아, 하하. 미안. 잠깐 다른 생각을 좀 했어."

책을 통해 드러난 유리 막시모프의 정보가 일부분이었다는 사실이 드러난 이상 또 다른 변수를 고려하지 않을 수 없다.

게다가 스테이지는 이제야 절반.

시간도 충분히 많다.

다음에, 더 좋은 기회를 노릴 수도 있지 않을까?

태양이 란을 슬쩍 바라봤다.

태양의 망설임을 읽은 것일까.

란이 입 모양으로 말했다.

지, 금.

'젠장.'

저 말이 맞다.

유리 막시모프가 보여 준 상상 이상의 기량에 순간 태양의 자신감이 흔들렸을 뿐.

앞을 바라보자, 유리 막시모프가 유리알 같은 눈으로 태양을 바라보고 있었다.

태양이 씨익 웃었다.

이내 태양의 손이 품속으로 들어갔다.

딸깍.

[빨리 감기 – 신체를 가속한다. (쿨타임 12시간)]

똑딱, 똑딱, 똑딱, 똑딱.

[위대한 기계장치(The Greatest Machinery)의 태엽이 빠르게 감깁니다. (쿨타임 12시간)]

[플레이어 윤태양에게 빨리 감기 3단계 버프가 부여됩니다.]

해야 한다면, 한다.

투웅.

태양의 발이 흙바닥을 밀어냈다.

동시에 란이 부채를 휘둘렀다.

후우욱.

얼굴에 맞닿는 공기의 저항이 생소하다.

평소보다 열두 배 빠른 속도로 행동 명령을 내리고 있자니, 뇌가 뜨거워졌다.

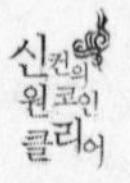

태양이 이를 악물었다.

'할 수 있어.'

움직임의 속도가 세 배가 되었을 때도 그러했고, 여섯 배가 되었을 때도 그랬다.

새로운 무언가는 항상 쉽지 않았지만, 결국 태양은 해냈다.

태양의 몸이 지척에 다다랐다.

한 템포 늦게, 유리 막시모프의 동공이 확장된다.

그래, 예상 이상의 속도겠지.

그녀가 손을 뻗었다. 신속한 동작이었지만, 열두 배로 시간을 쪼개는 태양 앞에서는 느릿했다.

냉기 영창.

화아아악.

유리 막시모프의 몸에서 냉기가 뿜어 나왔다.

하지만 냉기가 형체를 이뤄 그녀의 몸을 보호하기 전에 태양이 먼저 도달했다.

쿠웅.

태양은 삐걱거리는 몸을 간신히 제어하며 오른발로 진각을 찍고, 동시에 오른팔을 쳐올렸다.

초월 진각 - 승룡권의 형(形).

하지만 안타깝게도, 평소와 달리 전자기가 올라오지 않았다.

움직임의 완성도가 스킬화(化)하기에 부족했기 때문이다.

'상관없어.'

속도는 그 자체로 파괴력을 가진다.

스킬화(化)가 이루어졌다면 더 강력했겠지만, 그렇다고 태양의 주먹이 유의미한 타격이 아닌 것이 되지는 않는다.

뻐억!

턱에 적중할 줄 알았건만, 유리 막시모프가 그 짧은 순간 안에도 반사적으로 가드를 올렸다.

그녀의 여리한 동체가 삽시간에 공중으로 튀어 올랐다.

태양이 뒤이어 뛰어올랐다.

공세를 이어 나갈 작정이었다.

하지만, 이어진 건 유리 막시모프의 반격이었다.

전류 방출.

"이런."

파지지지지직!

뛰어오른 태양이 허공에서 몸을 비틀었다.

대다수의 번개 다발이 허공에 흩어졌지만, 일부 번개는 기어코 태양의 몸에 적중했다.

짧은 마비였지만 태양의 후속타를 저지하기에는 충분했다.

유리 막시모프가 눈을 번뜩였다.

짧은 사이.

그녀는 아주 작은 시간만으로도 전투의 흐름을 가져올 만한 재능이 있었다.

하지만 동시에.

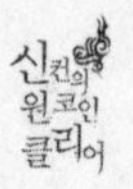

풍아(風牙).
콰드드득!
동시에 송곳 같은 바람이 유리 막시모프에게 작렬했다.
유리 막시모프의 왼쪽 어깨가 바람에 찢어졌다.
"좋고!"
먼저 지상에 떨어진 태양이 다시금 진각을 밟았다.
이번에는 속도가 조금 떨어지더라도 신중하게.
쿠웅.
진각과 함께 별가루가 태양의 오른발을 휘감기 시작했다.
"둘, 비겁해."
유리 막시모프가 허공에서 오른손을 휘둘렀다.
원소 방패 - 금(金).
스타버스트 하이킥(Starburst High Kick) - 캐논 폼(Canon Form).
쩌엉!
백색 광선이 금빛 방패를 강타했다.
방패 표면에서 흑빛의 연기가 솟아올랐지만, 그뿐.
뚫지는 못했다.
태양이 이를 악물고 다시금 달려들었다.
그때, 연기 사이에서 커다란 기척이 일었다.
태양이 반사적으로 몸을 띄워 올렸다.
이데아(Idea) 접속.
태양 정령 '알파 솔라'를 무력화시켰던 거대한 대검이 태양의 허리 어림을 그대로 베어 들어왔다.

다행히 예상대로다.

이미 몸을 띄워 놓은 태양이 검면을 밟아 추진력을 더했다.

콰앙.

다시 한번 가속.

금빛 방패가 스러지고, 그 안에 유리 막시모프의 모습이 보였다.

태양의 몸이 허공을 갈랐다.

허공.

땅을 밟을 수 없는 공간.

땅을 밟지 못한다는 사실은 곧, 태양의 전매특허인 '초월 진각'을 사용하지 못한다는 뜻이다.

물론, 상관없다.

태양이 허리에 손을 가져갔다.

스릉.

라이트 세이버가 기분 좋은 금음(金音)을 내며 검집 바깥으로 빠져나왔다.

태양의 허리가 휠 듯 꺾이며 라이트 세이버를 쥔 양팔의 근육이 꿈틀거렸다.

아넬카식(式) 인간 절단.

"뒈져라."

콰드득.

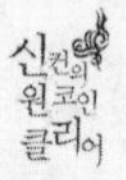

라이트 세이버가 공간을 세로로 그어 내렸다.

⁂

현혜가 떨리는 눈으로 화면을 응시했다.

화면 안의 태양이 피 묻은 라이트 세이버를 틀어 냈다.

“완벽해.”

짧은 순간이었지만 태양의 수는 완벽했다.

아니, 사실 완벽하지는 않았다.

스킬화(化)를 이루어 내지도 못했고, 제3자의 입장인 동시에 태양의 시야인 방송 화면으로 보니, 어색한 부분이 꽤 여럿 있었다. 하지만 차원 미궁 10층의 스테이지에서 이 정도 템포로 이어진 공격에 살아남을 수 있는 플레이어가 있을 수 있을까.

당장 태양 본인도 10층쯤에서 지금의 태양을 적으로 만났다면, 살아남을 수 있었을까?

현혜는 그렇지 않을 거라고 확신했다.

그렇기에 완벽하지 않은 방금 전투를 완벽하다고 표현했다.

“그런데 왜?”

왜, 태양의 표정이 일그러져 있는 걸까.

투웅.

태양의 시야가 다시금 바뀌었다.

압도적인 속도가 주변의 나무와 푸른 잎을 엿가락처럼 늘렸다.

전류 방출.

흙먼지 속에서 번개 다발과 함께 대검이 튀어나왔다.

태양이 라이트 세이버를 마주 휘둘렀다.

카드드드드드드득!

검날에서 심상치 않은 불똥이 피어오르더니 실시간으로 내 구도가 깎여 나가는 게 느껴졌다.

태양이 황급히 라이트 세이버를 떼어 내는 동시에 뒤로 몸을 내던졌다.

그 장면을 보며 현혜가 저도 모르게 반문했다.

"아니, 어떻게?"

이건 너무하잖아.

아무리 NPC라지만.

아무리 랭커급이라지만.

"이걸로도 못 잡는다고?"

현혜가 저도 모르게 한숨을 내쉬었다.

지금 그녀를 감싸고 있는 감정은 억울함도, 답답함도 아니었다.

이런 NPC들이 아직도 50층대에 머물고 있다.

태양이 72층까지 도달할 수 있을까?

그녀의 가슴에 차오르는 감정은, 막막함이었다.

***

몇 초나 남았지?

머리 회전이 빠릿빠릿하게 되지 않았다.

십이 배속으로 몸을 움직이는 일은 상상 이상으로 집중력을 소모했다.

후두두둑.

란의 풍술이 유리 막시모프의 냉기 영창을 허물고, 그 사이로 태양이 발을 내디뎠다.

쿠웅.

초월 진각의 한 수.

파지지직.

초월 진각 - 선풍권(旋風拳).

중단을 내지르는 정권.

유리 막시모프와의 전투에서는 처음 사용하는 기술이었다.

하지만 유리 막시모프는 마치 선풍권이라는 기술을 알기라도 하는 것처럼, 그 경로를 정확히 틀어막았다.

원소 방패 - 화(火).

콰앙!

태양의 주먹이 방패를 내리치자 유리 막시모프의 몸이 나가떨어졌다.

방패에서 터져 나온 수많은 불씨가 태양의 몸에 쏟아졌다.

하지만 피부를 녹이는 불씨의 향연에도 태양은 움직이지 않았다.

"으드득."

분명, 태양의 주먹은 유리 막시모프에게 타격을 입혔다.

똑딱, 똑딱, 똑딱, 똑딱.

열두 배의 속도로 돌아가던 시곗바늘이 본래의 속도를 되찾았다.

15초.

'빨리 감기'의 버프 효과가 끝났다.

괴력난신(怪力亂神) – 칼바람.

쐐애액!

칼바람이 유리 막시모프에게 쏘아졌다.

비틀거리며 일어난 유리 막시모프가 뒤로 훌쩍 뛰어 공격을 피해 냈다.

본래라면 태양이 따라붙었을 장면.

순간적으로 너무 많은 집중력을 쏟은 여파일까.

태양은 움직이지 못했다.

이데아(Idea) 접속.

유리 막시모프가 팔을 휘두르자 메이스가 나타났다.

퍼억.

메이스에 직격당한 란이 근처 나무에 처박혔다.

태양이 견제를 나서지 못한 바람에 일어난 일이었다.

유리 막시모프의 안색도 전과 달리 창백해져 있었다.
몸 곳곳에 상처는 물론이고, 앵두같이 붉었던 입술에는 핏기가 가셨고, 동공도 한층 풀려 있는 모습.
하지만, 그게 끝이다.
그녀는 땅에 두 발을 굳건히 붙이고 서 있었다.
그녀가 입을 열었다.
"여기까지?"
조용한 음성으로 내뱉은 네 글자.
태양의 입술이 비틀렸다.
"아직."
할 수 있다.
아직, 스톰브링어도 사용하지 않았다.
열두 배의 움직임에 섞어 넣을 자신이 없었던 거지만, 하여튼. 여지는 남았다.
스톰브링어(Storm Bringer): 폭풍 소환(暴風 召喚).

[폭풍의 정령 군주 아라실이 플레이어 윤태양의 신체에 임합니다.
(지속 시간 60초)]

후우우우웅.
태양의 눈이 번뜩였다.
유리 막시모프가 피식 웃었다.

뭐가 웃긴지 모르겠다.

퉤.

피 섞인 침을 내뱉은 태양이 유리 막시모프를 향해 달려들었다.

후우우우웅.

태양의 몸 주위로 바람의 마나가 휘돌았다.

정신적인 피로감은 여전하지만, 적어도 육체만큼은 확실하게 팔팔해졌다.

파앙.

태양의 몸이 바람을 갈랐다.

십이 배속에 비하면 떨어지지만, 충분히 빨랐다.

꽈드득.

태양이 돌진하는 동시에, 다시 한번 라이트 세이버의 손잡이를 부여잡았다.

우웅.

라이트 세이버가 탐욕스러운 기세로 마나를 잡아먹는다.

태양의 몸에 남은 잔여 마나는 물론이고, 정령 군주 아라실에게 원조 받는 바람의 마나까지.

그 결과로, 순수에 가까운 순백의 빛을 연출한다.

가볍게 돌 부딪치는 소리와 함께 태양이 쏘아져 나갔다.

그리고.

콰드드드드득.

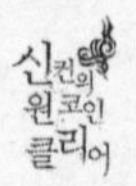

얼음 방벽을 깨부순 태양의 검이 유리 막시모프의 목 앞에서 멈췄다.

"……뭐야?"

"뭐가?"

유리 막시모프가 무감정한 목소리로 되물었다.

툭.

태양이 검을 더 밀어 넣자 그녀의 흰 목에서 붉은 피가 방울져 흐르기 시작했다.

"너 뭐야? 왜 안 피해?"

유리 막시모프가 항복이라는 듯, 두 손을 들어 올렸다.

"내가 졌어."

무감정한 목소리.

성의 없는 대답.

태양의 얼굴이 일그러진다.

"졌다고?"

"졌어. 너무 많이 움직여서 방금 그 공격에 반응하지 못했어."

들어 올린 유리 막시모프의 손끝이 미세하게 떨렸다.

하지만 태양은 알았다.

거짓말이다.

반응 못 한 게 아니다.

안 한 거다.

적어도 그녀 수준의 플레이어라면, 태양이 라이트 세이버에 마나를 집어넣을 때 최소한의 반응을 했어야 했다.
라이트 세이버를 시동할 때 이루어지는 마나의 유동은 플레이어라면 누구나 알 수 있을 정도로 그 파장이 크니까.
태양 역시 짧은 순간 그 이후의 일을 설계하며 움직였다.
하지만 그녀는 얼음 방벽 안에서 그저 가만히 있었다.
더 정확히는, 태양의 마나 기척을 느꼈음에도 불구하고 움직이지 않았다.
태양은 머리에 열이 확 오르는 것을 느꼈다.
결투의 승패와는 상관없다.
NPC인지, 유저인지, 실제로는 의미 없는 데이터 쪼가리인지도 상관없다.
유리 막시모프는 태양을 기만했다.
그것은 태양이 가장 경멸하는 짓이었다.
스륵.
라이트 세이버가 유리 막시모프의 목을 한층 더 깊숙이 베어 들어간다.
"느꼈잖아! 몸 떠는 거 봤어."
유리 막시모프의 눈동자가 태양을 직시했다.
이내 그녀가 태양을 향해 걸어왔다.
주르륵.
유리 막시모프의 피가 물감처럼 라이트 세이버에 덧칠되었다.

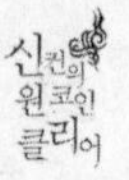

그녀는 칼을 전혀 의식하지 않는 듯, 태양을 바라보며 입술을 달싹였다.

"그냥 죽여."

"뭐?"

"처음부터 그럴 생각이었잖아."

툭.

유리 막시모프가 두 손가락으로 라이트 세이버의 검날을 건드렸다.

막대한 마나로 구동되는 원자날이 그녀의 손가락을 동강 냈다.

"여기 진짜는 '너'랑 '쟤'밖에 없어. 맞지?"

"뭐?"

순간 뜨겁게 달아올랐던 머리가 순식간에 차갑게 식었다.

"이렇게 무르면, 올라오기 힘들어."

"잠깐, 잠깐만."

갑작스러운 그녀의 말을 따라잡지 못한 태양이 그녀를 제지했다.

하지만 그녀는 말을 멈추지 않았다.

"윤태양, 다음에는 위에서 봐."

"무슨!"

"죽지 말고."

유리 막시모프가 발걸음을 옮겼다.

왼쪽에서, 오른쪽으로.

툭.

그녀의 목이 그대로 굴러 떨어졌다.

[여명을 마주하라. + 플레이어 '유리 막시모프'를 처치하라. – 1/2 Pass]

태양의 얼굴이 일그러졌다.

"아니, 이게 무슨."

–뭐야? 어떻게 된 거야?

현혜 역시 당황해서 말을 잇지 못했다.

–유리 막시모프가 스테이지 관련해서 알고 있었던 거임?

–원래 목표는 그런 건가?

–ㄴㄴ 에이드 오블리비아테는 안 그랬잖음. 다른 곳에서도 안 그랬고.

–그럼 말이 안 되잖아.

–NPC가 10층에서 15층 스테이지를 미리 알고 죽어 줬다고?

–뭔데 이거?

–아는 건 아는 거고. 왜 죽어 주는데? 애초에 윤태양이랑 일면식도 없을 텐데.

–주작인가?

채팅 창 역시 혼란의 도가니가 되었다.

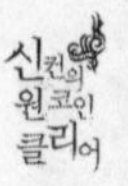

하지만 명확히 진실을 짚는 이는 없었다.

[새벽이 다가왔습니다. 대기가 얼어붙고, 망령이 날뛰기 시작합니다.]

[여명이 다가옵니다.]

"받아."

태양이 짧은 시간을 들여 급하게 무두질한 백곰의 가죽을 란에게 내밀었다.

창백한 얼굴의 란이 떨리는 손으로 백곰 가죽을 제 어깨에 둘렀다.

"쿨럭."

"괜찮아?"

"괜찮아 보여?"

"아니. 예의상 물어본 거지."

란의 날 선 반응에 태양이 떨떠름하게 대답했다.

사실 태양이 치고 들어가 줘야 하는 타이밍에 그렇게 하지 못해서 란이 당했으니, 태양 본인은 할 말이 없긴 했다.

란은 유리 막시모프의 메이스에 크게 한 번 얻어맞은 후 컨디션을 회복하지 못하고 있었다.

란이 바닥에 주저앉은 채 미간을 찌푸리며 중얼거렸다.

"물리적인 공격 주제에 영혼을 건드리다니. 악질적이야."

유리 막시모프의 '이데아 접속'.

란의 말에 따르면, 그녀의 몸을 강타한 메이스가 그녀가 쌓아 온 '주술 신경'을 건드렸다는 모양이었다.

주술 신경은 주술사들이 자연과 접속하기 위해 단련하는 감각이었다. 란과 같은 풍술사(風術士)의 경우 '바람'과의 교감이 흐트러지는 것이다.

태양이 란 옆에 털썩 주저앉았다.

숲의 나무들은 어느새 기다란 고드름이 맺혀 있었다.

"그래도, '새벽'은 준비만 착실히 해 놓으면 별거 없어서 다행이네."

—준비가 별게 아니었잖아.

현혜가 한마디 거들었다.

유리 막시모프를 죽인 이후, 태양은 그녀에 대해 고민할 시간도 없이 바쁘게 움직였다.

백곰 가죽, 백사의 내단, 나무 정령의 숨결과 드라이어드의 가호까지.

'새벽' 대비에 필요한 물건들을 모조리 구했기 때문이다.

하지만 그동안 란은 주술 신경이 상처 입은 채 풍술을 펼쳐 괴수들을 상대한다고 상황이 더 악화되어 있었다.

"태양, 지금부터 명상에 들어갈 거야."

"명상?"

"무림인으로 따지면 운기조식 같은 건데. 흠. 뭔지 알아?"

"대충은. 건드리지 말라는 거 아니야?"

란이 부채를 펴 흔들었다.

바깥의 차갑고 칼날 같은 공기와는 다른, 포근하고 부드러운 공기가 마을 건물에 감돌았다.

"건드리지 말고, 말 걸지도 말고, 다른 문제 생기면 최대한 조용하게 해결. 알아들어?"

"거, 조건이 되게 많네?"

"지금 이게 누구 때문인데!"

"아, 그냥 많다고. 숙지하려고."

란이 슬쩍 태양을 바라봤다.

분명 둘의 관계는 압도적으로 태양이 갑인데, 그는 그렇지 않은 것처럼 행동했다.

'다행이지, 다행이야.'

빌어먹을 언약.

유리 막시모프에게 당해 영혼이 흔들리면서, 역설적으로 그녀에게 부정적인 작용을 하던 언약이 그녀의 영혼을 더 강력하게 붙들게 되었다.

덕분에 피해가 줄긴 했다.

하지만, 언약이 강화된 것은 그녀에게 좋지 않았다.

행동의 제약이 생긴 건 아니지만, 어겼을 경우 풍술은 물론,

주술 신경이 날아갈 정도로 강력하게 묶여 버렸다.

'차원 미궁의 끝에 오르는 거 말고, 이 언약을 깨뜨릴 방법이 있을까?'

태양의 의지를 넘어선 제약이 되어 버렸다.

란은 한편으로 생각했다.

이 언약, 깨뜨리지 않아도 상관없지 않을까?

이내 그녀가 고개를 저었다.

"아니, 그건 아니지."

"어?"

"명상 들어간다고."

"그래. 스테이지 종료까지 남은 시간은 약 4시간 정도야. 숙지해 둬."

태양의 목소리를 들으며 란이 눈을 감았다.

태양은 잠시 란을 관찰하다가, 건물 밖으로 나갔다.

탁.

건물 안보다 춥기는 했지만, 이미 '새벽'에 대한 대비가 완비되어 있었기 때문에 상관없었다.

-왜 나와? 안 추워?

"말 걸지 말라고 했잖아. 혼잣말도 못 하겠고. 답답해서."

-언제부터 그렇게 신경 썼다고.

"소중한 전력이잖아. 풍술 덕도 많이 봤고. 회복 잘하게 신경 써 줘야지."

태양이 히죽 웃었다.

"질투하냐?"

-또 말 같지도 않은 소리 시작하네.

후우우웅.

건너편의 숲에서 귀기(鬼氣) 섞인 바람이 불어왔다.

태양이 미리 챙긴 드라이어드의 숨결을 활성화했다.

청아한 숲의 정령이 귀기를 부드럽게 밀어냈다.

'새벽'은 추위와 귀신의 시간이었다.

귀신.

생존한 플레이어가 낮 동안 죽인 모든 생명체가 영혼의 형태로 다시 나타나는 것이다.

생명체. '황혼' 시간대에 날뛰던 괴수와 다른 플레이어가 영혼으로 나타났다.

"생각해 보니까, 숲에 다른 플레이어는 그럼 유리 막시모프의 영혼을 상대해야 하는 건가?"

-그러네. 그거 상대하는 사람은 억울해 죽겠다.

물론 태양처럼 대비가 확실하면 영혼이 접근하지 못하지만, 유저처럼 N회차로 차원 미궁을 오르는 게 아닌 이상 보통은 불가능하다.

옷깃 사이로 파고 들어오는 추운 바람을 느끼며 태양이 중얼거렸다.

"현혜야, 나 오늘 좀 제대로 느꼈어."

-뭘?

"이제까지 진짜 잘해 온 줄 알았는데. 부족하다는 거."

현혜는 대답하지 않았다.

대답을 듣지 않아도, 태양은 알 수 있었다.

그녀도 같은 생각을 했겠지.

"우리, 더 할 수 있었잖아."

-여기서 뭘 어떻게 더해.

"아니. 더 할 수 있었어. 업적도 더 얻을 수 있었고, 장비나 카드도 더 얻을 수 있었을지도 몰라."

-그건…….

"물론, 중요한 건 네가 어련히 다 챙겼겠지만."

현혜는 태양이 어떤 이야기를 하려는지 알았다.

플레이 스타일의 문제다.

이제까지 현혜는 효율적인 플레이를 추구했다.

72층은 멀고, 페이스 조절이 필요했다.

게임에 갇혀 있을 별림의 생각 역시 해야 했기 때문에, 괜히 손이 많이 가거나 시간을 들여야 하는 루트는 피하기도 했다.

즉, 이제까지 태양은 중요한 오브젝트는 모두 챙기되, 굳이 비효율적인 선택지를 선택하지는 않았다.

"예외가 몇 가지 있긴 했지."

'Endress Express' 스테이지의 백룡 운타라와 같은 경우가 바로 예외였다.

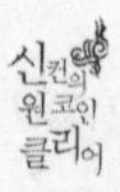

운타라를 잡으면 '드래곤 하트' 업적을 달성할 수 있는 것을 알았지만, 현혜는 그것이 과도하게 위험부담이 크고 시간적으로도 비효율적이라고 생각했었다.

상황이 그렇게 진행되지 않았다면 태양은 굳이 운타라를 잡는 데 목을 매지 않았을 것이었다.

"더 높이 가려면, 이거로는 부족해."

-……지금도 이미 충분히 어렵게 가고 있어.

"부족했잖아."

후욱.

태양이 허공에 대고 바람을 불었다.

체내에서 빠져나온 숨이 차가운 공기와 만나 김이 되어 나왔다.

-ㄷㄷㄷㄷ '천재'의 각성.

-윤태양 심기일전 ㄷㄷㄷㄷ.

-유리 막시모프는 알까? 건드려선 안 될 것을 건드려 버렸다는 걸?

-아 ㅋㅋ 55층 딱 대. 킹신 윤태양이 나가신다!

-아니, 근데 이거보다 더 잘할 수가 있음?

-있대잖아.

-말이 안 되니까 그렇지.

-의심 ㄴ.

[5-3 하루(Long Day): 여명을 마주하라. + 플레이어 '유리 막시모프'를 처치하라. - Pass]

[획득 업적: 알뜰한 생존가, 노상강도, 마을 이장, 알파 솔라(Alpha Sola) 대면, 불사자(不死者) 사냥, 철저한 준비, 귀신과 거리두기, 유리 막시모프 처치(7), 하루(Long Day) 클리어]

[금화: +7, 현 보유: 422]

여명이 뜸과 동시에 태양과 란은 책 바깥으로 튕겨 나왔다.

-와, 몇 개임?

-빨리 세 줘!

-15개.

-ㄷㄷㄷ 윤태양 업적 122개 달성!

-125개 ㄲㅂ.

-올타임 레전드다 진짜 ㅋㅋㅋㅋㅋ.

-ㄹㅇㅋㅋㅋㅋㅋ 이제 접속도 못해서 진짜루 깰 사람 없잖어. ㅋㅋㅋ.

태양이 슬쩍 란을 바라봤다.

"잘됐어?"

"뭐, 나쁘지 않아. 어느 정도는……. 회복했어."

"어느 정도라니. 전력 손상이 있는 거야?"

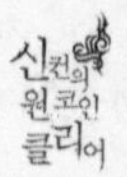

란이 고개를 저었다.

그녀는 왠인지 심란한 얼굴이었다.

"아니. 전력 손상은 없어. 그 부분은 완벽히. 다만……."

"다만?"

"아니야. 너랑은 상관없는 이야기야."

"선 긋네."

"그어야지. 뭐가 예쁘다고 너한테 미주알고주알 다 말해 줘야 하냐?"

그건 또 맞는 말이었다.

태양이 머쓱해져서 어깨를 으쓱 넘겼다.

그나저나.

태양이 앞을 바라보며 중얼거렸다.

"무슨 일이실까."

그의 앞에는 두 남자가 있었다.

15층의 주인, 안드라스.

그리고 단탈리안.

안드라스의 까마귀 눈이 곱게 접혔다.

"층을 졸업하는 플레이어인데, 한 번쯤 얼굴을 볼 수도 있지 않겠나. 평가도 내려야 하고 말일세."

"아, 그쪽 말고."

태양이 단탈리안을 바라봤다.

"3층 담당 마왕 아니었어, 당신?"

"그가 자네에게 제안할 게 있다고 하더군."

"제안?"

단탈리안이 싱긋 웃었다.

"오랜만에 보는군요. 플레이어 윤태양."

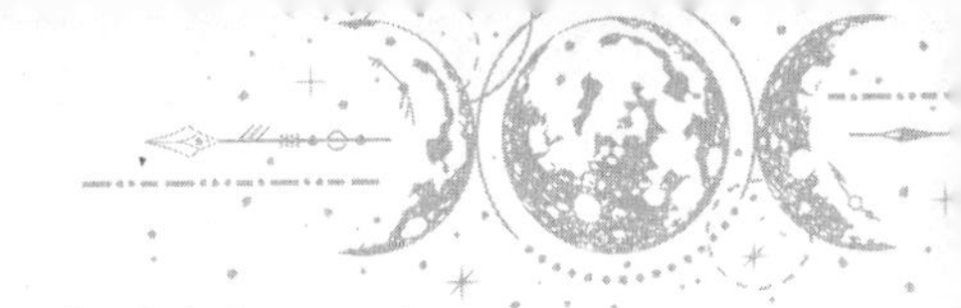

통합 쉼터(1)

단탈리안이 싱긋 웃었다.

"오랜만에 보는군요. 플레이어 윤태양."

채팅 창이 좌르륵 내려갔다.

–얘가 왜 여기서 나와?

–? 여기 3층 아닌데.

–단하(단탈리안 하이라는 뜻).

사실, 다른 층에서 마왕이 등장하는 일이 아주 없지는 않았다. 16부터 18층을 맡은 마왕 발락이 30층대에서 등장하는 경우도 있고, 25층에서 27층을 맡은 마왕 그레모리가 17층에서 모습을 보인 적도 있었다.

하지만.

15층 밑에서 이런 일이 있었던 적은 없었다.

–그리고 여기 있는 플레이어는 윤태양이랑 란박에 없는데, 이거 사실상 그냥 윤태양 만나러 온 거 아님?

–와, 윤태양은 진짜 레전드다. 뭐 할 때마다 혼자 히든 피스 찾아내네.

–ㄹㅇ 그냥 뭐 하기만 하면 역대 최초니깐.

–첫 경험 전문가 ㅗㅜㅑ.

–이쯤 되면 윤태양이 운영자였던 거 아니냐?

–ㄹㅇㅋㅋ.

태양은 아무 말도 하지 않고 단탈리안을 바라봤다.

내심 현혜의 도움을 기다렸지만, 현혜 역시 말이 없었다.

시청자든, 현혜든, 혹은 방송을 보고 있을지 모를 전 랭킹 1위 KK든.

모두에게 예상 밖의 상황이었고, 처음 겪는 일이었다.

단탈리안이 안드라스에게 일렀다.

"먼저 평가부터 하시죠."

"그게 낫겠나?"

"아무래도. 설명이 약간 길어질 테니까요."

안드라스의 까마귀머리가 까딱였다.

쿠웅.

하늘에서 커다란 석판이 떨어져 내렸다.

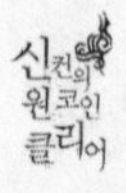

[다른 플레이어와 차별화되는 압도적인 기량은 밑의 층에서 이미 증명했기 때문에 놀랍지 않았다. 그렇기에 더욱 가혹한 시련을 내렸고, 플레이어 윤태양은 이를 훌륭히 극복해 내었다. 더 이상의 미사여구는 필요 없다. 15층까지의 시련으로는 플레이어 윤태양의 잠재력을 끝까지 긁어 내지 못했다. 이런 플레이어가 역대로 치더라도 몇 명이나 있었는지. 놀라울 뿐이다.]

[획득 업적: 안드라스 공인 S+등급.]

[추가 보상: 130골드.]

S+등급.

태양이 고개를 끄덕였다.

받을 만했다.

9~12층.

즉, 키메리에스의 층에 비교해서 생각해 봐도, 훨씬 어려웠다.

"드라큘라랑 유리 막시모프는 솔직히 선 많이 넘었지."

-14층에서 너무 꿀 빨아서 걱정했는데, 다행이네.

오히려 못 받았으면 억울할 뻔했다.

안드라스가 인자한 목소리로 말을 걸어 왔다.

"지금까지는 더할 나위 없었네. 위층 마왕들 사이에서도 자네에 관한 이야기가 나올 정도야."

"흠, 칭찬은 고맙게 받을게."

"하하, 뭘 모르는군. 마냥 좋게 들을 일이 아니야."

안드라스가 슬쩍 몸을 굽히고, 비밀을 말해 주듯 속삭였다.

"위의 마왕들은 하나같이 자극적이고 가학적이거든. 자네를 가혹한 스테이지에 집어넣고, 발버둥 치는 걸 보며 즐기겠지."

"그 정도야. 당신들도 마찬가지였잖아?"

태양의 말에 안드라스의 눈꼬리가 휘어졌다.

"적어도 우리는 모든 플레이어에게 공평하게 시련을 부과했어. 그런 규칙이거든. 하지만 이제부터는 아닐 걸세. 자네는 유명해졌고, 위의 마왕들은 자네를 시험해 보고 싶어 할 거야."

태양의 눈썹이 꿈틀거렸다.

"읽었나? '15층까지의 시련으로는 플레이어 윤태양의 잠재력을 끝까지 긁어 내지 못했다.'"

"아."

"이후의 스테이지에서 마왕들은 자네의 한계를 보고 싶어 할 걸세."

안드라스가 설명했다.

태양은 정말 오랜만에 나오는 인간 종족의 '대형 신인' 플레이어인 모양이었다.

어떤 마왕은 순수하게 태양의 한계를 궁금해하기도 할 것이고, 어떤 마왕은 그런 새싹을 꺾는 것으로 제 욕망을 투영하기도 한다고.

어쩌면 태양을 위한 스테이지를 만드는 마왕이 나타날지도 모른다고 이야기하기까지 했다.

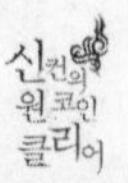

"결국, 어려워질 거다?"

"그럴 의도는 아니었지만, 겁주는 모양새가 되어 버렸군. 그러네. 마음의 준비가 필요할 거야. 자네의 말 그대로 어려워질 걸세."

그때 단탈리안이 나섰다.

"그래서, 제가 온 겁니다."

태양이 단탈리안을 바라보자 그가 과장된 몸짓으로 양팔을 벌렸다.

"그전에, 먼저 설명이 필요하겠군요."

"설명?"

"당신에게 왜 선택지가 5개밖에 없었는지에 대해서."

태양의 고개가 삐딱하게 꺾인다.

"그래. 솔직히 말이 안 된다고 생각하긴 했어. 아무리 내가 업적을 많이 쌓았다지만 말이야."

"맞습니다. 쉬운 선택지를 고르지는 못했겠지만, 규칙을 정확히 따졌다면, 당신이 고를 수 있는 선택지는 적어도 200개는 더 있었죠."

200개.

넓고 방대했던 도서관의 규모를 생각하면 적은 가짓수지만, 태양이 도서관을 구석구석 다 뒤져서 고작 5개의 선택지를 찾아냈던 걸 생각하면 충분히 많았다.

"그걸 네가 임의로 줄였다는 이야기야, 지금?"

"맞습니다. 그것이 바로 '시련'입니다."

단탈리안이 설명을 이었다.

시련.

마왕이 특정 플레이어의 상황에 개인적으로 간섭하는 상황.

"그리고 높은 확률로, 당신은 이런 일을 더 많이 겪을 겁니다."

태양은 어떻게 반응해야 할지 고민했다.

결론은, 태양이 너무 대단한 플레이어여서 NPC들이 임의로 난이도를 올렸다는 이야기 아닌가.

―와. ㅋㅋㅋㅋ 너무 잘하니까 시스템 측에서 자체적으로 난이도 조절을 했다는 거임?

―ㄹㅇㅋㅋㅋㅋㅋㅋ 대박이네.

―진짜 갓겜이긴 하다.

―갓겜이라기보다는 개발자의 집념이 느껴진다.

―ㄹㅇ... 죽어도 클리어 못 하게 만들겠다는 집념이네.

―와. ㅋㅋㅋ 이거 근데 윤태양은 깰 수 있는 거 맞냐?

―진짜루. 사실상 원 트라이 클리어해야 되는 거잖음. 로그아웃도 못 하고.

단탈리안이 말을 이었다.

"물론, 마왕도 이런 일을 저지르면 대가를 치러야 합니다."

"대가?"

"노동을 치른 고용인에게는 보상이 있는 법 아니겠습니까."

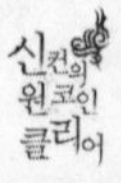

단탈리안이 태양을 향해 손을 내밀었다.

동시에 그가 들고 있던 책이 허공에 펼쳐졌다.

"플레이어 윤태양, 제안하겠습니다."

투웅.

책에 박혀 있던 붉은 보석에서 마나의 파동이 일어났다.

동시에 태양의 주변이 새까맣게 명멸했다.

"이게 무슨."

태양이 주변을 둘러보았다.

1초 전까지 옆에 서 있던 란도, 반대편에 서 있던 안드라스도 보이지 않았다.

태양은 본능적으로 그가 서 있는 곳이 이제까지와는 다른, 이질적인 장소라는 사실을 깨달았다.

불안해진 그가 나직이 읊조렸다.

"현혜야?"

–어, 보여. 방송은 되고 있어.

단탈리안이 그런 태양을 보며 웃었다.

"당황하셨군요."

당황했냐고?

당연하다.

한 번도 겪어 보지 못한 일이니까.

"아무튼, 제안하겠습니다. 플레이어 윤태양. 저의 후원을 받으시죠."

"후원?"

단탈리안의 언급과 동시에 증강 현실이 나타났다.

[제71계위 마왕, 천변(千變)의 단탈리안이 플레이어 윤태양에게 후원을 제의했습니다.]

[제안을 받아들이면, 플레이어 윤태양은 마왕 단탈리안의 '권능'을 일부 계승할 수 있습니다.]

—미친, 권능이라고?

현혜가 경악성을 내뱉었다.

—히든 클래스 ㄷㄷㄷ.

—미쳤다.

—아니 단탈리안이 이런 게임이었냐고 ㅋㅋㅋㅋㅋ.

—미치겠다, 제작진. ㅋㅋㅋㅋㅋ 콘텐츠를 만들어 놓고 유저한테 보여 주질 않았던 거임. ㅋㅋㅋㅋ.

—게임 잘하는 애만 볼 수 있는 루트 ㄷㄷ

—아니, 기준이 너무하잖아. 윤태양 전용 루트 뭐냐고 ㅋㅋㅋㅋㅋ.

태양이 침을 꿀꺽 삼켰다.

놀람을 감추기 위해 반사적으로 눈살도 찌푸렸다.

"권능? 계승?"

단탈리안이 고개를 끄덕였다.

"아, 그렇죠. 제가 너무 성급했네요. 죄송합니다. 설명을 먼저 한다고 해 놓고 말이죠."

후웅.

단탈리안과 태양을 감싸고 있던 검은 벽면 중 하나가 열리며, 화면이 나타났다.

화면 안에서는 한 플레이어가 전투를 치르고 있었다.

태양의 시야를 통해 화면을 본 현혜가 중얼거렸다.

-미네르바.

단탈리안이 딱, 하고 손가락을 부딪쳤다.

"화면 안의 플레이어는 미네르바라는 이름을 가진 여성입니다. 에덴 차원, 마녀의 숲 출신의 엘리트 마녀지요. 통합 쉼터에 진입하면 그녀가 누군지 알게 될 겁니다만, '위치스'라는 클랜의 장을 맡은 영향력 높은 플레이어이기도 합니다."

화면 안의 미네르바가 수인을 맺자, 하늘에서 번개가 떨어져 내렸다.

콰릉.

그녀가 상대하던 괴수들이 바싹 구워졌다.

손끝에서 줄기줄기 빠져나오는 마나가 그녀의 기량을 대변했다.

괴수는 계속해서 튀어나왔다.

번개에 지져지고, 불타오르고, 대지에 찢기고, 물에 잠겨도 끝없이 덤벼들었다.

화면 속의 마녀, 미네르바가 입술을 비틀었다.

이내 그녀가 중얼거렸다.

권능: 파멸의 빛.

화면을 바라보던 단탈리안이 설명을 보충했다.

"파멸, 안드라스의 이명이죠."

검붉은 빛덩어리가 괴수들을 향해 떨어졌고, 그 빛에 닿은 괴수들은 그대로 스러졌다.

영상의 현실감이 얼마나 대단했는지, 화면을 바라보던 태양의 피부가 욱신거릴 정도였다.

"미네르바는 가장 최근에 마왕의 후원을 받은 인간 종족의 플레이어입니다."

단탈리안이 태양을 돌아봤다.

"안드라스의 후원을 받은 뒤, 그녀는 차원 미궁에 퍼져 있는 마녀들을 한 단체로 규합했죠. 그렇지 않아도 강력한 플레이어였지만, 글쎄, 그녀가 후원을 받지 않아도 벌일 수 있었던 일일까요?"

단탈리안이 미소를 짓는다.

의도가 불분명한, 태양의 시선에선 의뭉스러운 웃음이다.

"당신이 상대했던 유리 막시모프 역시, 마왕의 후원을 받았습니다."

태양의 눈이 번뜩였다.

"물론, 당신과 상대할 때는 아직 후원을 받기 전이었습니다만."

"더 강해졌겠군."

"지금 인간 족에서 거론되는 랭커 대부분이 그렇습니다. 아직 '당신은 모르시겠지만'. 허공, 카인. 두각을 드러내고 있는 플레이어는 마왕의 후원을 받고 있죠."

단탈리안의 입 밖으로 나오는 이야기는 충격적이었다.

-헐.

-그들만의 리그였네.

-___ 플레이어가 지는 이유가 있었네.

-그건 아니지. 유리 막시모프 생각해 보셈. ㅋㅋ 15층 스킬세트 가진 윤태양이 10층 유리 막시모프랑 반반 갔는데.

-윤태양이 이겼잖음.

-10층 스킬셋 윤태양이어도 이겼을까?

태양이 반문했다.

"궁금한 게 있어."

"말씀하세요."

"마왕이 얻는 건 뭐야?"

딱.

단탈리안의 손가락이 맞부딪쳤다.

"마왕이 얻는 것. 그건 과시와 성취감이지요."

"과시? 성취감?"

"강력한 플레이어가 '본격적인' 두각을 드러내기 전에 후원함으로써, 자신의 안목을 과시하는 거지요. 마찬가지로 후원을 통해 플레이어를 키우면서 성취감을 느낍니다."

태양의 눈썹이 꿈틀거렸다.

아니, 이건 꼭.

"애완동물 키우는 것도 아니고."

단탈리안이 웃었다.

"애완동물! 아주 적절한 비유군요. 정말로 어떤 마왕들은 그런 방식으로 플레이어에게 접근하기도 합니다. 하지만."

단탈리안이 웃음을 거뒀다.

"전 아닙니다. 전 '투자자'의 개념으로 당신에게 접근한 겁니다."

"투자자?"

"그렇습니다, 투자자. 전 계산이 아주 철저한 마왕이거든요. 과시, 성취감. 이런 것은 저에게 해당되지 않습니다. 전 당신이 성장해서 이 차원 미궁의 판도에 영향력을 가지길 바랍니다."

"영향력을 가져서, 당신이 원하는 대로 주무르고 싶다?"

"그렇습니다. 물론, 플레이어 윤태양이 좋은 실적을 내고, 강력한 영향력을 가지는 겁니다. 전 그걸 토대로 당신의 영향력을 더 넓힐 수 있게 '권능'을 후원하고, 행동을 지시하는 거지요."

딱.

단탈리안이 다시 한번 손가락을 튕기자, 미네르바를 보여 주던 화면이 바뀌었다.

그것은 커다란 세력도였다.

—허억.

현혜가 숨을 집어삼켰다.

"차원 미궁의 설계자는 72명의 마왕 모두입니다만, 플레이어에게 정보를 제공하는 마왕은 없습니다. 저는 '권능'에 더해, 당신에게 정보까지 제공하겠습니다."

단탈리안이 태양에게 손을 내밀었다.

다시 한번 증강현실이 나타났다.

[제71계위 마왕, 천변(千變)의 단탈리안이 플레이어 윤태양에게 후원을 제의했습니다.]

[제안을 받아들이면, 플레이어 윤태양은 마왕 단탈리안의 '권능'을 일부 계승할 수 있습니다.]

붉은 보석이 빛을 내뿜었다.

단탈리안의 창백한 손바닥을 보며 태양이 미소 지었다.

그리고 대답했다.

"아니."

—태양아?

"안 받을래."

만남 이래 처음으로, 단탈리안의 미소가 깨졌다.

"아니."

—태양아?

"안 받을래."

만남 이래 처음으로, 단탈리안의 미소가 깨졌다.

단탈리안이 가까스로 표정을 고친다.

"조금만 더 생각해 보시죠. 아직 제 '권능'이 어떤 것인지도……."

웃긴다.

권능이 어떤 능력인지 알려 주지도 않고 먼저 계약부터 맺자고 달려든 주제에.

코웃음 친 태양이 단탈리안의 말을 끊었다.

"아니, 됐어."

"예?"

"네가 나에게 주겠다는 그 권능이 어떤 건지, 네가 나에게 줄 수 있는 게 어느 정도인지 잘 모르겠지만 말이지."

—태, 태양아. 이래도 되는 거야?

현혜의 목소리에 당황스러움이 잔뜩 묻어난다.

사실 태양에게도 완벽한 확신은 없다.

하지만 그에겐 다년간 '프로게이머'로서 지낸 일말의 경험이 있다.

"하지만 안드라스와 그쪽의 반응으로도 알 수 있는 사실이 있어."

태양이 씨익 웃었다.

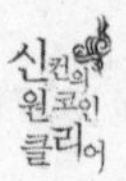

"내가 충분히 강하고, 충분히 경쟁력 있다는 거지."

단탈리안이 무언가 말을 덧붙이려 했지만, 태양의 말이 먼저였다.

"이대로 스테이지에 올라가면 다른 마왕들도 나에게 접촉하겠지. 단탈리안 당신의 말대로, 내가 유능하고 가능성이 있는 플레이어라면 말이야."

"그건……."

"그때 이야기하자고."

높은 몸값을 받는 가장 간단한 방법.

여러 팀과 연락을 유지하면서 그들이 경쟁하는 걸 지켜보는 거다.

굳이 팀 하나하나랑 기 싸움을 할 필요가 없다.

싸움은 저들끼리. 나는 과실만 챙기면 된다.

능력 있는 선수는 항상 그런 위치에 있는 법이다.

후우우웅.

태양과 단탈리안을 감싸고 있던 어둠이 걷혔다.

란이 태양에게 달려가 태양의 팔을 붙잡았다.

"태양!"

"깜짝이야. 왜?"

후웅.

부지불식간에 짧은 바람이 태양을 스쳤다.

란이 풍술(風術)을 사용해 가면서 태양의 몸을 확인했다.

'신체 전반에 마기가 침입한 현상은 없다. 변형된 것도 없고. 인외(人外)의 기운은……. 용(龍) 특유의 기운은 여전해. 그 외에는……. 없네.'

후욱.

태양의 손을 붙잡은 채, 란의 풍술이 이번에는 더욱 깊숙이 들어갔다.

'영혼.'

역시 순수한 인간의 혼이다.

마왕과의 접촉 흔적은 없다.

"뭐 하냐?"

부지불식간에 손이 붙들린 태양이 당황해서 물었다.

란이 미간을 찌푸렸다.

"단탈리안과 계약 맺은 거 아니었어?"

"누가 그래?"

"저쪽에서 그러시던데."

란이 소심한 몸짓으로 안드라스를 가리켰다.

"아, 그거."

태양이 히죽 웃었다.

"안 맺었어."

"뭐?"
"일단, 넘어가자고."
"어, 어."
얼떨떨한 얼굴의 란.
태양이 란의 손을 떼어 내며 마왕들에게 가볍게 목례했다.
굳은 얼굴의 단탈리안과 읽을 수 없는 표정의 안드라스.
안드라스만 태양의 목례에 응했다.
"그럼, 이만."
태양이 문을 열었다.

[통합 쉼터에 입장했습니다.]

통합 쉼터.
차원 미궁을 15층 이상 오른 플레이어들이 모두 공유하는 쉼터.
그동안의 쉼터는 3층 단위로 끊어져 새로운 배경을 제공했다.
3층과 4층 사이의 쉼터에는 3층을 클리어한 플레이어만 거주할 수 있었고, 6층과 7층 사이의 쉼터는 6층을 클리어한 플레이어만 거주할 수 있었다.

모든 쉼터는 독립적이었다.

심지어 6층과 7층 사이의 쉼터는 마왕 벨리알이 직접 관장하기도 했다.

하지만 통합 쉼터는 아니다.

15층을 클리어한 플레이어든, 18층을 클리어한 플레이어든, 30층을 클리어한 플레이어든, 3층 단위로 끊어지는 마왕의 시련을 이겨 내고 나면 모두 통합 쉼터로 돌아오는 것이다.

통합 쉼터는 새로운 체험의 환경이 아니라, 플레이어들의 '돌아올 곳'.

집과 같은 역할을 해 주는 공간이었다.

"3시간 뒤에 아그리파 경매!"

"뭐? 3시간 뒤에?"

"아그리파 기사단? 돌아왔어? 어떻게 됐대?"

"뭘 물어? 잘됐겠지! 오자마자 물건을 털어 내려고 경매라니, 이번엔 또 얼마나 긁어모은 거야?"

"저번에 단테 상회도 그랬는데 별거 없었잖아."

"단테랑 아그리파랑 같니? S급 클랜이 괜히 S급이겠냐고."

플레이어들이 웅얼거리는 사이, 허공에서 건물이 떨어져 내렸다.

"우와아아앗! 장비 상점!"

"장비 상점? 아그리파 기사단이 장비 상점을 따 왔다고?"

"장비 상점이면, 47층 아니야?"

"젠장! 믿고 있었다고!"

콰아아아아앙!

이동식 컨테이너에서 양복을 입은 미니어처 악마가 나와 인사했다.

"안녕하십니까. 이동 상점 오토메일 '만'입니다. 본 상점은 내일부터 다음 점령전이 진행될 때까지, '인간 진영'에서 운영됩니다. 운영 시간은 오전 7부터 오후 5시까지. 많은 이용 바랍니다."

"골드를 모아 놓길 잘했군."

"오토메일? 방어구 전용 상점 아니야?"

플레이어들이 삼삼오오 모여서 떠들어 댔다.

최전선에서 활약하는 플레이어들의 성과에 따라 통합 쉼터에 추가되는 오브젝트가 달라졌다.

뒤따라가는 플레이어들은 앞선 플레이어들의 원조를 받아 그들을 따라잡고, 같이 최전선을 헤쳐 나가라는 의도로 설계된 시스템이다.

"에이, 그래 봤자 가장 좋은 매물은 위의 클랜 녀석들이 쓸어 갈 텐데. 뭐 볼 거 있겠어?"

"그래도 없는 것보다는 낫잖아."

"빌어먹을, 이번엔 어디려나……."

"위치스? 50층에서 골드 좀 끌어왔다던데, 이번에 풀겠네."

"위치스 클랜에서? 아그리파가 두고 보겠어?"

"그러게 말이야. 그런데 아그리파 기사단도 이번 원정 전에 돈 좀 쓰고 갔잖아. 못 막을걸?"

"하긴. 이번 경매에서 돈 꽉 당겨도, 그땐 이미 위치스에서 가져갔겠는데?"

"천문이랑 강철 늑대 용병단은 뭐 하신다냐? 최전선 들어가시고 통 안 보이는 것 같다."

"글쎄. 잘못되지만 않았으면 좋겠네. 이동 상점 하나 따온 건 좋은데 이래 놓고 강화소가 털려 버리면 무슨 의미야."

카페에 앉아 그들을 바라보고 있던 위치스 클랜의 영입부장, 아르메스가 팔을 괸 채 중얼거렸다.

"염병하네."

위치스가 돈이 많다느니, 장비를 다 털 거라느니.

모르는 이야기다.

정말로.

저들은 위치스 클랜에 대해 아무것도 모른다.

"뭐? 남자를 받자고?"

"미네르바 언니, 그렇게 열을 낼 게 아니라……."

"남자고 여자고 따질 게 아니라니까? 우리가 마지막으로 받은 신입이 언제야? 벌써 1년도 넘었어. 15~20층, 20~25층 클랜전 이번에도 포기할 거야? 우리 이러다가 진짜로 B급으로 격하 당한다니까?"

"20~25층은 마고가 가면 되잖아!"

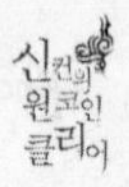

"언니! 마고도 이제 30층 넘어갔어. 두 단계 밑으로 내려가려면 카드 여섯 장 떼고 들어가야 된다고."

"그래도 남자는 안 돼! 우리 클랜 이름이 위치스인데!"

아르메스가 이마를 부여잡았다.

위치스 클랜장 미네르바와 2인자 마샤의 말싸움에 새우처럼 등이 터졌던 기억이 선명했다.

"이미 장비는 우리 애들 장비는 다 최상급이지. 클랜에 입단하는 플레이어는 없지. 우리가 상점을 털게 생겼냐고. 쓸 데가 없는데."

하아.

그녀가 땅이 꺼져가 한숨을 내쉬었다.

"그래서 나보고 어쩌라는 거야. 여자만 데려가면 마샤 언니가 닦달할 테고, 남자를 데려가면 미네르가 언니가 비명을 지를 테고. 하아, 이번 애는 제발 여자였으면."

그때, 아르메스가 바라보고 있던 건물에 불이 들어왔다.

건물의 명칭은 '쉼터 입구'.

통합 쉼터에 처음 들어오는 신입 플레이어들이 나타나는 곳이었다.

"앗, 다 못 마셨는데."

아르메스는 다 마시지 못한 커피를 탁자에 두고, 카페를 빠져나왔다.

어디서들 그렇게 지켜보고 있었던 건지, 몇몇 플레이어들이 아르메스와 같은 건물로 향한다.

그녀가 슬쩍 움직이는 사람들을 관찰했다.

'저쪽은 천문. 저 여자는 미르바 소속 아니었나? 왜 강철 늑대의 헤드 스카우터랑……. 아, 이번에 강철 늑대로 이적했지. 마리아나 수도회는 역시나 나왔고. 흠, 아그리파가 없네? 아, 하긴.'

3개의 S급 클랜, 7개의 A급 클랜 중 최소 4개의 클랜이 말단 스카우터가 아닌, 높은 지위의 플레이어를 상주시키고 있다.

곧 들어올 신인 플레이어에 대해 촉각을 곤두세우고 있다는 뜻이다.

아르메스가 슬쩍 둘러본 것으로 이 정도니, 그녀가 발견하지 못한 이들을 따지자면 대다수의 상위권 클랜이 신경 쓰고 있는 것 같았다.

본래 A, S급의 상위 클랜은 신인에 관해 신경 쓰지 않았다.

적당히 C급, B급 클랜에 들어가는 플레이어 중에서 두각을 보이는 이들이 있으면, 뒤늦게 좋은 조건을 제시하면 되기 때문이다.

'하지만 이번은 달라.'

위치스의 클랜장, 미네르바가 안드라스에게 전언을 들었다.

'랭커'의 싹이 올라오고 있다는 소문.

안드라스가 미네르바에게 전언을 줬듯이, 다른 마왕도 자신이 후원하는 플레이어에게 전언을 줬으리라.

강력한 신인은 낮은 층의 클랜전을 이끌어 줄 소중한 재원이다.

그리고 그 재능이 높은 층에서도 통한다면, 전선에서 뒤를 맡길 동료가 될 수도 있고.

"여기가 통합 쉼터인가?"

"크네."

남자 하나, 여자 하나.

아르메스의 눈은 당연히 여자부터 살폈다.

색적.

후웅.

아르메스의 손에서 마나 파동이 일어남과 동시에 황금빛 장막이 생겨났다.

영광의 벽.

장막이 아르메스의 마나 파동을 튕겨 냈다.

아르메스의 미간에 주름이 생겨났다.

"레사, 오랜만이네. 금식 기도 어쩌고 한다는 거 아니었어?"

"피차 노리는 바는 같은데, 공평하게 가시지요."

눈을 감은 인자한 인상의 수녀가 아르메스에게 미소 지었다.

"어차피 곧 '각인'이 시작될 텐데. 그 1분을 못 참아서 먼저 답안을 들춰 보시다니. 비겁하지 않습니까."

각인.

통합 쉼터에 처음 입장한 플레이어의 등급을 매기는 시스템.

만약 저들 중에 미네르바의 후원자가 말한 플레이어가 있다면, 각인을 후 높은 등급을 받으리라.

아르메스가 흥 하고 콧방귀를 끼었다.

“가식은 여전하네.”

“가식이라니요. 당치도 않습니다.”

마리아나 수도회.

신을 믿는 주제에 마왕의 손을 잡고 차원 미궁에 들어온 이들.

그러고서 고결한 척이란 척은 다 한다.

그녀가 가장 싫어하는 부류의 인간이었다.

아르메스가 레사를 바라보는 사이에 푸른 빛이 두 플레이어를 감쌌다.

[플레이어 윤태양의 각인이 시작됩니다.]

[플레이어 란의 각인이 시작됩니다.]

각인이 시작된 것이다.

“칫.”

아르메스가 작게 인상을 썼다.

다가온 플레이어들이 한마디라도 걸어 보기 전에 대뜸 각인부터 진행하다니.

일반적으로 각인이 완료되지도 않은 플레이어에게 다가오

는 스카우터에게는 말을 한두 마디라도 붙이게 해 주는 게 관례였는데.

이번 신인 플레이어를 담당한 마족이 어지간히도 급한 성격인 것 같았다.

"왔어! 왔어!"

"지금이 확실한 거 맞아?"

"윤택이네 방송 시청자가 말해 줬어. 지금 딱 '각인' 들어갔대."

"그럼 이거 맞네!"

이건 또 무슨.

행색을 보아하니, A급 클랜 '불꽃'의 클랜원들이었다.

아르메스의 얼굴이 더욱 찌푸려졌다.

인자한 인상의 레사도, 다른 플레이어들도 그들을 바라보며 인상을 찌푸렸다.

"설마, 이번 신입들 그 '이름 같은 놈'들인가?"

"아닐걸? '이름 같은 놈'들 안 보인 지 한참 됐잖아."

"그냥 이름만 바꿔 가면서 올라오고 있는 거 아니야?"

"'불꽃' 쪽 클랜원들. 안 바뀐 지 꽤 됐어."

수녀, 레사가 말을 덧붙였다.

"환생자들은 아닐 겁니다."

"확신해?"

"예."

"계시?"

레사가 대답 대신 눈을 감았다.

얼마 전, 마리아나 성녀가 같은 이름을 두 번 쓰는 플레이어는 올라오지 않을 거라는 내용의 계시를 받았다.

강철 늑대 용병단의 헤드 스카우터, 안드레가 '불꽃' 소속의 플레이어들에게 다가갔다.

"무슨 일이냐?"

"아, 안드레."

유저, 엄윤택이 사람 좋은 미소를 지어 보였다.

"그냥 새로 올라온 플레이어가 있다고 해서요. 신입 영입이나 해 볼 겸 왔지요. 문제 있습니까?"

"문제? 있지."

우두둑.

안드레의 목이 꺾였다.

"스테이지에 도전하지도 않고, 클랜의 파이만 뜯어먹는 기생충 새끼들이 신입을 데려가는 게 어디 말이나 된다고 생각하는 거냐?"

"어, 음. 만약 저희가 플레이어를 영입한다면, 그런 부분도 가감 없이 말해야겠지요."

콰아앙!

안드레가 발을 구르자 바닥에 크레이터가 생겨났다.

엄윤택이 양손을 들어 올렸다.

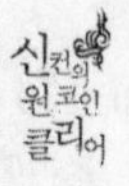

어차피 쉼터에서는 플레이어 상호 간에 피해를 줄 수 없음을 알기에, 표정은 딱히 달라지지 않았다.

"왜 이러십니까."

"여러 번 공고했을 텐데, 클랜 해체하라고."

"저희도 곧 움직일 계획입니다."

"퍽이나 그러겠군. 몇 달 동안 스테이지에 진입도 안 한 주제에. 그것도 클랜 전체가."

"사정이 있거든요."

그때, 각인 작업이 끝났다.

애초에 오래 걸리는 작업도 아니었다.

[플레이어 란. B등급. 특기: 주술]

"꺄아아아악!"

아르메스가 소리를 질렀다.

B등급의 주술사이면서 '여성'인 플레이어.

미네르바와 마샤의 입맛에 동시에 맞는 플레이어였다.

문제라면 너무 높은 등급.

아르메스는 란이 '그' 플레이어라고 확신했다.

B등급.

랭커의 싹이라고 하기에 충분했다.

당장 A등급 클랜장인 미네르바도 쉼터에 입장한 당시 등급이 B였다.

위에 A와 S가 있기에 상대적으로 낮아 보이는 감이 있지만, 1년에 등장하는 B등급 플레이어는 손가락으로 꼽을 정도다.

B등급은 '랭커'가 될 가능성이 '매우 높은' 수준의 플레이어를 일컫는 말이었다.

아르메스가 수정구를 흔들었다.

"빨리! 언니, 빨리!"

아르메스뿐만 아니라, 주변의 모든 플레이어가 그녀와 같은 상태였다.

강철 늑대 용병단의 헤드 스카우터 안드레도, 마리아나 수도회의 수녀 레사도, 저 천문의 영입부장 악도군도.

어디론가 바쁘게 연락을 보내고 있었다.

이윽고, 두 번째 시스템 창이 떠올랐다.

[플레이어 윤태양. S+등급. 특기: 격투]

시스템 창이 떠오른 순간, 모든 플레이어가 행동을 정지했다.

"하."

플레이어, 엄윤택이 작게 웃었다.

"미쳤네, 미쳤어."

차원 미궁의 마왕들은 각인을 통해 플레이어에게 등급을 매긴다.

도살장의 소들에게 등급을 매기는 것과 같다.

소의 배를 갈라 고기의 질을 확인하고 얼마나 맛있을지를 가늠해 등급을 매기는 것처럼, 플레이어들의 영혼을 확인하고 얼마나 잘 싸울지를 가늠해 등급을 매기는 것이다.

시작은 F급부터.

F급을 정의하자면 이렇다.

목숨만 부지한 채 15층을 클리어한 플레이어들.

당연히 올라왔을 때 기준으로, 그들의 평균 업적 개수는 15개다.

F급 다음으로는 E급.

F급 플레이어보다는 낫지만, 그렇게까지 차이나지는 않는 플레이어들이다.

15층까지 대략 30개 이하의 업적을 습득한 플레이어들이다.

물론 업적 개수로 등급이 결정되는 건 아니라 예외가 있긴 했다.

실제로, 15층 기준 업적이 20개이지만 B등급을 받은 플레이어도 있고, 업적을 50개 받았지만 D등급을 받은 플레이어도 있다.

하지만 일반적으로는 업적 개수와 등급이 비례하는 경향을 보였다.

대부분의 B등급 이상 플레이어는 업적 50개 이상을, A등급의 플레이어는 60개 이상을 획득한 상태로 통합 쉼터에 입장한 이들이었다.

강철 늑대 용병단의 헤드 스카우터, 안드레가 낮은 목소리로 중얼거렸다.

"뭐, 뭐? 내가 잘못 본 건가?"

이번에 강철 늑대 용병단으로 이적한 B등급의 플레이어, 줄리가 말을 받았다.

"아니요. 맞습니다. S+등급."

"S+라는 등급이 있다고?"

안드레의 목울대가 꿀꺽 넘어갔다.

안드레가 아니더라도, 모든 플레이어는 놀라고 있었다.

그것은 유저, 엄윤택 역시 마찬가지였다.

S급.

평균 업적 100개 이상.

100개.

1층부터 15층까지 평균 7개의 업적을 얻어 내면서 통합 쉼터에 도달해야 100개다.

평균 업적 7개.

말하자면, 전쟁터에서 항상 최상급의 전공을 세우는 장수로 비유할 수 있겠다.

삼국지의 관우, 장비, 여포와 같은 자들 말이다.

"유저가 그런 전공을 세울 수 있다고?"

NPC 중에서는 있긴 했다.

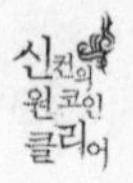

그래서 더욱 믿을 수 없었다.
S등급의 플레이어.
천문의 허공, 아그리파의 카인.
그리고 유리 막시모프.
둘은 S등급 클랜의 장이고, 유리 막시모프는 '혼자서' A등급의 클랜 혜택을 받는 괴물.
"윤태양이 그들보다 더 커다란 재능이라고?"
심지어 측량되지도 않는다.
S+등급.
역사상 단 한 번도 나온 적 없는 등급이었다.

"뭐요?"
"아니, 아니다."
태양이 가볍게 고개를 꺾자 그의 '각인 작업'을 맡았던 마족 남성이 물러났다.
태양이 란에게 물었다.
"무슨 등급 나왔어?"
"B. 너는?"
태양이 히죽 웃었다.
"생각보다 낮네? 난 S+."

란이 삐죽 입술을 내밀었다.

"재수 없어."

"이해한다. 원래 잘난 놈들은 시기와 질투를 겪는 법이거든."

태양이 낄낄대면서 놀리는 사이, 현혜가 말을 덧붙였다.

-B등급도 충분히 높은 거야.

"뭐야. 너도 B등급이었어?"

-…….

['바나' 님이 10,000원을 후원하셨습니다!]

[달님 특. 각인에서 C등급 받은 걸 인생 업적이라고 이야기 한 적 있음.]

-바나 오빠, 강퇴 맛 좀 볼래?

['바나' 님이 10,000원을 후원하셨습니다!]

[달님 특. 예쁨.]

-처신 잘해.

태양이 그 모습을 보며 내심 감탄했다.

한마디로 1만 원을 추가로 벌다니.

인터넷 방송계의 연금술사가 아닐 수 없었다.

그나저나.

고개를 돌리자, 둘 앞에 십수 명의 플레이어들이 서 있었다.

심지어 단탈리안에 대해 겉핥기로 급하게 공부한 태양이 알아보는 얼굴도 꽤 보였다.

"이것들 봐라."

태양이 입술을 축이며 면면을 들여다보았다.

S등급 클랜, 강철 늑대 용병단의 간부인 안드레.

역시 S등급 클랜, 천문(天門)의 천안부장. 악도군.

얼굴로 구분할 수는 없지만, 복장을 보아하니 A등급 클랜인 위치스와 마리아나 수도회까지.

—어느 정도는 예상대로네.

현혜가 낮은 목소리로 중얼거렸다.

강력한 신입 플레이어가 올라올 때마다 높은 등급의 클랜들은 귀신같이 움직인다는 사실은 꽤 널리 알려져 있었다.

'그동안은 몰랐는데, 이제는 그 이유도 알 것도 같네.'

마왕이 그들의 후원자에게 언급해 준 것이리라.

—설명해 줬지? 클랜 들어오라고 호객하는 녀석들이야.

"어, 딱 봐도 눈부터가 세일즈맨의 눈이네. 저거 부릅뜬 거 봐, 저거."

클랜.

플레이어들이 차원 미궁의 시스템을 이용해 결집한 집단을 이야기한다.

마왕은 시스템을 설정해서 클랜에 세 가지 이점을 부여했다.

첫째. 클랜원끼리는 미션에서 '적' 관계로 성립하는 경우가 없다.

둘째. 여관 1층에서 사용할 수 있는 카드 상점과는 다른, 클랜 전용 카드 상점.

그리고 마지막이자 가장 중요한 이점. '클랜 시너지'.

A등급 이상의 클랜에게만 있는 혜택이었다.

클랜마다 '클랜 시너지'가 달랐는데 가장 유명한 것이 천문 클랜의 근력, 강철 늑대 용병단의 민첩이었다.

칸 없이 시너지를 하나 채울 수 있다는 이점은 플레이어의 기량을 막론하고 유혹적인 이점이었다.

―물론, 이 정도 혜택밖에 없으면 클랜에 가입하려고 목을 매지는 않겠지.

이 이상으로 강력한 영향력을 끼치는 것이 플레이어들끼리 모임으로써 생기는 상호작용이다.

높은 등급의 클랜일수록, 믿을 만하고 강한 동료를 찾기 쉽다.

그리고 클랜원이 많으니 높은 층에서 활동하는 플레이어, 낮은 층에서 활동하는 플레이어 할 것 없이 유통되는 카드, 아이템이 많다.

이 카드와 아이템은 경매장으로 나돌아 뻥튀기된 값이 아닌, 상대적으로 헐값에 구입할 수 있게 되는 것이다.

심지어 클랜 차원에서 밀어주는 플레이어라면 손 하나 까딱하지 않고 레어, 유니크 등급의 카드와 강력한 아티팩트, 아이템으로 치장하게 되는 경우도 있었다.

―네가 가입하면 아마 그런 상황이 될 거야.

"그거 벌써부터 신나는 소리네."

물론, 단점도 있다.

악마들이 주최하는, 쉼터에서 허락된 폭력의 장.

클랜전.

클랜전에서 포인트를 획득해야 클랜의 등급을 유지할 수 있었는데, 플레이어들은 여기서 목숨을 걸고 싸워야 했다.

"등급에 따른 시너지 혜택이랑 커뮤니티 혜택을 생각하면, 별거 아니긴 하지."

태양과 란이 건물을 빠져나옴과 동시에, 5명의 플레이어가 그에게 접근해 왔다.

불꽃의 엄윤택과 최상위 클랜의 NPC 넷.

다른 플레이어들은 이미 포기한 모양새였다.

당연했다.

클랜의 등급에 따라 플레이어에게 혜택을 줄 텐데, 낮은 등급의 클랜에서는 A등급 이상 클랜의 '클랜 시너지' 이상의 혜택을 제시할 곳이 몇 곳 없었다.

"잠깐 이야기 좀 하지."

커다란 덩치의 남자, 안드레가 태양에게 말을 걸어왔다.

"S등급 클랜, 강철 늑대 용병단의 헤드 스카우터 안드레다."

"S등급 클랜, 천문의 악도군이다."

둘을 시작으로 나머지 플레이어들도 앞다투어 자신을 소개했다.

예상과 다르지 않았다.

마리아나 수도회, 위치스.

"아니, 생각해 보니까 위치스는 마녀만 들어가는 클랜 아니었어?"

-S+등급인데. 눈이 돌아갈 만도 하지.

그것도 그런가.

-당장 우리한테 가장 잘 맞는 서포트를 해 줄 클랜은, 아마 강철 늑대 용병단일 거야.

강철 늑대 용병단의 특성 때문이었다.

아그리파와 천문의 클랜장은 S등급.

강철 늑대 용병단의 단장 실버는 A등급의 플레이어다.

본인의 무력이 떨어지는데도 어떻게 클랜을 S등급으로 끌어올렸는가.

실버는 상대적으로 떨어지는 무력에도 불구하고 탁월한 용병술과 예하 플레이어들의 성장을 지원해 줄 체계적인 시스템의 도입으로 강철 늑대 용병단을 S등급 클랜으로 끌어올린 수완 좋은 남자였다.

실제로, 안드레가 태양에게 한 제안 역시 그 점을 꼬집고 있었다.

"우리보다 더 잘해 줄 곳은 없다. 우리 용병단은 창단 초기부터 후배 플레이어들의 성장에 관해 생각해 왔고, 성과를 냈다."

안드레의 두꺼운 손이 태양의 어깨를 붙잡았다.

그러자 마리아나 수도회의 수녀, 레사가 웃는 얼굴로 안드레의 손을 쳐 냈다.

짜악!

"후배 플레이어들에 대한 지원은 저희 마리아나 수도회를 빼두고 이야기하면 섭섭하지요. 당장 스테이지에서 다치거나 저주를 받아 왔을 때, 가장 효율적으로 대처할 수 있는 곳은 저희예요."

안드레가 그렇지 않아도 험악한 인상으로 표정을 구겼다.

태양이 피식 웃었다.

"음, 미안한데, 지금 당장 결정할 생각은 없어요."

"아니, 하는 게 좋을걸?"

안드레가 자못 살벌한 표정으로 태양을 노려봤다.

그 옆에 서 있던 여성 플레이어, 줄리가 절레절레 고개를 내저었다.

"네가 다른 클랜으로 간다면, 앞으로의 활동이 많이 힘들어질 테니까."

태양의 눈썹이 들썩였다.

"초면인데, 거 말씀이 심기를 많이 건드리시네."

"원래 강한 놈일수록 혓바닥이 자유로운 법이거든. 단언하지. 다른 건 몰라도 우리 강철 늑대 용병단보다 15층에서 20층 사이의 플레이어들에게 영향력이 높은 곳은 없다."

레사가 코웃음을 쳤다.

"S+등급의 플레이어에게 겨우 그런 것으로 협박이라니. 우습지도 않네요. 당신, 잘못 생각하고 있는 거예요."

"아니, 나는 진심이야. 우린 이미 겪었어. 허공은 몰라도 아그리파의 카인. 우리가 잡지 못했고, 견제하지도 못했지. 결과는 어때? 우리와 어깨를 맞대고 있지. 실버 단장님이 그런 꼴을 두 번 보실 분이라고 생각하나?"

"우리 마리아나 수도회가 그걸 가만히 보고 있을 것 같나요? 아니, 다른 클랜들도?"

안드레가 고개를 꺾었다.

"생각해 봐. S+등급이야. 대놓고 호랑이 새끼라고. 다른 클랜들이라고 우리랑 다를 것 같아? 아니, 그전에. 마리아나 수도회. 너희는 안 그럴 것 같나?"

"안 그래요. 당장 최전선에서 싸울 만한 인재를……."

"아넬카 신부를 나보다 더 모르는군."

안드레가 비아냥거리자, 레사의 몸에서 황금빛 기류가 올라오기 시작했다.

"왜. 모토는 여전히 그대로이신가 봐? 도발은 참지 않는다더니."

그때.

쿠웅.

묵직한 기운이 사위를 감쌌다.

무복을 입은 깔끔한 인상의 남자가 중얼거렸다.

"웃기는 짓들이군."

천문의 악도군이었다.

-마음 편한 건 천문 쪽이야. 등급도 가장 높고, 전체적으로 행동이 깔끔하거든.

현혜의 판단으로는, 가장 깔끔한 클랜.

대신 자존심이 강하고, 딱히 영입에도 열성을 보이지 않는다.

이미 자신들이 최고라고 생각하기 때문이다.

지원 역시, 다른 고등급 클랜에 비해 특출 난 것을 줄 거라는 기대는 하기 어렵다.

물론 이 모든 것들은 그동안의 데이터로 하는 추론일 뿐이다.

악도군이 나직한 목소리로 일렀다.

"방금 통합 쉼터에 들어왔으니, 당장에 상황을 파악하기 어렵겠지. 하지만 곧 알게 될 거다. 플레이어인 이상, 클랜은 들어야 한다."

A등급 이상의 클랜에 주어진 '클랜 시너지' 효과.

그리고 선임 플레이어들이 풀어 주는 정보, 그리고 믿을 만한 동료 영입.

차원 미궁에서 클랜은 가장 중요한 시스템 중 하나였다.

"근데, 그쪽들이 잘못 생각하고 있는 것 같아서 한마디 덧붙이는 건데."

태양이 피식 웃었다.

아니, 그렇잖아.

태양을 영입하기 위해 이들이 모인 것이겠지만, 태양은 이들과 접촉해서 바로 어딘가에 소속될 생각이 없었다.

이유는 간단했다.

S+등급.

태양도 알고 있다.

S등급으로 분류된 플레이어들이 어떤 실적을 보였는지.

결국, 단탈리안이 제의해 왔을 때와 똑같은 상황이다.

그는 기량도 자신 있고, 증명 역시 자신 있었다.

"싸우지만 말고 나한테 조건을 제시해 봐요."

"어엉?"

옆에서 란이 멍청한 의문사를 토해 냈다.

쓰읍.

이럴 때는 가만히 좀 있어라.

태양이 남몰래 란의 허리를 꼬집으며 말을 이었다.

"제시. 제시 몰라요?"

거, 말로만 싸우지 말고.

돈으로 싸우라고.

중요한 건 몸값이다.

아니, 등급 가지고 어디서 배짱 장사를 하려고 이러시는 거야?

시대가 어느 때라고.

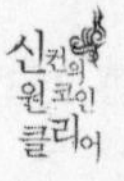

클랜에 들어가서 얻을 수 있는 이점은 스테이지를 클리어해서 얻을 수 있는 보상과 별개다.

특히 클랜 시너지가 그랬다.

태양도 업적을 통해 시너지를 얻은 바 있다.

흡혈귀 드라큘라를 죽였을 때.

그 정도의 일을 벌여야 얻을 수 있는 보상을 클랜에 들어가기만 하면 공짜로 얻을 수 있는 것이다.

당연히 단탈리안을 클리어해야 하는 태양의 입장에서는 포기할 수 없었다.

하지만 클랜에 소속되는 순간 플레이에 어느 정도 제약이 걸릴 수밖에 없다.

클리어만을 위해 플레이하기도 바쁜데 클랜의 이득을 위해 움직이라고 압박이 들어오는 것이다.

태양은 이득은 이득대로 다 챙기고 싶고, 동시에 자유롭게 움직일 수 있어야 했다.

그래서 태양은 몸값 타령을 했다.

몸값이 높은 선수일수록, 팀에서 함부로 할 수 없는 법이다.

그리고 지금.

–어때? 예상대로지?

“정말 마술 같네.”

태양이 뒤통수를 긁적였다.

아니, 어떻게 이렇게 하나같이 제시하는 것이 똑같을 수가 있지?

“그니까, 마리아나 수도회랑 위치스랑 강철 늑대 용병단. 너희가 줄 수 있는 게 똑같네? 클랜 시너지, 카드랑 장비 지원 몇 개, 강력한 동료 붙여 주기. 그리고 끝?”

안드레가 고개를 절레절레 저었다.

“중요한 건 퀄리티다. 저 저급한 A급 클랜에서 지원해 주는 카드와 장비가 우리 강철 늑대…….”

“까고 있네. 저번 원정 때 아그리파랑 경쟁한답시고 돈 다 턴 거 이 바닥에서 유명하거든요? 돈이야 우리 위치스가 못 써서 썩어 넘치지.”

마녀, 아르메스의 말에 수녀 레사가 비웃었다.

“위치스 쪽에 15층대 플레이어가 있던가? 막내 마녀도 얼마 전에 30층을 졸업했다는 이야기를 들은 것 같은데.”

태양이 고개를 절레절레 내저었다.

“이러면 이 중에서는 천문이 제일 낫네.”

“뭐?”

“천문요?”

“아니, 잠깐만!”

악도군이 피식 미소 지었다.

태양이 어깨를 으쓱였다.

“아니, 맞잖아요. 여긴 나한테 무공이라도 가르쳐 준다는데.”

잘됐네.

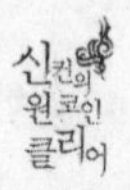

환골탈태인가 뭔가가 무공에 그렇게 유용하다던데.

이참에 한번 배워 보는 거지.

생각이 훤히 드러나는 태양의 표정에 NPC들이 줄 수 있는 것을 황급히 덧붙인다.

"검술, 사냥법. 우리도 충분히 가르쳐 줄 수 있다!"

"마법! 마법은 대처법만 알아도 생존률이 80%는 올라가! 마법 알려 줄게!"

"크, 크읏. 우리는 가르쳐 줄 게……. 기, 기도? 복음?"

그런데 제시하는 게 어째 S등급, A등급 클랜답지 않았다.

"크흠."

더욱 가관인 건, 그들의 제시에 당황하는 악도군의 모습.

뒤에서 지켜보던 란이 가까스로 웃음을 삼켰다.

-아니, 뭐냐고. ㅋㅋㅋㅋㅋ.

-뭐가 이리 어설프지. ㅋㅋㅋㅋ.

-태양이 주도해서 진행시키는데도 뭔가 탐탁치 않냐.

현혜가 설명했다.

-당연한 거야. 이렇게 설득하는 일이 익숙하지 않으니까.

인간 플레이어 진영은 3개의 세력이 각을 세우는, 이른바 3강 체제를 유지하고 있었다.

3강.

당연히 S등급 클랜인 아그리파, 천문, 강철 늑대 용병단이 각 세력의 중추다.

천문 클랜은 창천 차원 출신의 플레이어를 규합하여 이끌고 있었고, 아그리파와 강철 늑대 용병단이 에덴 출신의 플레이어들을 갈라 먹고 있는 실정.

A등급 클랜 중에서는 아예 이 S등급 클랜의 예하 클랜으로 기능하는 곳도 있었다.

A급에 유저들의 클랜 '불꽃'과 이익집단 '단테 상회', 유리 막시모프의 1인 클랜이 이레귤러로 자리 잡고 있긴 했지만, 상대적으로 세력이 작다.

"상황이 이러니 천문에서는 물어볼 것도 없이 창천 출신 플레이어에게 손만 내밀면 죄다 딸려 왔을 거고."

—에덴 쪽도. 밑에 클랜 라인들을 타고, 타고 올라가서 이미 검증된 녀석들로만 채우는데, 당연히 영입한답시고 전쟁을 치를 일은 없었겠지.

이미 세력 구도의 형태가 잡혀 있고, 인재를 영입하기 위해 아귀다툼을 벌이던 녀석들은 여기 없다.

이 강력한 클랜들은 손만 까딱까딱해 대며 오는 인재들을 받아먹는 위치에 있었으니, 어설플 수밖에.

태양이 유저, 엄윤택을 향해 눈짓했다.

다른 NPC들과는 다르게, 그는 입을 열지 않고 자리만 채우고 있었다.

그가 나서지 않은 이유는 간단했다.

"지금인가요?"

"음, 얘기했던 대로."

윤택과 태양은 현혜. 그리고 인터넷 방송을 통해서 이미 이야기를 마쳤다.

다른 NPC들과 말싸움을 벌이던 안드레가 태양에게 다가가는 윤택을 보고는 얼굴을 일그러뜨렸다.

"이 버러지 새끼가……. 먼저 약을 쳐?"

엄윤택이 얄미운 얼굴로 어깨를 으쓱였다.

"제가요? 어떻게요?"

안드레가 홱, 고개를 돌려 태양을 바라봤다.

"이 버러지 자식들과 같이 움직이면 죽을 때까지 후회한다. 맹세하지. 차원 미궁은 못 올라간다고 보면 돼."

"동의하긴 싫지만 정말이에요. 태양, 생각을 재고하세요."

레사가 말을 보탰다.

1초 전까지만 해도 서로 죽일 듯이 물어뜯던 둘이었는데, 태양이 윤택을 따라가려고 하자마자 기적적으로 바뀌는 스탠스가 인상적이다.

태양이 중얼거렸다.

"'불꽃'. 상황이 많이 안 좋은가 보네."

-스테이지 도전은 안 하고, 클랜전은 나와서 등급은 유지하고. NPC들 사이에서 민심이 좋을 수가 없지.

"하긴."

윤택이 NPC들에게 외쳤다.

"저희 '불꽃'은 플레이어 윤태양을 영입할 생각 없습니다."

"그럼 꺼져, 이 새끼야!"

안드레의 욕설에도 윤택은 눈 하나 깜빡하지 않고 말을 이었다.

"다만, 그의 선택을 도와줄 생각입니다."

"뭐?"

"이제 막 '통합 쉼터'에 도착한 플레이어입니다. 상황이 어떻게 돌아가는지 알 리가 없습니다. 저희가 자리를 다시 만들죠. 여기 계신 '몇몇 클랜'뿐만 아니라, 다른 클랜들에게도 선택권이 있게요."

"아, 이제야 말다운 말을 하는 사람이 나타났네."

태양이 과장되게 한숨을 내쉬었다.

그에 나머지 NPC들의 얼굴이 굳어졌다.

'에덴계' 클랜이니, '창천계' 클랜이니 할 것 없다.

지금은 그들 밑에서 톱니바퀴를 자처하지만, 기회만 있다면 치고 올라오려 할 것이다.

이미 아그리파 클랜이라는 선례도 있는 만큼, 태양이라는 자원을 움켜쥐는 순간, 다른 마음을 먹을 것이 분명했다.

그렇기에 그들을 믿지 못하고 간부들이 직접 이곳에 온 것이 아닌가.

쿠우우웅.

다시 한번 무거운 기운이 사위에 내려앉았다.

천문 클랜의 천안(天眼)부장, 악도군의 것이었다.

"그렇게는 안 되겠는데."

"어허, 이러다가 페널티 받으십니다."

"네놈들이 윤태양을 영입하려고 시도할 것 아닌가?"

엄윤택이 품속에서 종이를 꺼냈다.

종이에서 불길하기 짝이 없는 검붉은 빛이 흘러나왔다.

"뭔지 아시죠?"

"'마왕의 서'인가?"

"맞습니다."

마왕의 서.

차원 미궁에서 가장 높은 격의 제약을 걸 수 있는 계약서였다.

"누구의 것이지?"

"71계위 단탈리안의 것입니다. 뭐, 어떤 마왕의 계약서인지가 중요합니까? 어길 수 없다는 점에서는 다 같은 계약서인데."

빙긋 웃은 윤택이 계약서를 읽어 내려갔다.

"클랜 '불꽃'은 일주일간 플레이어 윤태양을 영입하지 않는다. 또한 영입과 관련된 행동을 일체 하지 않으며, 다른 플레이어, 클랜의 알선도 하지 않는다. 날인은 보이시죠?"

"KDCR. '불꽃'의 클랜장. 확실하군."

악도군이 물러났다.

안드레도, 레사도, 아르메스도 반발하지 않았다.

마왕의 서는 강력하고, 동시에 희귀한 자원이었다.

클랜 '불꽃'은 스스로에게 강력한 제약을 걸고, 동시에 거대한 자본을 소비하면서 제 결백을 증명했다.

"저희가 자리를 다시 만들죠."

"그럼."

태양이 태연한 얼굴로 NPC들에게 손을 흔들었다.

최고 등급의 NPC 넷이 걸어가는 태양과 윤택을 붙잡지 못하고 바라만 봤다.

그렇게, 태양과 고위급 클랜 간의 첫 번째 대면은 끝이 났다.

"타시죠."

"어?"

이게 왜 여기서 나와.

태양이 얼떨떨한 얼굴로 윤택의 자가용을 바라봤다.

디자인이 엔틱하긴 하지만, 지구에서 보던 자가용이었다.

"기술은 조금 떨어지지만, 마법이 있다 보니 만들 수 있더군요."

차에 탄 태양과 윤택은 여관으로 향했다.

여관으로 가는 내내, 태양은 쉼터를 구경하느라 고개를 이리저리 돌려 댔다.

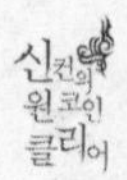

—이건 무슨, 갓 시골에서 상경한 촌놈도 아니고.

—내가 다 쪽팔린다.

—아니 근데, 그럴 만도 함. ㅋㅋㅋㅋ 그동안 본 쉼터하고는 퀄리티가 다르잖어.

"진짜 다르긴 하네."

그동안 태양이 겪어 온 쉼터와는 그 크기부터 달랐다.

3층 단위로, 많아 봐야 몇 백의 플레이어를 수용했던 간이 쉼터들은 아무리 잘 쳐줘도 유사 마을의 수준에 불과했다.

여관과 대장간을 비롯해, 재정비와 휴식을 위한 최소한의 건물만 구비되어 있었기 때문이다.

그나마 유흥을 즐길 수 있는 유일한 장소가 여관 1층의 주점뿐이었으니, 더 설명할 필요가 없는 수준.

하지만 통합 쉼터는 달랐다.

이곳은 정말로 인간이 살아 숨 쉬는 도시였다.

수용 인원은 십만 단위.

에덴과 창천, 그리고 지구의 세계를 모두 반영해 중세 동서양과 현대 지구의 건축물까지 찾아볼 수 있었다.

처음 통합 쉼터가 발견되었을 때, 세계 유수의 건축가와 도시 공학자들이 영상을 공수하기 위해 게이머들에게 연락을 할 정도였다.

"여긴 진짜 사람들이 사는 곳 같네."

"설정상으로는 사는 곳이 맞습니다. 실제로, 초기 쉼터는 이렇게 안 컸는데, 플레이어들이 스테이지에서 공수해 온 재료로 도시를 지었다고 하더라고요."

"그게 가능해?"

"통합 쉼터는 건물을 놓는 대로 확장되거든요. 실제로, 저희 '불꽃'도 도시 외곽에 클랜 하우스를 만든 적도 있습니다. 비싼 땅값 내고 중앙으로 이사 왔지만요. 아, 도착했습니다."

윤택이 부드럽게 브레이크를 밟았다.

여관에 도착한 태양은 다시 한번 감탄했다.

"와, 여관이 무슨."

"하하, 이해합니다. 저도 처음 봤을 땐 그랬죠."

현대의 기술로 바벨탑을 만들어 냈다면 이런 모습일까.

거대한 빌딩이 꼭대기가 보이지 않을 정도로 솟아 있었다.

"이것도 마법 덕분인가?"

"이건 플레이어가 만든 건물이 아닙니다. 처음부터 주어져 있던, 마왕들이 지원하는 건물이죠."

수용 인원 무한에, 완벽한 프라이버시 보장.

골드에 비례해서 원하는 대부분의 옵션 추가 가능.

통합 쉼터의 여관은 차원 미궁에서 찾기 쉽지 않은 게임 편의적인 공간이었다.

"허. 이런 곳을 두고 클랜 하우스를 만든단 말이야?"

"인간의 허영심이란 그런 거 아니겠어요?"

태양은 여관으로 들어갔다.

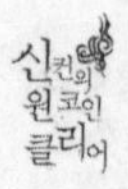

아름다운 여성 NPC가 태양을 맞았다.

"숙박을 원하시면, 원하는 등급의 방을 선택해 주세요. 등급은 F부터……."

"아, 제가 내드리겠습니다."

"아니, 괜찮아. 충분히 모아 왔거든."

윤택의 제안을 거절한 태양이 여성 NPC를 향해 20골드를 내밀었다.

"20골드. 72시간 동안 A등급 숙박 시설을 이용하실 수 있습니다. 게이트에 들어가시면 방으로 곧장 워프합니다."

20골드를 아무렇지도 않게 소비하자, 윤택이 커다래진 눈으로 태양을 바라봤다.

A등급의 방은 골드로 구매할 수 있는 최고 등급의 숙박 시설이었다.

–헤헤헤.

–어지간한 호텔보다 20골드짜리 통합 쉼터 여관이 더 좋다던데.

–이걸 이렇게 구경해 보네.

–KK 이후 처음인 듯.

–KK가 여기 쓴 적 있음?

–ㅇㅇ 밑에서 양학하고 오면 가끔 썼음.

윤택과 태양은 곧바로 워프 게이트를 이용해 방으로 들어왔다.

"크, 방 좋네."

A등급 방은 현대의 5성급 호텔 이상의 서비스와 설비를 갖추고 있었다.

가상현실이었지만, 인간의 허영심을 채워 주기엔 차고 넘치는 공간이었다.

방을 구경하던 태양이 중얼거렸다.

"현혜야, 잠시 방송 좀 끄자."

—응.

급작스러운 말에, 채팅이 좌라락 내려갔다.

—아니, 잠깐만.

—뭔데 시발!

—이건 아니지.

—미쳤나.

—ㅡㅡ

—아니, 잠깐만. 성인 남성 둘이서 호텔 침실. 갑자기 방송을 끈다…?

—ㅗㅜㅑ.

채팅을 본 태양이 고개를 절레절레 저었다.

이 친구들은 유쾌하고 참 좋은데, 항상 선을 넘는단 말이지.

"저도 그럼, 방송 잠시 정지해 놓겠습니다."

"확실히 해. 현혜가 밖에서 확인할 수 있으니까."

태양의 말에 윤택이 섭섭하다는 듯 코를 찡그린다.

"제가 그럴 사람으로 보이십니까? 이거 실망입니다, 형님."
"아니. 워낙 중요한 일이라서."
태양이 장난스럽게 윤택의 어깨를 때렸다.
엄윤택.
단탈리안 전업 스트리머이면서, 유저들이 일구어 낸 A급 클랜 '불꽃'의 간부.
그리고 태양이 실제로 얼굴도 알고 있는 사람.
윤택은 단탈리안으로 전향하기 전에, 킹 오브 피스트 선수를 지망하던 게이머이기도 했다.
"킹 오브 피스트 버리고 단탈리안으로 갈아타더니."
"하하, 형님을 여기서 만날 줄은 상상도 못했네요."
윤택이 웃었다.
실제로 태양과 윤택은 킹 오브 피스트에서 몇 시간에 걸쳐 대전을 한 전적도 있었다.
"방송 껐냐?"
"네, 형."
태양이 장난스러운 표정으로 물었다.
"넌 무슨 등급 나왔냐?"
"전 C요."
"높네? 나한테는 안 되지만."
"한국에서는 최초였죠, 하하. 가장 높은 건 성택이 형이긴 했지만요. 다행이네요. 성택이 형 기록도 깨져서."

이후로도 몇 가지 신변잡기적인 이야기들이 오갔다.

몇 번 이야기가 돌고, 곧 윤택의 눈빛이 깊어졌다.

"우리 쪽으로 오실 생각 있으십니까."

"그래도 돼? 방금 그 계약."

"그건 KDCR이 한 거죠."

"아니, KDCR도 유저잖아. 이거 이러다가……."

"사실 우회적으로 말하는 정도는 괜찮아요."

"아하."

태양이 머리를 긁었다.

"그나저나 너희, 움직일 유저들은 있어? 목숨이 걸렸는데?"

"몇 명은요."

"몇 명이나 있어?"

"현재 클랜하우스에 상주하고 있는 인원은 200명. 스테이지를 진행하고 있는 유저는 30명. 물론 이건 비공식입니다. 걸리면 난리 나요. 녀석들도 마크 떼고 하고 있고요."

-그렇게나 많이 하고 있다고?

현혜가 놀라서 되물었다.

수 자체는 놀랍지 않다.

통합 쉼터는 모든 플레이어가 모여 있는 곳.

말하자면 전 세계의 유저들이 다 모여 있는 서버였다.

동시 접속자 수가 3억을 넘어갔던 단탈리안에 30명은 단연 작은 단위의 숫자다.

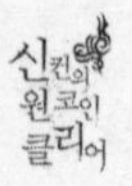

"근데 30명이나 목숨을 걸고 플레이하고 있다는 건 진짜 놀라운데. 지금 시점에."

"이러니저러니 해도 게임에 미친 사람들이니까요. 사실 초반엔 100명 가까이 됐습니다. 많이 죽고, 거기서 정신적 충격을 받아 포기하고, 그래서 30명으로 줄어든 겁니다."

태양이 고개를 끄덕였다.

유저라고 얕잡아보는 사람도 몇 있지만 '불꽃' 역시 A급 클랜이다.

유저 중 최상급의 기량을 가진 이들만 받아 주는 곳.

어찌 보면 태양이나 현혜가 놀라는 게 우스운 일일지도 몰랐다.

"아무튼, 형만 오시면 녀석들도 많이 힘이 될 겁니다."

태양이 고개를 저었다.

"아니. 생각해 봤는데, 혼자 움직이는 게 나아. 클랜에 들어가더라도, 유저와 얼굴이 닿을 일은 최소한으로 줄일 거고."

"아."

윤택은 이해한다는 듯한 표정이었다.

"확실히. 같은 스테이지에 유저가 있는 것만으로 심적 부담이 엄청나죠. 방송하고 있으면 더 그렇고요."

"잘 아네."

"시청자분들한테 제보 받아서 플레이어 몇 명 구하려고 스테이지에 들어간 적이 있거든요."

윤택이 말을 덧붙였다.

"아무튼, 형님이 들어오시지 않더라도, 제가 도울 수 있는 건 최대한 돕겠습니다."

"그래 주면 고맙지."

털썩.

태양이 침대에 누웠다.

"와, 시트 부드러운 거 봐라."

윤택이 태양을 바라보며 물었다.

"부탁하실 일이 있는 거지요?"

"별거 아니야."

"방송을 꺼야 할 정도인데, 별게 아니에요?"

잠시간, 정적이 흘렀다.

이내 태양이 몸을 일으켰다.

"너, 별림이 본 적 있냐."

다음 권으로 이어집니다

ROK
MEDIA

우리 교황님 좀 말려주세요

판미손 퓨전 판타지 장편소설

비정상 교황님의
듣도 보도 못한 전도(물리) 프로젝트!

이세계의 신에게 강제로 납치(?)당한 김시우
차원 '에덴'에서 10년간 온갖 고생은 다 하고
겨우 교황이 되어 고향으로 귀환했건만……

경고! 90일 이내 목표 신도 숫자를 달성하지 못할 시
당신의 시스템이 초기화됩니다!

퀘스트를 달성하지 못하면 능력치가 도로 0이 된다고?
그 개고생, 두 번은 못 하지!

"좋은 말씀 전하러 왔습니다, 형제님^^"
※주의※ 사이비 아닙니다, 오해하지 마세요!